劉 迎
*Liu Ying*

# 坪田譲治と日中戦争

一九三九年の中国戦地視察を中心に

吉備人出版

劉 迎
Liu Ying

# 坪田譲治と日中戦争

一九三九年の中国戦地視察を中心に

# 推薦のことば

劉迎氏は一九六二年、中国江蘇省徐州市に生まれ、広州外国語学院東方語言系に入学して日本語を学びました。そのころ北京図書館で、ふと見つけた坪田譲治の童話に心うたれ、夢中に読み耽ったと聞いています。そんな出会いがあって、譲治のふるさと岡山市島田に行ってみたいと、一九九六年九月、来日、岡山大学研究生となり、翌年四月、大学院文学研究科修士課程に入学しました。私のもとで研鑽に励み、一九九九年三月、論文「坪田譲治文学の研究―その生と死について―」により文学修士の学位を取得、ついで同年四月、文化科学研究科博士後期課程に進み、さらに研鑽を積んだ成果を盛り込んだ長編論文「坪田譲治文学研究―大正・昭和初期を中心に―」を提出して、二〇〇二年三月、文学博士の学位を授与されました。

その後も、坪田譲治文学研究会「善太と三平の会」をはじめ、「坪田譲治子どもの館」「岡山・十五年戦争資料センター」の方々との交流を深めるとともに、二〇一四年には全六章からなる著作『「正太」の誕生―坪田譲治文学の原風景をさぐる―』を、岡山の吉備人出版から発刊されたほか、「狐狸和葡萄」以下四十五話（挿絵入）を収録した中国語訳『坪田譲治童話』（中国陝西師範大学出版社、二〇〇三年）も出されています。前者はまさに譲治文学研究に新たな扉を開いた力作、後者は可愛らしい挿絵を眺めながら訳文を探っていく、そんな読み方も楽しめる本だと思います。

岡山大学留学時代にも、

「坪田譲治とキリスト教」岡大国文論稿二五号（一九九八年三月）

「坪田譲治文学の絵画性について」岡大国文論稿三〇号（二〇〇二年三月）

「坪田譲治『西洋浄土』論」岡大国文論稿三八号（二〇一〇年三月）

「坪田譲治『正太の馬』成立考」岡山大学大学院文化科学研究科紀要一〇号（二〇〇〇年一二月）
「坪田譲治とロシア文学―トルストイを中心として―」岡山大学大学院文化科学研究科紀要一一号（二〇〇一年七月）

など、数々の譲治作品を取り上げては、その本質に迫る新鮮な論文を書き上げておられます。

今回は「支那事変」と称された日中両軍の衝突が拡大し、太平洋戦争へと発展していった時期に、文豪川端康成から「子供を描く名手」と讃えられた譲治研究の大作を、もののみごとにまとめあげた、その真摯な研究態度に深甚の敬意を表するとともに、ますますのご活躍をお祈りする次第です。

二〇一六年四月吉日

岡山大学名誉教授　工藤　進思郎

目次

# 序　章　もう一つの坪田文学
## ―戦争に寄り添うということ―

### 一．戦地に赴く文学者たち

昭和一二年（一九三七）七月七日、盧溝橋事件が勃発。当初「北支事件」とよばれ、不拡大方針がとられたのも束の間、まもなく「支那事変」と改称された日中両軍の衝突は、やがて日本と中国の全面戦争に拡大し、ついに太平洋戦争へと発展していったのである。

中国に激しく軍事的攻勢をかけた日本政府が国民に対しても挙国一致の協力を要請し、国民精神総動員計画実施要綱を示して、非常時を自覚せしめ消費の節約を呼びかけた。さらに軍事国債の発行や臨時軍事費特別法を設けるなど、物心両面にわたる戦時体制の整備と強化を進めたことになる。

こうした日本政府が掲げた対中戦争の遂行と挙国体制の確立という国策に、文壇がすみやかに反応を示し、やがて文学者がこれに協力し、ついに推進役をつとめるに至った。そして、日本政府の要請に応えるべく、雑誌社や新聞社などがこぞって文学者を現地へ派遣し、吉川英治・吉屋信子・尾崎士郎・岸田国士・三好達治ら従軍作家による現地報告が紙（誌）面を飾った。

戦争文学に対する加熱な社会的反応は、日本政府に新しく作家たちを従軍させる計画を思い立たせた。昭和一三年（一九三八）八月、日本政府は内閣情報部を通じて職業作家をあつめ、漢口攻略戦にいわゆるペン部隊を派遣すると発表した。それは「皇軍」の甚だしい戦闘や戦果を銃後の国民に伝えさせ、戦意高揚をはかることを目的としたものであった。人選は文芸家協会に依頼し、会長の菊池寛が中心になって行われたが、大衆文学作家である丹羽文雄・林芙美子・尾崎士郎・岸田国士・片岡鉄兵・佐藤春夫・菊池寛・吉川英治ら二二名が中国戦場に送られ、あたかも日本の文壇がそろって中国に移ったかのような様相さえ呈していた。

従軍文学者の綴った戦場報告は、いずれも類型的で、そして戦争を美化し、兵士を謳歌する上擦った言葉を書き並べるばかりであった。そこからは戦争に対する批判や反省は勿論、悲壮感も芸術的価値も読み取ることはできない。文芸評論家の中村武羅夫は「際物文學」（『東京朝日新聞』昭一四・二・二）と題する文芸時評において、次のように酷評している。

殊に昨年の夏、大量の文學者が中支戦線に送られて以來といふものは、従軍記や、創作や、文學者の書いた戰爭に関する記事や、現地報告の類ひが、ますく盛んにジヤーナリズムを賑はしてゐる。讀者も、ちよつと食傷の形ではないかと思ふ。（中略）

もちろん僕は、それだからこれ等の作品をイケないといつて、非難する氣持は毛頭ないのである。文學の題材として取り上げるべき領域は、能ふかぎり廣いほどいい。あらゆる作品が、一色になつてしまふ必要はないのである。「戰爭」や「大陸」にたいする關心のために、大多数の國民が真赤になつて燃え上つてゐる時に、そんなことは何處吹く風かといふやうな、涼しい面をした作品が、一方にあることは、むしろ望ましいことではないか。

もし、すべての作家の關心が當面の問題のためにのみ眞黒になつてしまひ、すべての作品が時代色一色に塗り潰されてしまつたとしたら、いかに文學は息苦しいものになつてしまふことだらう。

それにしても、〈戦争が僕を呼んだなら、いつでも喜んで出かける〉という林房雄の『戰爭之横顔』（春秋社、昭一二・一二）のくだりに象徴されたように、当時、文壇人にとっては、〈ペン部隊などに作家が加わることは、彼の文學者としての生涯に洋々たる未來を約束する如くみえた〉（板垣直子『現在日本の戦争文學』、六興商会出版部、昭一六・五）こともあって、大方の文学者たちはむしろ従軍を希望したのである。その後、文学者たちの戦地行きは盛んになり、彼らは出征将兵の労苦を体験するため、自ら軍に従軍願を提出し、費用を自辧して競って戦線に出陣した。

このように、日中戦争の開戦後わずか一年ぐらいの間に、かくも大勢の文学者が中国に渡り、戦跡をまわり戦場の砲弾のなかをくぐってきたのである。そして彼らの従軍記や現地報告が毎号の雑誌を埋めていた。人々の関心はこうした戦争読物に惹きつけられ、戦局の進展と日本軍の相次ぐ勝利のなかで大多数の国民は興奮し、ナショナリズムを昂揚させた。

## 二、戦争へシフトした坪田文学

日本児童文学の三大作家の一人に挙げられる坪田譲治（一八九〇～一九八二）は、子どもの無垢とエネルギーを理想とする童心主義の性格と、現実と空想の結び合う純化された世界をリアルに描写する表現の溶け合った作品を多く創作したことで、川端康成などによって「子どもを描く名手」（「好戰と好色」『文藝春秋』、昭四・四）とまで呼ばれてきた。

ところが、譲治の文学を語るとき、どうしても忘れてはならないキーワードがある。それが「戦争」である。というのはつまり、彼は九二歳もの長い生涯において、日清戦争（一八九四～一八九五）、日露戦争（一九〇四～一九〇五）、第一次世界大戦（一九一四～一九一八）、満州事変（一九三一）、日中戦争（一九三七～一九四五）、太平洋戦争（一九四一～一九四五）、そして敗戦（一九四五）などと数々の戦争経験をしてきた。それらがのちに彼の文学に反映されて大きなテーマになっている。なかでも特に日中戦争を取りあげたものが数多く存在している。

譲治は、当然かような風潮と世間の期待を熟知していた。彼もペン部隊の人選に注目し、それをめぐってさまざまな思いをめぐらしたことは間違いない。彼は中国の土を踏まなければ文壇仲間から落伍しかねないとでも思って、従軍を熱望し、早くも中国戦地への視察を計画したのであろうか。

しかし、その時期、譲治の年譜を一瞥すれば明らかなように、彼は最後の童心文学ともいうべき長篇小説「家に子供あり」の執筆中のため、従軍の余裕はなかった。それは石坂洋次郎の大ヒット作品「若い人」（『三田文學』昭八・八～昭一二・一二断続連載）が、「皇室に対する不敬の個所と、軍人に対する誣告的個所」があるとして右翼団体から告訴されたため、予定していた朝日新聞への連載小説も取りやめされたことを受けて朝日新聞社から依頼されたものであろう。「家に子供あり」は昭和一三年（一九三八）九月から同年一二月まで九三回に分けて『東京朝日新聞』『大阪朝日新聞』両紙の朝刊に連載されていた。譲治がようやく中国戦地視察を果たしたのは、昭和一四年（一九三九）五月中旬頃であった。

私は、坪田文学における中国との関わりについて、日中戦争を境とする前期と後期に分けて考えている。そして譲治の思想を規定するものとして、二つの「中国像」が内在して、つまり中国文学に対する見識と現実の中国に対する偏見が共存しており、その取り扱いが区別されていることが分かった。なお、中国文学の受容については、すでに拙論「坪田譲治と中国文学―漢詩文受容の諸相―」（『岡山大学大学院文化科学研究科紀要』第一二号、二〇〇一・一一）、「坪田譲治文学の絵画性について」（『岡大国文論稿』第三〇号、岡山大学言語国語国文学会、二〇〇二・三）、「坪田譲治と陶淵明―小説『蟹と遊ぶ』論―」（『岡大国文論稿』第四三号、岡山大学言語国語国文学会、二〇一五・三）などで検討を試みており、さらにそれらを踏まえた第三の著書『坪田譲治と中国文学』（仮題）を執筆中であるので、ここでは省くこととする。

しかし、昭和一二年（一九三七）七月七日に勃発した日中戦争をきっかけに、譲治のこうした偏見の意識は一段と強まっていった。文学創作にあたっては、時代性または社会性に拘泥せず、〈沈潜の深さ〉と〈表現の簡潔さ〉への追求こそが真の芸術創造であるとし、〈文學に於ては、昔ながらの美と眞とが初めにきて、その二つのものの次に社會性だの時代性だのが來る〉（「作品を生ましめるもの」『帝國大學新聞』、昭一一・六・一五）と明言している譲治でさえ、戦争を匂わせるような、すなわち「時代性」に染まった作品を発表するようになった。たとえば、〈「悪い支那兵が戦争を起したんだ。それを日本の兵隊さんが大勢行つてたいらげてるんだ」〉（童話「ガマやイタチ」『善太と三平』、現代名作童話、童話春秋社、昭一五・二）や〈「支那人の子供はこんなに可愛いのに、成人になると、どうしてあんなになつてしまふだらう」〉（「支那の子供　二」『週刊朝日』、昭一四・一〇）などは、中国人の方が悪いとして、日本の中国侵略を正当化している表現であり、時局肯定、戦争協力の方向へ傾いていったことが明らかである。

こうした戦時下の譲治の言動および文学についての究明は十分にされておらず、それを論じた論文も著作も手薄であったことは反省すべきではなかろうかと思われる。

## 三．中国戦地に求めるもの

譲治が自ら願い出て中国戦地視察に行くことになり、船に乗り込んで神戸を発って上海に向かったのは、昭和一四年（一九三九）五月中旬頃であった。彼が四五歳の時であった。同伴者は中外商業新報の記者小山東一である。はじめての出国であることから、彼の心は躍動していた。その時の心情を、彼は随筆「中支點描」（『文藝春秋』昭一四・九）の中で次のように述べている。

この時私は出征する人の心持を思ひ浮かべた。自分を戰争にゆく兵士として考へて見た。胸に浮かぶは遠い故郷の林や田の間の自分の村と、そこの人々。また見送られた時の人々の顔、家族の顔々、家内の姿。私は胸が痛む思がした。生還は期されないと考へたからである。全く痛いやうな望郷の氣持であつた。フツと來て、フツとそれは消えた。またじつとやつて來た。船の下に湧き立つ白い波、遠くにウネく波のうねり、波頭の浮沈する廣い海原、凡て望郷の思をひいた。實に幾十萬の兵士が、如何の感懐を以てこの海を渡つたことであらうか。日清戰争、日露戰争、北清事變、上海事變、そして今度の戰争である。我が國のものはみな大陸に戰ふ運命を持つてゐる。この海を渡つてゆくさだめである。感慨なき能はず、幾度か海を見、幾度か考へた。

（『随筆 故郷の鮒』協力出版社、昭一五・一二）

ここでは出征の兵士と同様の心情が込められ、「戦争完遂」のために、自分もなんとかしようとした彼の意思が強く感じられるのである。戦争の渦中である中国大陸に対する不安の念を持ちながらも、あそこに対する希望と期待も大きかった。彼は戦争の正当性をちっとも疑うことなく信じ、〈一致團結火のやうな熱情と緊張を以て、戰争の目的を貫くために邁進しなければならない〉（「家を守る子」『日本評論』、昭一五・四）と考えて、国策主義と歩みをともにすることになる。

周知のとおり、譲治は、苦節一〇年、昭和一〇年（一九三五）三月、小説「お化けの世界」（『改造』一七巻三号）を以てようやく文壇へのデビューを果たした。それ以来、厳しい社会に生きる子どもの純真さをリアルに描いた「風の中の子供」（『東京朝日新聞』昭一一・九～一一）、「子供の四季」（『都新聞』昭一三・一～五）などの問題作を次々と発表し、全国の家庭に深い感動を与えて、人気作家として絶頂期を迎えていた。しかし、日中戦争の勃発を背景に、日本じゅう戦争気分に満ちあふれ、「勝った、勝った」という快感が国民全体に浸透して、何ごとも戦争に関することが優先し、そうでないものは疎んぜられたことになると、こういう純粋に子どもの世界だけを写す作品の世界がやがて行き詰まることは目に見えてくるのである。

こうした巨大な歴史の歯車がまわりはじめたことを、熱狂した社会状況の中から敏感に嗅ぎ取った譲治にとって、自分の未来を託す意識の転換問題はにわかに大きな関心事となったのである。

考へて見るに、私の運命は五年を一期として變化してゐる。五年間やつと持ちこたへたその状態に、そこで力がつきるといふのが原因のやうに思へる。五年づつを一勝負として将棋をさしてゐるやうなものである。最後は必ず負けてまた改めてさし始める。（中略）

六盤目、これは私も最後の勝負のやうな氣がしてねばりにねばつた。だから五年一勝負がこの盤だけは六年かゝつた。いや、五年で敗北ときまつたけれども、ねばつた甲斐あつて、去年一年はまだ支那旅行や何かで、敗北が目立なかつた。敗北をハツキリ意識したのは去年の末、十月以後のことであつた。

（『故園随筆』十一組出版部、昭一八・七）

随筆「創作近況」（初出未詳）の一節であるが、これより明らかなように、彼は、周期性と言ってもいいほどの「敗北感」に悩まされてしまい、中国戦地視察によってそれを挽回しようとしたのであった。視察の目的は、昭和一四年（一九三九）七月二五日付の『大阪朝日新聞』の報道によれば、〈「宣撫工作は童心から」と少年の教化に協力してゐるわが宣撫班や彼の地の兒童研究家を訪れて支那の子供の生活、思想、遊戯、童話、童謡などを中心に研究を進め〉るためだったという。そうして彼は、五月中旬上海に上陸以来、杭州、蘇州、南京、鎮江、大同、包頭、易縣、保定、北京などの戦跡や宣撫班の仕事ぶりを視察し、五〇日間にわたる「感激」「感銘」を経験した後、目的を達成したつもりで七月五日に帰国の途についたのである。

しかし、〈私は五十日ばかり支那を廻つて來たけれど、言葉も解らず、一ところに止つてゐることもなく、子供達と親しい接し方をしなかつたので、そんなに可愛いと思つたことはない。〉（「支那の子供　二」前掲）という彼の発言からも分るように、彼は終始日本軍に守られながら非常に限定された範囲内で行動したし、それに中国人の子どもに関してもほとんどが宣撫官の一方の申し立てであった。それに基づいた彼の作品においては、日本軍に不都合なことには一切触れていない。むしろ日本の戦争は正義の戦争であり、日本の兵士は中国の子どもに対し優しくて友好的な気持で接している、というふうに描かれているのである。

さらに視察の感想として彼は、〈支那の風物にも人々にも、私はしみじみとした愛情は感じられなかつた。草も木もない山野、濁水滔々たる河川、無表情の支那人、凡て荒涼たる感じしかなかつた。〉（「子供の支那」『公論』、昭一四・一二）といい、〈中国で目をひくものは何もありませんでした。愛情を感じたものと言えば、子供と犬や猫くらいのものでした。〉（「老年礼讃」『新潮』、昭二六・四）と言っている。そして戦場となったところの中国の子どもの不幸は、あくまでも「暴戻支那」に原因があり、〈他國に對するに誠心を以てせず、以夷制夷の政略を傳統とした、國の不誠に歸す〉ことであるとし、〈中國人が日本人を理解するといふことは、日本人の精神力を知ることで、日本精神は誠から發してゐる。この誠を知らなければ、日支親善も容易なことではない〉（「支那の子供　一」『アサヒグラフ』、昭一四・八）と述べている。

さらに、〈支那の子供達よ、強く正しく、そして明るく生きて行け、誠の道を生きてゆけ、彼等の耳に入らずとも、かう叫びたい氣持である〉（同右）と、日本の侵略戦争への迎合と支持の立場をとっているし、戦争協力へ傾いていったのであった。

むろん彼の言論は、昭和一三年（一九三八）一〇月に内務省警保局図書課より出された「兒童讀物改善ニ關スル指導要綱」（『秘／出版警察資料』第三三号）にしたがうものであった。内務省警保局図書課による子ども文化への改善（浄化）は昭和一三年（一九三八）四月頃から始められ、最初は主として赤本漫画・雑誌類が検討されたが、しだいに児童読物全般に広がっていく。その狙いは〈將來人格の基礎が作られる最も大切なる時代なるを以て、敬神、奉仕、正直、誠實、謙譲、勇氣、愛情等の日本精神の確立に資すること〉と書かれており、立案者の佐伯郁郎は、その指導方針の大綱を次の五点にまとめている。即ち、〈1、國體の本義に則り敬神、忠孝の精神の高揚に努めること。2、奉仕、勇氣、親切、質素、謙譲、愛情の美風を強調すること。3、子供の實際生活に即して指導するやう努めること。4、艱難困苦に耐へる氣風を強調すること。5、新東亞建設のため日滿支の提携融合を特に強調すること〉、である（「何故の統制—兒童讀物の統制について—」『少國民文化をめぐつて』、日本出版社、昭一八・一二）。さらに、児童文化に関する民間の専門家九名（山本有三・坪田譲治・小川未明・百田宗治・城戸幡太郎・波多野完治・佐々木秀一・西原慶一・霜田静志）に協力を求め、その答申案に基づき作成したのが「兒童讀物改善ニ關スル指導要綱」である。この「指導要綱」は、国家が児童文化

坪田譲治による「日中戦争」関連作品

に対する統制を本格的に開始した重大なできごとであり、敗戦の一九四五年までの約七年間、すべての児童文化を規制する根本的な基準となった。

「児童讀物改善ニ關スル指導要綱」について、山中恒は〈児童図書を教科書に準ずる扱い、もしくはそれ以上に時事的要素を含めて、露骨な国策宣伝の材料に仕立てようとする意図が極めて明らかである〉とし、〈児童読物を軍国主義的に再編成するためにつくるだろうか。〉(『ボクラ少国民』辺境社、昭四九・一二)と指摘したし、また、菅忠道も〈その統制ぶりに文化的よそおいをつけながら、なし崩しに弾圧を加えて、児童文化形態を国策一色にぬりつぶす方向に事態は動いて行った〉(「児童文化の現代史」『現代児童文化講座　下』、双龍社、昭二六・七)ときびしく批判している。

譲治も協力した「兒童讀物改善ニ關スル指導要綱」の中で、とりわけ注目したいのは、編輯上の注意事項に、中国に関する事項として次のような一項が設けられていることである。

事變記事ノ扱ヒ方ハ、單ニ戰争美談ノミナラズ、例ヘバ「支那ノ子供ハ如何ナル遊ビヲスルカ」「支那ノ子供ハ如何ナルオヤツヲ喰ベルカ」等支那ノ子供ノ生活ニ關スルモノ又ハ支那ノ風物ニ關スルモノ等子供ノ關心ノ對象トナルベキモノヲ取上ゲ、子供ニ支那ニ關スル知識ヲ與ヘ、以テ日支ノ提携ヲ積極的ニ強調スルヤウ取計ラフコト。從ツテ、皇軍ノ勇猛果敢ナルコトヲ強調スルノ餘リ、支那兵ヲ非常識ニ戯畫化シ、或ハ敵愾心ヲ唆ルノ餘リ、支那人ヲ侮辱スル所謂「チヤンコロ」等ニ類スル言葉ヲ使用スルコトハ一切排スルコト。

これは低俗化した児童読物に対する粛正措置の名目の下に行われたものであるが、しょせん対中国のいわゆる「欺瞞的懐柔政策」――「大東亜共栄」の宣伝の一環にすぎず、やがて来るべき児童読物の国家統制への布石となったことは、その後の事実が物語っている。協力者の一人である譲治は、その中の意味を誰よりも深く吟味していたであろうことが想像に難くない。

## 四．戦争児童文学研究への提言

しかし、戦後になって、戦争責任が問われている中、譲治は自らその責任を認めてはおらず、戦争協力の作品はなかったかのように考えられたようである。戦時下の作品は書き改めることはなく、全集や作品集にそのまま再録されたことなどを考えると、戦争責任への反省に対する譲治の認識上の欠如が指摘されなければならない。

また、文壇においても同じ傾向が認められている。戦時下の譲治について、砂田弘が次のように述べている。

日中戦争のまっただ中で、まもなく太平洋戦争が始まるが、譲治が小説においても童話においても、関英雄のことばを借りれば「軍国風景を消極的肯定で描くことがあっても、積極的な軍国主義賛美の作品を書かないことで、初期の文学態度を守りつづけようとした」ことは記憶されていい。その姿勢は戦意昂揚をめざす童話や少年詩を書いた小川未明や北原白秋とは明らかに一線を画しており、太平洋戦争下、譲治がもっとも力を注いだのは『鶴の恩返し』に結実された昔話の再話であった。

（「坪田譲治論―その生涯と文学―」『日本児童文学』三六巻六号、一九九〇・六）

いわゆる文学者の戦争責任論争の場合は、その論点は決まって「積極的」か「消極的」か、という瑣末な部分に重点が置かれているが、こうして譲治に関しても、「消極的な姿勢」という認識がほぼ定着しているようである。

しかし、問題は果たして戦争責任を「積極的」とか「消極的」の尺度のみで計ることができるのか、ということである。たとえ作家自身が意識しなくとも、戦争はすべて正義であることが当然だという雰囲気の中で行われた行為とそれに基づいて作られた作品は、その言動が子どもに対して戦争への意欲をあおったことの間接的責任への追究をも視野に入れて考えていく必要があるように思う。そういう観点から、私はこう書いて戦時下の譲治を追究してきたのであるが、それはあくまでも事実を事実として見つめるもので、坪田文学そのものを否定するつもりは一切ない。むしろ坪田文学の全体像を解明するには避けて通れない問題として認識しているのである。

近年、戦時期における児童文学のメカニズムをめぐる議論が盛んになり、戦争読物の日本の子どもへの影響に関する論考が数多く発表されている。しかし、中国の子どもに触れるものが意外と少なく、まったく等閑視されてしまったのである。果たして戦場における中国の子どもをぬきにして語られた戦争の児童文学は真実の解明ができるのか、私は大いに疑問を抱く。日本の戦争児童文学を考えるとき、中国の子どもは重要な課題のひとつであり、その核心的内容にかかわっていると思う。歴史を正しく認識し、戦争児童文学の本質を適切に追究し解明することは、日中の平和友好関係を発展させるための必要前提であり、未来につなげるきわめて重要なことでもあると、私はそう信じる。

そのため、戦時中、既成の児童文学作家としてたった一人、中国戦地を駆けまわった譲治は、中国に対してどんな視線を向けていたのか、そして彼の文学には中国および中国人の子ども像をどのようなものとしてイメージし、そこに何を期待し何を賭けているのかについて、戦争という歴史を正しく認識する上において事実などを踏まえつつ、戦時下における譲治の思想と文学に対する慎重な考察を行うべきではないかと思う。

参考文献
(1)「特集/坪田譲治の世界」『日本児童文学』二九巻二号、昭五八・二
(2)「特集/坪田譲治―生誕百年―」『日本児童文学』三六巻六号、平二・六
(3)「特集/アジアと児童文学」『日本児童文学』一七巻八号、昭四六・八
(4)「特集/戦時下の児童文学」『日本児童文学』一七巻一二号、昭四六・一二
(5)「特集/戦時下のアジアと児童文学」『日本児童文学』一九巻一一号、昭四八・九
(6)「特集/児童文学の戦争責任を考える」『日本児童文学』四一巻八号、平七・八
(7)小田嶽夫『小説 坪田譲治』東都書房、昭四五・八
(8)『坪田譲治童話全集一四巻　坪田譲治童話研究』岩崎書店、一九八六・一
(9)山中恒『戦時児童文学論―小川未明・浜田広介・坪田譲治に沿って―』大月書店、二〇一〇・一一
(10)滑川道夫『少國民文學試論』帝國教育會出版部、昭一七・九
(11)佐伯郁郎『少國民文化をめぐって』日本出版社、昭一八・一一
(12)菅忠道『日本の児童文学』大月書店、一九六六・五増補改訂版
(13)長谷川潮『「戦争と平和」子ども文学館 別巻 解説=戦争児童文学を読む』日本図書センター、一九九五・二
(14)長谷川潮『長谷川潮・評論集　戦争児童文学は真実をつたえてきたか』教科書に書かれなかった戦争PART三一、梨の木舎、二〇〇〇・九
(15)鳥越信・長谷川潮『はじめて学ぶ　日本の戦争児童文学史』シリーズ・日本の文学史八、ミネルヴァ書房、二〇一二・四

（16）山中恒『ボクラ少国民』辺境社、昭四九・一一
（17）山中恒『少国民戦争文化史』辺境社、二〇一三・一〇
（18）高崎隆治『戦時下文学の周辺』風媒社、一九八一・二
（19）櫻本富雄『文化人たちの大東亜戦争―ＰＫ部隊が行く―』青木書店、一九九三・七
（20）木村一信『戦時下の文学―拡大する戦争空間―』文学史を読みかえる四、インパクト出版会、二〇〇〇・二

# 第一章　上海から南京へ

——「江南日本」の旅——

## 一．譲治の上海認識

昭和一四年（一九三九）五月中旬頃、譲治は中国戦地視察のために、日本郵船の大洋丸に乗り込み、神戸を発って上海へ向かった。彼がわざと船を選んだのは、せめて三日二晩の短い船旅の間だけでも、〈自分を戦争にゆく兵士として〉〈出征する人の心持を〉（「中支點描」『文藝春秋』、昭一四・九）体験してみようとした心のあらわれであろう。

神戸を出航して三日目の午後、船は揚子江（長江）をさかのぼり、黄浦江へ入った。やがて、船が揚子江とその支流の黄浦江が合流する呉淞《ウースン》口を過ぎ、ようやく両岸の景色が見えてきた。その折の情景を、譲治は次のように書き留めている。

間もなく船は黄浦江に入る。呉淞砲臺のあるあたりといふのを聞かされた時私の胸は少し動悸を打つた。右岸に一二間の木が若葉を茂らせて立つてゐたり、小さな家の屋根が崩れてゐたり、草原などもあつたりした。そんなものを見る度に、こゝが呉淞の敵前上陸なのであらうかと考へたりした。（中略）黄浦江上をゆききの船が多くは日の丸の旗を立てた日本の船である。側にゐた日本郵船の人が感慨深く言ふのであつた。

「上海も變りましたね。どうです、日の丸ばかりぢやありませんか。戰前は英國のユニオン・ジヤツクばかりだつたのです。」（中略）

日本の汽船は日の丸の旗をマスト高くに、風にヒラ〳〵なびかせてゐた。國旗ばかり目につき、しかも我が國の國旗ばかりが威勢よく思われるのも、上海といふ土地だからであらうか。（中略）

浦東側には盛り上る青葉の林があつた。田圃もあり草地もあつた。支那の田園風景かと私はこれを注視した。呉淞側にも並木の堤があつたり、その前に濕地の草地があつたりした。その並木の道を軍工路であらうかと思つたり、以前に見た映畫上海の敵前上陸地といふのを思ひ合はせたりした。（中略）

私達の船は黄浦江に入つてから徐行してゐた。直ぐ上海と思はれるのに中々つかなかつた。小船に乗つた支那人がこちらに向つて、おいで〳〵といふ手振りをしてゐるのが、腹が立つほど卑しく思はれたり、船一杯に支那クリー（苦力＝劉注）を乘せ、船尾にカーキ服の人が數人乘つてゐるのを勇ましく思つたりする。遠くに見える高い建物をブロードウエイマンシヨンなどと聞かされたりする。その内遠くに戰艦出雲の水色の姿が見え出して來た。遠くからでも、それはガツキリしてゐて、水に浮いてゐるもののやうには思へなかつた。

（「中支點描」『随筆　故郷の鮒』、協力出版社、昭一五・一二）

上海にやってきた譲治が、まず目にしたのは、〈多くの日本船〉であり、〈翻る日の丸の旗〉であり、また、〈戦艦出雲の水色の姿〉であった。彼は大きな感激を覚えつつ、〈國旗ばかり目につき、しかも我が國の國旗ばかりが威勢よく思はれるのも、上海といふ土地だからであらうか。〉と、中国の大都会「上海」を占領した日本軍の威武を誇らしげに語っている。第二次上海事変（一九三七・八～一一）は、上海の街に大きな爪痕を残した。街並が廃墟と化し、日本の国旗が翻り、鉄蹄の音が響き渡る。一見長閑な風景の裏に、爆撃を受けた建物の無残な光景が広がっている。しかし、この一文には真の戦争意識は欠落して、日本の勝利への陶酔がただようばかりであった。

また、「支那人」が〈腹が立つほど卑しく思はれたり〉、「支那クリー」を酷使するカーキ服（日本軍の軍服）の日本人を〈勇ましく思つたりする〉という表現が使われており、日本軍の残虐行為による多くの中国人の血が流れた土地を、譲治が「勝者」の視点で捉えることで、侵略戦争正当化の一端を担ったというところにも、戦争時代の狂気が表れている。これは当時の日本社会における戦争歓迎の空気と報道・一般市民の戦争賛美・中国侮蔑風潮の加速などを反映し、まったく中国人民の立場や感情を無視したものである。

そもそも譲治における中国蔑視の意識は、『少年世界』や『赤い鳥』など児童雑誌の掲載作品に登場する中国人像から生まれたもので、彼の脳裏に刻み付けられ、のちに彼の作品の材料となっている。こうした中国人や中国の子どもを扱った彼の作品は、昭和六年から同九年（一九三一～一九三四）に至るまでに集中的に作られているが、それを見わたしての第一印象は、「支那人」は悪役の敵対者であり、また、「支那人」の子どもも悪童役として描かれており、いわば「帝国主義のディスプレイ」というフォーマットの中で構造化され、日本人の子どもと対蹠するという形で意識的に造形されていることに気づかされる（「補章　坪田文学における中国人の子ども像―小説『善太の四季』をめぐって―を参照されたい）。

日中戦争の勃発にともなって、譲治の中国蔑視の意識は、一段と鮮明になり、のちの坪田文学の方向性

上海バンド（一九三八年頃）

を決定するのに重要な役割を果したと思われる。こうした先入観を持つ「自分」に視点が収斂され、そこから現実が照射されていくことになっているから、敗戦国の上海および中国人の悲惨な姿を目の当たりにしたものの、彼には同情心が湧き出るどころか、かえって不気味な嫌悪感がいっそうエスカレートしていったように見受けられる。

以上から見て取れるように、〈一致團結火のやうな熱情と緊張を以て、戰争の目的を貫く〉（「家を守る子」『日本評論』、昭一五・四）という譲治の旅立ちの動機と、中国における戦跡の巡礼、戦争の謳歌の訴えかけを行おうとした彼の意図は明らかであろう。これより約一か月半、「中支」・「蒙彊」・「北支」を横断し視察した彼の認識の基点がこの一節にあったことは言うまでもない。

周知のとおり、戦前から終戦までの上海は、中国の都市の中で最も日本人に馴染みが深く、また、最もよく知られた都市であった。中国大陸の玄関口である上海に上陸し、上海の魔性に耽溺したり、あるいはそこを出発点として中国各地に散らばっていったりした日本人作家は数知れない。

明治の日本人作家が中国との連帯を求めようとして上海に渡ったとすれば、大正期のそれは、上海の魅力を発見していた。この時期に上海体験者としてあげられたのは谷崎潤一郎（一八八六～一九六五）、芥川龍之介（一八九二～一九二七）、井上紅梅（一八八一～一九四九）、村松梢風（一八八九～一九六一）などである。谷崎は〈氣に入つたらば一戸を構へてもいいくらゐ〉（「上海見聞録」『文藝春秋』、大一五・五）との思いも抱いて航路で直接上海に入り、江南の「水郷」を発見して、自らの作品を豊かにすることができた。それに対し、旅行中体調をくずした芥川は上海を「場違ひ」な西洋、「下品」とみなし、〈上海は支那第一の「惡の都會」だ〉（「上海游記」『上海游記』、改造社、大一四・一一）と言ってそれを受け入れなかった。一方、上海の魔性に耽溺した井上（「上海騷擾記」『改造』、昭二・五）や村松（「上海風俗印象記」『中央公論』、大一五・二）らは、上海の風俗探訪をつづけ、中国の文学者とも交流したりして、上海を深く体験することができた。しかし、日中全面戦争（一九三七）が始まると、上海全域への日本の統治がさらに強まり、上海を日本と均質、同一化させることにより、「ロマン」を寄せる対象ではなくなっていったのである。

それでは、譲治にとって、「上海」はどんな場としてあったのか。

譲治にとって、「上海」は初めて踏んだ地であるものの、まったくの「異境」ではなかったと言えよう。彼は上海へやってくる前に、「上海」をモチーフにした作品をいくつか作っており、また、日本軍が上海への侵攻を始めると、〈私も戦況を知ることに熱心で、手もとに各種四つの地圖を用意し、新聞は素よりラヂオニユースなど朝から最後の今日のニユースまで聞く〉（「輜重兵伍長の感想」『家を守る子』、墨水書房、昭一六・一二）とか、〈ラヂオニユースのある七時までには家に歸りつき、上海の戰況を聞かなければならない。北支はめざましいが、上海も早く快速に勝利が進むとい〻〉（「胸中テレビジョン」『おとづれ』、昭一二・一〇）などといったように、彼は戦火下の上海に大きな関心を寄せていた。

なかでも特に彼の「上海」イメージを大きく左右したのは、映画「上海」であろう。「支那」事変後方記録映画「上海」は、昭和一二年（一九三七）八月一三日、上海で海軍陸戦隊と中国軍との激戦の直後、東宝映画文化映画部が陸軍と海軍より委嘱され、〈陸軍省、海軍省並びに現地に於ける陸海軍將士達の絶對なる後援のもとに完成された〉（映画の冒頭に出された字幕＝劉注）戦意高揚映画で、「南京」「北京」とならんで戦争記録映画三部作として当時非常に有名であった。亀井文夫監督は上海へ侵攻する日本軍とそれを迎える中国民衆のおびえた表情を収めた三木茂撮影のフィルムを編集して一六ミリ計七七分の白黒映画を完成した。『キネマ旬報』（昭一二・九）の広告に、〈膺懲の十字火を浴びた抗戰支那の心臓部、而も列強の権益の交錯した國際都市「上海」も今や完全に日本の勢力下に置かれ、市内外の秩序も日に〱回復の途につき「明朗上海」の實現が待望されてゐるが、その世界強國の注目の的、上海のあらゆる表情と動脈を現地同時録音撮影せる本格的ルポールタージユ映畫である〉と、大々的に紹介されていた。映画「上海」は、日本侵略軍が上海において当時、横暴の限りを尽くしていた姿を「忠実」（製作者が日本軍の悪を暴露するつもりはなかったが）に記録している。その中には、上海の戦いで日本軍がいかに雄々しく戦ったか、いかに大きな戦果をあげたかを、終始解説したり兵士に語らせたりして報道しているとともに、日本人が上海に住む一般市民に対し、強制的な身体検査を行い、人を捕らえる姿や、日本軍の飛行機が上海領空において無差別爆撃を行い、工場や家屋が大きな火に包まれる様子なども収められている。さらに、武装した日本軍が上海を行進する様子、日本軍の砲兵基地、日本軍が負傷した軍人を移動させた記録なども揃っている。

国民総力戦の報道統制の手段として戦意高揚の目的で企画されたこの映画は、内閣情報局の監督下におかれ、東京や大阪など六大都市、次いで全国の映画館で強制上映されるようになり、日本国民に熱狂的な反響をよびおこした。それは日本本位で、「勝者」の民族意識にもとづく自己満足にすぎないものの、多くの国民と同じように、譲治もこの戦争が無事に遂行されることを願いつつ、切実な思いを抱えて映画館に足を運んでいたのであろう。

さらに譲治は、上海体験の作家では、小田嶽夫（一九〇〇～一九七九）、尾崎士郎（一八九八～一九六四）、佐藤春夫（一八九二～一九六四）らとの交友が深かった。小田の「上海通信」（『文藝』昭一二・五）、「憶ひ出の上海」（『日本評論』昭一二・一〇）、尾崎の「幻想の拷問室─上海生活の記録から─」（『尾崎士郎選集』巻七、平凡社、昭一七・九）、「夜の感情」（『随筆集 関ヶ原』高山書院、昭一五・一二）、佐藤の「探偵小説 上海」（『新日本』昭一四・一）、「閘北三義里の戰蹟」（『戰線詩集』新潮社、昭一四・二）などはもちろんのこと、当時新聞や雑誌の紙面を賑わせていた数多くの上海関連記事をも、彼は読み通したのであろう。

このように、上海へやって来るまでの譲治は、さまざまな手段を通じて上海や中国内地の情報を収集したものと考えられる。

## 二・上海戦跡めぐり

大洋丸はさらに二時間弱の遡航で日本郵船専用の匯山碼頭《わいざん》に接岸した。バンド（外灘）のある辺りにあった匯山碼頭は数多くの日本人が上海の第一歩を印したところであるが、そこから虹口の租界地までは、黄包車（人力車）に乗って、約四〇～五〇分はかかったという。そのため、上陸した譲治は、〈とても心細くなり、どうして軍報道部にたどり着き、どうして宿屋についたものか〉（「支那で乗つた自動車」『自動車雑誌』、昭一四・一二）と、心配や不安を感じたが、もっとも彼の神経をとがらせたのは、やはり近来、上海における抗日暗殺事件の続発であった。

おりしも上海では抗日排日運動が発生して、抗日暗殺が全市を席捲していた。日本の新聞は連日一面トップで、「上海・飽くなきテロ」「上海テロを斷乎根絶」「上海テロますます横行」などの特大見出しをつけて報道した。特に譲治の渡航直前の昭和一四年（一九三九）一月下旬より、わずか一カ月の間、中国人親日政権要人（漢奸）への抗日暗殺事件が一六件もの多数に及んでおり、中国の元国務総理で反蒋介石派の有力者だった唐紹儀をはじめ、維新政府（汪精衛政府）外交部長の陳籙、李鴻章の孫である李国杰などが、鉄血鋤奸団という暗殺団によってピストル乱射で暗殺され、日本社会を震撼させた。

にもかかわらず、〈現代のやうな時において、轟く砲彈の煙の中に、一瞬花開いて散るといふことも、また本懐とすべきところである〉（「胸中戰時風景」『中外商業新報』、昭一二・九）と言って、「使命感」に燃え、また「責任感」にさいなまれた譲治は、あらゆる危険を冒してでも中国に渡るという決意で動乱の上海に乗り込んだのであった。

幸いなことに、親友小田嶽夫の紹介で、上海特別市政府の顧問をしている喜多という人に迎えられ、立派な自動車で〈何だか威張れるやうな氣がして得意になつ〉（「支那で乘つた自動車」前掲）て無事に軍報道部と宿屋に辿り着いた。後の話であるが、その喜多顧問も後ほど〈蔣介石のあのテロ團のためにピストル狙撃され、重傷を負つた〉（同右）というのである。

譲治の上海での行動範囲は、日本軍によって実際支配された蘇州河以北の虹口地区に集中していたようである。

蘇州河を越えた北側の虹口地区は、かつて「日本租界」と呼ばれ、一〇万人もの日本人が住んでいた。しかし、ここは元来イギリスとフランスに続いてやって来たアメリカが仕方なく選んだ租界地であるが、やがてイギリス租界に呑み込まれ、共同租界となってしまう。かなり遅れて侵入してきた日本人は、租界獲得を狙ったが果たせず、そこに相乗りして虹口地区に多く住み着くようになり、やがてリトル・トーキョーと呼ばれるまでになった。

虹口地区には四川北路と呉淞路の二つの大通りが南北に走り、日本人はこの通りを中心に集住していた。そこには日本総領事館をはじめ、日本人倶楽部、居留民団、学校、商店、住宅、病院、公園、娯楽施設、宗教施設などがある。日本人居留民は日本総領事館により保護・監督を受け、黄浦江に停泊する日本海軍の軍艦と特別陸戦隊に守られ、日本国内とさほど変わらない生活が保障されていた。彼らは上海において日本語を使用し、日本式に改築した住宅に住み、日本料理を食べて生活していた。日本で行われる年中行事は上海でも当然のように行われていた。虹口地区には、日本語だけを使って日本様式の生活が可能なまでに「日本人町」としての実質が備わっていた。

一方でそこには多様な小商売を営む圧倒的に多数の中国人が生活していたが、「第一次・第二次上海事変」という日本が発動した侵略戦争を背景に、虹口地区から駆逐されたのであり、その結果として虹口地区では急激な日本化が進展し、もはや「内地」の一部となってしまう。昭和一四年（一九三九）版の小冊子『渡支ガイド』（朝日新聞社、昭一四・五）には、「上海」を〈國際都市の上海のうち「日本の上海」といふのは蘇州河以北の虹口（ホンキウ）地区で、在留邦人の組織する上海居留民團は内地の『市』と同じやうな施設内容をもち、女學校、商業學校各一、小學校四を經營してゐます。〉というように解説している。日本敗戦の昭和二〇年（一九四五）八月一五日において、中国には百万人以上の日本人が在留するが、そのうち約一〇%が上海と長江中下流域に住んでいた。

譲治の上海での活動については、「中支點描」、「支那の子供」、「家を守る子」、「支那で乘つた自動車」などの随筆・小品では断片的に記されている。〈上海閘北に殘る激戰の跡も何とも表現し難い感銘であつた〉（「支那の子供　一」『アサヒグラフ』、昭一四・八）とか、〈映畫館を見たり、ハイアライを見たり、食事をしたりした〉といったように、彼は上海滞在中、〈喜多さんの親切に甘えて、方々案内して貰つた〉（「支那で乘つた自動車」前掲）ということになる。

昭和一三年（一九三八）後半、戦局が落ち着きを見せ始めると、日本では戦跡観光ブームが起こり、多くの国民が次々と大陸へ渡って行き、連絡船や飛行機などが満員状態になってしまい、切符も取れないほどの大盛況を呈していた。その観光ブームに応えるべく、国策会社である「華中都市自動車」によって上海戦跡巡礼（観光）バスまでが運行されるようになった。

上海戦跡巡礼バスは日曜日と祭日の朝八時半、上海神社（「在留邦人唯一の氏神」として当時、日本の支配の及ぶところにはあまねく神社が建立された＝劉注）前から出発する。午前はおもに呉淞砲臺、寶山縣城、大場鎮、閘北など北方の戦跡巡り、午後は都市中心部にある西本願寺、知恩院、日本領事館、陸戦隊本部の観光スポットであった。

こうした上海付近の戦跡を、譲治も当然のように喜多顧問の案内の下で次から次へと見学視察したと思われる。ここでは、寶山縣城での視察を中心に、譲治の足跡を辿ってみよう。

寶山縣城は上海市の北部の長江（揚子江）と呉淞江の合流するところにあり、「第一次・第二次上海事変」とも日本軍が上陸した激戦地であった。

昭和一二年（一九三七）九月初め、中国軍第一八軍大隊長の姚子青が率いる寶山縣城の守備将兵六〇〇名は、日本軍の激しい砲火攻撃に陣地を死守したが、三〇隻もの日本軍艦の砲撃と飛行機による爆撃に遭い、城内は火の海と化した。守城勇士は「城を守り、息あるうちは徹底的に奮闘する」と心に決め、二昼夜にわたる激戦で、死んでも退かずという精神で、いくたびも日本軍の猛攻を撃退した。最後には両軍が入り乱れて市街戦を展開し、戦いのすえ、壮絶な犠牲となった。当時の上海の新聞は、〈このたび姚營は全滅したが、それは偉大なる壮絶死であり、人々の心を震えさせ、敬いの念を起こさせる。これは中國人の榮光のみならず、全人類の榮光である。そして、この偉大なる功績は永遠、不朽のものとなるであろう。〉（「吊寶山城中六百義士」『中央日報』、一九三七・九）と報道で賞賛をした。

空襲や市街戦のため、寶山縣城に大きな被害をもたらした。戦いが激烈を極めていた時、城内には毎日数千発もの爆弾が落とされ、町全体は完全に破壊されたし、一般人を含む多くの死傷者が出ていた。至るところに無数の銃弾と榴散弾の跡がうがたれ、壁がすべて瓦解していた。すさまじい破壊の跡以外には何も見つからなかった。しかし、戦争が終わってもう二年も経ったのに、復興は一向進展のないままであった。未だに寶山縣城の人々が破壊された家で暮らしている。瓦礫と化した「師範學校」を訪れた譲治は、次のように書いている。

病院といふのを見る。前の師範學校の跡とか。師範學校といふのは、こんな縣城には必ず一つはあつたものか、私はその後北支の方でも、ある縣城で見たことがある。中學といふのは田舎では聞かなかつたが、師範といふのは聞きもし、また見れば中々立派に出來てゐた。然しこの寶山縣の師範學校はむごたらしく銃砲彈にこはされてゐた。尤もこの學校ばかりではなく、城内の家々、彈痕のない家はないくらゐであつたが。

（「中支點描」前掲）

壊された師範学校の跡に臨時病院が建てられていた。病院の様子については、譲治はまったく触れていなかったが、実は当時、上海周辺ではコレラが大流行になり、数千名のコレラ患者がこの病院に収容され隔離されていた。彼らはたれ流し、看護してくれる者もなく、毎日十数人の中国人がコレラで死んでゆく（佐々木元勝『野戦郵便旗』、現代史資料センター出版会、一九七三・七）という。寶山縣城はまさに呻吟と絶望との底に死魔が跳るコレラ地獄の街となってしまった。また、城内の小学校も戦災から免れることはなく、無残な姿を現していた。

小學校に行く。やはり彈痕があり、屋根や壁が崩れてゐる。こんな戰跡生々しい中で習つてゐる小學生を哀れに思ひ、何か話してやりたいと思ふが、話が通じない。小學生は貧民兒童が多いらしく、服装がいづれもひどい。然し先生に出席簿を呼ばれ、子供達が「到」と大聲で答へてゐるところは、我が國の「ハイツ」と返事をしてゐるのと同じ感じで可愛かつた。それにしても、子供達がみな机の下に水の入つたサイダーびんを据ゑてゐるので、妙な感じがして聞いて見ると、お茶を入れて持参してゐるのだといふ。不思議な學校である。

支那の小學校はみなこんな習慣かと思つたが、その後幾つもの小學校を見たが、中支でも北支でも、そんなのは一校もなかつた。

（「中支點描」前掲）

この小学校は、寶山縣城内西門大街にあり、寶山縣城内唯一の小学校である。日本軍に占領された後、「上海特別市立寶山模範小學」と改称し、上海特務機関管下に置かれていた。昭和一四年（一九三九）三月から五・六年生を対象に始められた日本語の授業（週四時間）が、やがて全学年に浸透していったことになる。徹底的な植民地教育が行われたこの小学校は、日本軍の宣撫工作のモデルとして盛んに宣伝されていた。

しかし、子どもたちが直面している現実はあまりにも厳しいものであった。日本軍による無差別の攻撃の中で、多くの子どもたちが犠牲になり、地獄の中を逃げまどい、かろうじて生き残った幼い子どもたちが、肉親を失って悲嘆にくれ、家を破壊され、生活のてだてを失い、苦しい生活に強いられていた。また、日本軍は占領地域できびしい軍事支配の体制を敷き、住民の虐殺などの野蛮な行為を各地で行い、子どもたちの心に大きな衝撃と恐怖を与えていた。譲治は、〈子供達がみな机の下に水の入つたサイダーびんを据ゑてゐる〉と不思議に思っていたが、実はそこには意外な事実が隠されていたのである。

周知のとおり、「第二次上海事変」の時、主戦場となった上海郊外には、クリークと呼ばれる水路が網の目のように走り、ファルケンハウゼン（蒋介石の軍事顧問を務めるドイツの軍人）に学んだ中国軍の作戦が展開される。激しい戦闘を繰り返され、多数の兵士が戦死した。また、捕虜となる中国兵の多くは銃殺され、クリークに屍体が捨てられて、悪臭が鼻をついていた。上海郊外のクリークに浮いていた中国人の半ば腐った屍体に何十匹もの大きな鰻が喰いついていたのを見た同じく岡山出身の作家木村毅（一八九四

〜一九七九）は、あまりにも大きなショックのため、それ以後、鰻も蟹も食えなくなってしまった（「屍體と鰻」『上海通信』、改造社、昭一二・一二）というのである。

さらに、日本軍が寶山縣城内にコレラ患者を収容する病院（実際は収容所）を設立し、水源を汚したため、不衛生な状況をますます悪化させ、飲料水、調理用の水、洗濯用の水など給水困難を引き起こしてしまった。寶山縣城内の子どもたちがみな〈水の入つたサイダーびん〉を持って登校したのはそのためだったであろう。

しかし、譲治の視点は、〈戰跡生々しい中で習つてゐる小學生を哀れに思ひ〉という言葉の上での概念にとどまり、一人ひとりの生身の子どもの悲惨な運命にまでは届かなかった。そしてその残酷さは、いま自分の国である日本がおこなっている行為がいかなる結果をひきおこすかをいささかも理解することができなかった。

また、上海の英仏租界をも見物した譲治は、〈支那蔣政権を支援する〉イギリスなどに対して、〈内地では考へられないやうな憤り〉を感じ、次のように述べている。

これは上海に行つて見なければ解らないことである。ガーデンブリツジを越すと、そこは英語の世界で、英語は通じても、日本語は通じない。法幣は通じるのに、吾國の紙幣は通じない。英人の商店で買物などすれば、日本貨幣を法幣にかえてくれる場合、支那人の兩替店より安く兩替するやうなことさへする。老獪、英國に比すべき國はない。政治も知らず、世界の事情も知らないが、まづこんなことを考へるのである。

（「巷の戰爭談義―ひたすらに國を憂ふ―」『文藝春秋』、昭一四・一〇）

この文章が書かれた昭和一四年（一九三九）九月の始め頃、ナチス・ドイツがポーランドを電撃侵攻し、英仏対独宣戦布告により第二次世界大戦が始まったのである。ポーランドの亡国について、譲治は、

ポーランドだつて、避けることの出來ない戰争ではなかつたと、私は考へる。それに今となつて見れば、あんなに弱い國が、何故戰争に應じたか。自らの國力をはからざる、餘りに甚しいと言はなければならない。開戰僅々十數日で早くも國を亡ぼし國民を亡ぼし國民をこの惨禍に陥れたこと、凡て政府主脳者の責任である。私は腹が立つてならない。

然しホンタウのことを言へば、ポーランドが早く負けてくれてよかつた。どうせ負けるものなら早いほどいゝ。國民の惨禍が幾分でも少なかろうと思はれるからである。それに獨逸が餘力を殘して、英佛に向かつて十分の戰闘が出來るからである。今度こそ、私は獨逸に根限りの戰ひをして貰ひたい。英國を木つ端微塵に粉碎して貰ひたい。

（同右）

と述べ、同情するどころか、公然とドイツのポーランド侵攻を礼賛して、英米敵視・中国蔑視に急速に傾斜していったのである。

譲治の上海での活動についてもう一つ指摘したいのは、上海の中国文化人との接触である。文字の資料はなく、一枚の集合写真しか残されていない。そこには中国人らしい数人が写されているが、一体いつどこで誰と会ってどんな話をしていたのかは一切明らかではない。

しかし、当時の上海文化界の状況は、〈皇軍の活躍は日に日に進み、敗戰の中國は、後退をよぎなくされ、作家は次第に奥地に遁入し、上海文壇の活躍は愈々衰退をみるに至つた。上海文壇衰退と共に、『上

海文化協會』はその機能を失ひ、その多くの幹部達は時局の重圧と生活の地盤を失つて、次々に上海を脱出して、或は、香港、廣洲、漢口、延安、桂寧等へ身を隠すに至つた。かくて上海の文壇は、全く解體して一時その活動を停止する状態に立ち至つた。〉(一戸務「動亂中の中國作家㊦」『日本學藝新聞』、昭一四・一二・一〇)とあったように、著名な作家たちはほとんど上海を脱出して大後方もしくは中国共産党解放区に赴いているし、また、上海に残って抵抗を続けるか、もしくは日本に協力する作家たちも、抗日暗殺などを恐れて、〈新支那中央政府の要人たる傳式説氏や趙正平氏などを中心とする文藝科學社關係のグループや、中華日報や新申報への關係の人々を除いては、たとへ和平派に心を寄せ東亞新秩序建設に志ある人々でさへ、表面上灰色的態度を取らざるを得ず、日本人と會談することなどは甚だしく警戒する。〉(豊島與志雄「上海の渋面」『改造』、昭一五・五)というわけであるから、譲治の会った上海の作家は、いわゆる一流の作家ではなく、ほとんどその名さえ知られていない無名の人たちだったであろうことが推測される。

## 三、作品の中に描かれた「上海」

童話「激戰」は、「第一次上海事変」を題材にしたもので、昭和九年(一九三四)一月、児童雑誌『赤い鳥』七巻一号に掲載された。この作品は、〈一月號の「激戰」(改題)は、活字にして見ると、引きしまつて、とても傑作になりました〉(昭和八年一一月九日付の譲治宛の葉書。『鈴木三重吉全集別巻』岩波書店、一九八二・七)と、鈴木三重吉(一八八二〜一九三六)から賞賛されている。

「第一次上海事変」は昭和七年(一九三二)一月に上海の国際共同租界周辺で起きた日中両軍の衝突で

ある。「満州事変」の直後から、上海では中国人による大規模な抗日運動が起こるが、そのなか、上海で起きた日本人托鉢僧襲撃という事件がその発端であった。一九三二年一月一八日午後四時過ぎ、上海楊浦の馬玉山路（今の双陽路）にある三友実業社というタオル工場の前で、日本人の日蓮僧と信者五名が三友実業社の従業員らの暴徒に襲撃され死傷した。この事件は、関東軍高級参謀の板垣征四郎が「満州事変」から国際世論の目を上海に反らそうとして、上海駐在陸軍武官補佐官の田中隆吉に依頼し、謀略で発生したものである。

蒋介石の最強部隊である一九路軍は天険を利用した堅固な陣地を構築し、日本軍は攻めあぐねていた。激戦地の廟行鎮の近くで、日本軍が鉄条網に爆弾を投入して突撃路を開くことを企図したが、なかなか上手く行かなかった。この時、久留米第二四旅団の工兵江下武二、北川丞、作江伊之助の一等兵は、あらかじめ点火した破壊筒を抱いて鉄条網に突入爆破し自らも爆死をとげた。彼らは「肉弾三勇士」「爆弾三勇士」と賞賛され世間はわき返った。後に判明したことであるが、「肉弾三勇士」の話は日本軍が事故を美談に仕立て上げたものだというのである。破壊筒をもって突撃した「肉弾三勇士」の行動は、犠牲的精神の発露であるとされ、マスコミがこぞってセンセーショナルな報道をして、国民に熱狂的な反響を呼び起こした。

また、「肉弾三勇士」について、戦争の大義や日本の権益拡充に結びつく戦争に協力すべきであると考えた文化人も多かった。歌人の与謝野鉄幹（一八七三〜一九三五）の手になる「爆彈三勇士の歌」（昭七・三）をはじめとして、三人を題材とした歌や作品も多く作られた。映画、歌舞伎、演劇が三勇士ものを上演し、琵琶、浪曲、箏曲、絵画、彫刻、あらゆる分野で競って作品化された。「肉弾三勇士」は国定教科書にも登場した。それによると、最後に傷ついた三勇士の一人が「天皇陛下万歳」と言って死亡することになっている。果ては「三勇士饅頭」「三勇士煎餅」までが売り出され、大阪の高島屋の食堂では「肉弾

の時代を反映している。

本を銃眼にして、床の間で三勇士が鉄条網を爆破する有名な場面を再現した童話であり、日本の大陸侵攻の誤り＝劉注）見たいな戰爭へ行きたい〉と思って、兄弟三人の椅子を三つの堡塁に、お父さんの数冊の

譲治の「激戰」でも、「肉弾三勇士」の伝説を取り上げた。それは小学生善太が、〈廟口鎮（「廟行鎮」

三勇士料理」が売り出された。

いよ〳〵これから戰爭です。敵軍は支那でも屈強の第十九路軍で、これまで多くの戰爭にぶつかつてまだ一度も負けたことがないといふ有名な部隊です。大將は祭偵階（「蔡廷楷」の誤り＝劉注）。日本軍は善太の率ゐる松井部隊です。隊の主力は今、次の間の押入の前まで進出しました。

「プ、プップップップウ、パー」と善太は口へ手をあてゝラツパをならしました。開戰の信號です。

善太は、新聞紙をちぎつて、くちや〳〵にまるめるなり、

「ドゞーン。」と第一砲彈として敵の机堡塁を目がけて投げつけました。

「ドーン、ドン、ドン。」と敵からも射ち出しました。むろん善太が口で言ふだけで、砲彈は來ませんが、來る意氣ごみです。

「ドゞン、ドゞン。」と、こつちからは砲彈がつゞけさまにとびます。

「ドン〳〵。ドゞン。」と敵からもつゞけうちに打ち出しました。戰爭は次第にはげしくなつて來ました。

しかし、善太の率いる松井部隊は、鉄条網に阻まれ前進できない。そこで決死隊が志願し、鉄条網を爆弾で破壊しようとする。この描写が「肉弾三勇士」を踏まえていることは明らかであろう。肉弾勇士善太

は、この戦闘の一番乗りにより功勲を立てたのであるが、名誉の戦死を遂げた。そして善太は部隊長として部下の殊勲者に勲章をくれようと、お母さんにせがんだが、相手にしてくれなかった。最後に、〈仕方がないからサイダーの口金を勲章にすることにし、授與式は三平たちがかへつてから、みんなのまへでとり行ふことにしました〉というところでこの話は終わる。

これと瓜二つのような童話「イトウ退治」（初出未詳）は、『青山一族』（版畫荘、昭一二・六）に収録されている。小学生のシロウ君は、父が死んだ後、母の財産相談のため、わが家を出入りするようになった銀行員のイトウさんが嫌いなので、廟行鎮の陣をつくって彼を追い出そう（退治）としたのである。

さあ、イトウさんの來ない間に廟口鎮（「廟行鎮」の誤り＝劉注。以下同様）の陣をつくらなければ――。

「よしッ。」

シロウ君は茶の間で鐵カブトを冠りました。腰のバンドをはづして、上着の上にしめました。物尺をそれにさし込みました。これは軍刀です。大砲はポケットに入れました。キルク銃は肩にかつぎました。それから座敷へ出かけました。戰場の偵察です。

正面の床の間は、どうしても廟口鎮の假陣です。そこで大急ぎで勉強部屋へ馳け込み、机の下に這ひ込んで、それを頭で押し上げ、よちく床の間の前へ運んで來ました。お父さんの机もさうして運んで來て、二つを列べて、それを第一保壘とすることにしました。次にはその二つの椅子と、籐椅子を運んで來て、それを第二保壘として、その前へ列べました。次には家中の座蒲團をさらつて來て、二つ折りにして重ね、それを一列に座敷の端から端へ長々と列べ廻して、これを鐵條網といふことにしました。所謂三勇士爆破で有名な鐵條網です。（中略）

いよ〳〵開戦ラッパを鳴らすべきでせう。

が、まづその前に敵味方の戦闘序列を云ひますと、敵は支那の十九路軍、三ケ師團編成の一軍團、大將は祭偵階（「蔡廷楷」の誤り＝劉注）、陣地は廟口鎮、縁側を本陣とするのです。然し座敷に我國の居留地のやうなものがあつて、それとの外交關係が非常にデリケートであるといふ譯です。日本軍は松山シロウ部隊。今、茶の間に陣地を占領して居ります。

「プップク、プッ、プップー

プップク、プッ、プップー。」

シロウ君は口へ手をあてゝラッパを吹きました。開戦の信號です。

「激戦」挿絵（深澤省三／画）

そしてシロウ君は、〈戦死の覺悟〉で新聞玉を投げつけたり、新聞紙の飛行機を飛ばしたり、またゴムマリの大爆弾を投げたりしてものすごい激戦をしたが、部屋をめちゃくちゃにしたため、お母さんに叱られてしまったという話である。

両作品では、いずれも譲治特有の空想を駆使し、主人公の善太とシロウ君を大活躍させたが、類似的で、ほとんどが中国への侵略の正当性と、「肉弾三勇士」による犠牲的精神の発露についてのプロパガンダ的内容で構成されている。文学としての娯楽性や芸術性は皆無に等しく、戦意高揚童話そのものである。

譲治の上海体験は、のちに童話「ボーイ部隊―支那の土産ばなし―」一編として結実された。この作品は昭和一四年（一九三九）七月三〇日付の『大阪朝日新聞』に掲載されている。タイトルは「童話」となっているが、むしろ小品といったほうが適切な作品であった。

作品は前半と後半という二つの部分からなる。前半は上海の小学校での見聞を、後半は南京での話を描いている。前半だけを引用しておこう。

私は上海の支那小學校で、日本の小學生が支那の子供にあてた手紙の一つを讀みました。それにはこんなことが書いてありました。

「日本の勇ましい兵隊さんは今支那の村にも町にも澤山行つてゐらつしやるのです。だから、あなたたちはその兵隊さんと、いつも仲よく、色々可愛がられてをられるでせう。ボクはそれがうらやましくてなりません。」

これは日本の子どもの視点で語ったもので、日本軍の勇敢さや人間らしさを大いに美化したのである。日本の戦争は「正義」の戦争であり、日本の兵士は中国の子どもに対してやさしく、友好的な気持ちで接しているというふうに表現するのは、戦時下における童話作家にとって常套的であるが、〈その兵隊さんと、いつも仲よく、色々可愛がられてをられる〉あなたたちが、〈ボクはうらやましくてなりません〉という読者に対する煽動的描写はあまりにも露骨なもので、譲治の戦意高揚、戦争賛美に走った姿勢を端的に示している。

## 四．上海はもはや戦争の「外」

譲治の上海滞在は、わずか数日程度の短期間であって、しかも現地の中国人との交渉は少なく、ほとんど日本人社会に身をおいて、日本人から情報を得ていた。したがって彼は中国人を信用せず、作品の随所に中国および中国人に対する優越感を見出すことができる。

では、彼の上海体験がほとんど作品化されていなかったのはなぜか。実は、昭和一三年（一九三八）後半から、国民の文学的趣向が大きく変化したことによる。北原武夫が「戰爭文學論」（『文學と倫理』中央公論社、昭一五・一二）で指摘したように、〈戰爭の中にゐるものと戰爭の外にゐるものとの差〉が出てきて、戦場のように人の生命をかけた場所では大きくかつ歴然としていることから、銃後の国民が、〈戰爭の外にゐるもの〉に関心を示さず、兵隊経験のない文学者の書いた戦跡めぐりの感傷的な紀行文や激情的な観戦記には見向きもしなくなったのである。それに代わって、実戦者の生々しい臨場感のある戦闘記録や兵隊の実生活の記録・手記が登場し、戦記・従軍記の主流を成したのである。

譲治の訪れた上海は、中国の都会でありながら、日本軍の支配下に置かれて、急激な日本化が進展し、もはや「内地」の一部となってしまう。こうした日本と均質、同一化させられた上海は、〈戰爭の外にゐるもの〉となり、「生々しい臨場感」を寄せる対象ではなくなっていった。こうした状況のなかで、彼は文学の中心テーマ「戦跡めぐりの紀行文」から時代の中心テーマ「臨場感のある戦闘記録」といったものに自らの文学的主題を移さざるを得なかった。〈上海閘北に殘る激戰の跡も何とも表現し難い感銘であつた。けれども、南京を經て北京に至り、これから張家口大同厚和と日を重ねて、京包線の終點包頭に達した時、私は「よくも吾が軍はこゝ迄達したものだ」と自分の旅程の長さを考へて、全く言ひやうのない深い感嘆の思いをした。〉（「家を守る子」前掲）といった発言は、その胸中を吐露したのである。

このように、譲治は戦火が渦巻く「北支」・「蒙彊」へ行って、自分の冒した危険が出来るだけ大きなものとして人から考えられ、また、自分でそう思い込みたがるのである。自分が兵隊ではないものの、兵隊とともに行動して、どんなに決死の覚悟で臨んだかを力説し、いかに危険に遭遇したかを強調したところは、中国戦地視察を踏まえた譲治の作品を一瞥すれば瞭然である。

## 五. 瓦礫の閘北を後にして

五月下旬のある早朝、上海北停車場の雑踏の中に譲治の姿があった。彼は上海視察を終えて、次の目的地―杭州へ向かうところであった。数日程度の上海滞在で、多くの「感銘」を受けたものの、彼はそれには満足しなかった。彼にしてみれば、上海はあくまで日本の都合に支配され、日本人の価値基準にのっとり作り上げられた時空間にすぎない。夢を膨らませて大陸に渡った多くの日本文化人と同じように、さらなる「感銘」を求め、中国の「深部」に迫ろうとして、譲治も茫然たる中国内陸に賭けたようであった。

上海北停車場周辺の閘北地区では、「第二次上海事変」の際に、中国軍が日本軍と対峙し激烈な戦闘を繰り返していた。その間近に弾痕も生々しくそそり立っている厖大なビルは鉄道管理局であり、中国軍が最後までここに拠って、頑強に抵抗したのである。上海北停車場は赤レンガと白色バンドの組み合わせの当時流行した外観の駅舎であったが、この駅舎も戦火に消失し、焼け残った部分を利用して二階建ての駅舎に改築された。

当時は上海北停車場周辺には大勢の避難民が集まっていた。彼らは日本軍の侵攻によって家を失って、中立で安全だと思われた上海租界へ避難してきた人たちである。戦火が落ち着くにつれて、徐々に人数が減少するとはいえ、膨大な難民が上海には存在しつづけた。その多くは身を寄せる場所などなく、食料不足で悲惨な状況であった。乞食をしたりして路上の行き倒れの死体も少なくなかった。特に女性と老人と子どもからなる数千人もの避難民が蝟集する閘北地区には、スラムが目立って増えてきた。

この「難民区」は、日本文化人にも注目されていた日本軍占領下における上海のひとつの象徴であった。同じ時期に上海にいた作家の豊島與志雄（一八九〇〜一九五五）は「難民区」の状況を次のように書いている。

この難民區は悲惨を極めてゐる。北停車場の南にある英警備區域内のそれは最も惨めで、空地にテントほどのアンペラ小屋を立て並べ、屋内も寝所だけどうにか作つただけの土間で、一つの小屋に三家族も同居してるのがあり、女子供ばかりの家では屑拾いをしてゐる。アンペラ小屋の間の通路は漸く人が通れるだけのもので、雨が降れば泥水が溢れる。大抵の者は眼病と皮膚病とにかかつてゐるらしく見える。

日本警備區域内では、北四川路の森永菓子店のすぐ近くに難民區があるのには驚かれる。此處にもアンペラ小屋のものもあるが、戰禍による半壊の家屋を使用してる者が多いのは幸で、世帯整理もよく行届き、長春里第×号などと洒落た名称がついてゐる。この日本地區のみにて窮民二万を數うる由である。

この兩難民區に於て、薄暗い小屋の中でマージヤンの牌を弄んでるもの數組を見かけた。吾々が表から覗きこんでも、ただ曖昧な微笑を浮べるだけで、中には見向きもしないで牌を見つめたきりのもゐる。公然と数銭の金を賭けているのがある。その悲惨な不潔な環境のなかで正視し難い光景だ。それらの難民はさし迫つてる上海復興のために必要な勞力となる筈のものであるが…とY氏は言葉尻を濁した。

（中略）

さて、私は上海に蝟集してる大衆の一面を、そのどん底まで述べたが、彼等にその当面の必須事たる安居樂業を得さしてやるだけでも、容易なことではあるまい。

（「上海の渋面」『豊島與志雄著作集六』、未来社、昭四二・一一）

譲治は上海滞在中、この閘北地区をことごとく視察したのであった。当然、彼は〈悲惨な不潔な環境のなかで正視し難い〉避難民の存在を知らない筈はない。しかし、〈上海閘北に殘る激戰の跡も何とも表現し難い感銘であつた〉（「家を守る子」前掲）という表現にとどまり、避難民の状況についての言及はなかった。実は彼のこうした無関心さには、ほかに別な根深いものがあったようである。つまり彼は敗戦国中国人の悲しい表情を強調するよりもむしろ、日本軍とともに行動し、全生涯をかけて戦線にいる気持ちになり、「勇猛果敢な皇軍」の神々しい姿を表現することで、創作のゆきづまりを打開する糸口を見つけようと考えたのである。

## 六．「江南日本列車」の旅

譲治を乗せた汽車が七時頃に動き出し、廃墟となった巨大な鉄道管理局を後にして杭州に向かって進む。線路の右手には戦争のため破壊された家屋の廃墟が続き、その悲惨さが〈震災後（関東大震災＝劉注）の東京下町のやう〉（「易縣の二日」『話』、昭一四・一〇）なものであった。しかし、これと皮肉な対照をなしている共同租界の空を摩する大厦高楼、南京路一帯の雑踏をはるか左方に感じ、「戦争」と「平和」、「貧窮」と「繁栄」が隣り合わせになりミスマッチして奇形的な状況を見せていた。「第二次上海事変」という日本軍によってもたらされた中国民衆への災難に対する譲治の気持ちは、さほど作品を残していないことから、明らかではないが、当時日本文化人の間に流行していた「破壊と成熟論」（杉山平助『文藝五十年史』鱒書房、昭一七・一二）に照らして考えると、おそらく譲治もその例外ではなく、「破壊は建設と同義であり」、「中国への破壊的な戦争が日本の成熟に不可欠である」という共通認識を持っていたのであろう。

約一時間も過ぎて、列車が閘北に劣らぬ荒廃の町である南市あたりを通過すると、周囲の景色は一変して、目の前に独特の田園風景が広がり、目路の限り、地平線まで青々とした水田である。そこには水郷古鎮が点在し、クリークが張り巡らされ、碁盤の目の如く秩序正しく整然としている。まるで別世界のようである。

汽車の窓から見ると、子供も成人もこの水牛に乗つてゐた。野道を歩かせてゐるものもあれば、水の中に背中までつからせてゐるのもあれば、草を勝手に喰はせてゐるのもあつた。笛こそを吹いてゐなかつたが、牛の背中で晏如として、過ぎゆく汽車を見送つてゐた。幼時を回想して、私は少しばかりうらやましい思ひをした。實際、親子で乘つてゐるのもあり、兄弟で乘つてゐるのもあり、四人の子供が賑やかに跨つてゐるのもあつた。兄弟向ひ合つて乘つて、兄が幼い弟を子守してゐるらしく思へる光景は、殊に私をうらやましくさせた。

（「支那の子供　一」『アサヒグラフ』、昭一四・八）

川辺に軒を張りだして並んでいる家々、水牛の背中に跨って晏如として遊んでいる子どもたち、そして簡素で毅然とした人々の暮らしぶりをうっとりと放心した気持ちで眺めていると、ふと少年時代を過ごした故郷岡山の風景のことが切実に体内に甦ってきた。こうした落ち着いた風景は連日見てきた上海の激しかった戦いの跡とは全く対照的なモノトーンであるため、彼はある種のゆとりがあると感じたのであった。

上海から杭州への鉄道はもともと「滬杭甬鉄道」と呼ばれていたが、日中開戦によって大きく破壊され、運行が途絶状態となった。これは、〈我軍隊は燒却戰術を鐵道に迄及ぼし鐵道の破壊を助成した〉（『中支那振興並關係會社事業概況』中支那振興株式會社、昭一七・五）とあるように、日本軍による破壊であった。しかし、鉄道は作戦遂行上重要な生命線であり、大陸中部・南部の戦闘が続く一方、日本軍は日本から動員された鉄道技術者とともに線路や車両の復旧作業を進めていた。

上海から杭州までの鉄道は「海杭線」として復旧され、昭和一四年（一九三九）三月から正式に運転した。そして翌四月に、日本軍の傀儡政権として誕生した「中華民国維新政府」の国策会社という位置付けで、日本名「華中鉄道株式会社」なる名目上の日中合弁の鉄道の運営とした。そこには日本国内で見慣れている日本製の車輌が走っていることから、「江南日本列車」と名付けられた。急行列車が一日に二回運転され、所要時間は五、六時間であった。一等車から四等車の他に、「軍人専用車」という特別車輌も存在していた。中国人は必要な運賃・料金を払えば一等車に乗車できるが、日本人の四等車への乗車は認められていなかった。

「海杭線」は、〈その困難の真只中で、中支建設の目標を、支那一般民衆のため、日支提携促進のための二点に置いて、撓まざる努力をもつて〉（「中支建設の成果」『中外商業新報』、昭一四・一二・二八）復旧され、〈整然たるダイヤの下に今や戰前の運轉狀態を遥に凌ぐ素晴らしい發展振りを示してゐる〉（「南京・杭州直通列車」『東京朝日新聞』、昭一四・三・四）と大書されたのであるが、実際には、昭和一四年度（一九三九）旅客運送実績を見ても分かるように、一日平均乗車人員はわずか一五五人にとどまり、日中戦争前の昭和九年度（一九三四）の一〇〇五三人に比べれば、その六五分の一に過ぎなかった。逆に軍需品および「徴発」（略奪）物資を主とする貨物輸送総量は大幅に改善されるようになり、ほぼ戦争前並の水準に達して、まことに〈素晴らしい發展振りを示してゐ〉たのであった。このように「海杭線」は、〈支那一般民衆のため〉または〈日支提携促進のため〉安全な旅をする手段としてというよりむしろ、日本が獲得した物資を輸送する手段として、また兵站線として組織されたのである。その目的は兵員と軍需品の輸送とともに、華中・華北の物資および石炭、合計六〇〇〜七〇〇万トンを年々上海等経由で日本に輸送することにあった。

しかし、〈一粁乃至二粁、甚しきは数百米にして既に横行する敵匪の為に身邊の危險を伴ふ〉(「中支に於ける愛路工作に關する調査」『調査月報』、大東亜省、昭一九・四)とあるように、抗日ゲリラによる鉄道攻撃は、輪転材料、軌道、橋梁などを破壊し、鉄道輸送力を低下させ、日本による鉄道支配を直接に脅かすことによって、日本軍の輸送力を有効に阻止していた。昭和一六年(一九四一)度の「海杭線」に対する攻撃件数と損害に限って見ても、攻撃件数は三四件あり、そのうち二六件が地雷敷設によるものであるが、地雷敷設も含めて七〇%は線路破壊等であった。この攻撃により機関車九輌、客車一三輌、貨車三七輌が破壊され、軌道を含めた修理費は七六万円に達したという。抗日ゲリラによる鉄道攻撃は鉄道運行に直接の打撃を与え、輸送を混乱させ停滞させたばかりでなく、破壊された施設や輪転材料の修理費等により経営費を増大させてもいたのである。

日本軍は線路を守るため、兵士の増員による鉄道守備を強固にさせたほか、沿線にいくつかの「愛路区」などを指定し、日本兵の軍属を動員して、さらに沿線地域の中国人住民に対し線路保護の協力を強要することなど、沿線の五キロメートル内の治安を必死に確保しようとした。各駅を厳重に守る日本兵の有様を、富岡鉄斎の孫である夭折の歌人富岡冬野(一九〇四〜一九四〇)はこう書いている。

上海から杭州に至る驛々はすべて日本軍人に守られてゐる。漢字の驛名の傍に新しく日本風の讀み方が平假名で記されてあり、驛の柱には『何々驛守備隊』の文字が書かれてある。…

(『歌文集 空は青し』第一書房、昭一六・五)

日本軍による「愛路工作」は構想が大なるものであったが、〈當地農民の警戒心は日本人に對しては想像に餘りあり〉（「中支に於ける愛路工作に關する調查」大東亜省、前掲）ということもあり、沿線地域の中国人住民に理解されておらず、〈所期の工作成果を挙げ得〉（同右）なかったため、その実態と成果はまことに貧弱であった。

譲治は杭州へ向かう汽車の中で二人の日本兵に出会い、その「敵討伐」の話に心引かれて、積極的に取材したのであった。取材した材料はさほど内容を変えずに随筆「中支點描」（『文藝春秋』前掲）の中に書き込まれている。

「敵討伐」の話は主に三つからなるが、その中で特に「土屋少尉」の戦死の描写が最も「生彩」を放ったもので、記録はかくあるべしという「迫真性」を見せている。

その時土屋少尉殿が負傷せられた。兵が、少尉殿負傷と言つたんだが、割合平氣な聲で言ふもんで、そんな大きな負傷と思はなかつたんだ。すると、少尉どのが、言ふことがあると言はれて居りますと言ふぢやないか。それで直ぐ飛んで行つたんだ。もう唇の色が變つてるだらう。おれはもうダメだと言はれる。少尉殿、負傷は輕いですと言つたんだが、いや、おれには解つてると言はれたんだ。腰から下に何の感じもない、水を飮ませてくれとも言はれる。それで水を飮ませてあげたんだ。すると、旨いと言はれ、熊澤、おれの心持は解つてるだらうとも言はれる。解つてまさと《ママ》言ふと、それなら早く行けと言はれた。おれは直ぐ打ち合つてる處へ歸つたんだが、その間に遂に亡くなられた。立派な人だつたよ。あんな立派な人はなかつたよ。

ここに語られる「土屋少尉」は東京中野の中幡小学校で先生をしていたらしいが、彼は〈戰争は修養である〉と考え、〈この聖戰を經驗しなければ、教育に従へない〉として、自ら進んで志願し出征した。嘉興の戦闘で撃たれたがなおも闘志を失わず、〈戰死の後は、自分のその志をついでくれ〉と部下に言い残して悲壮な戦死を遂げたのである。このような「土屋少尉」を、譲治は敬意をこめて書いているように見える。

類似した記述は彼の日記に多数にあるが、それは童話や小説または随筆の形で全国津々浦々に届けられ、戦勝ムードを盛り上げるスピーカーの役割と戦争賛美の務めを十分に果たしたのである。

## 七．杭州・蘇州にて

譲治が杭州に着いたのは午後二時近くである。破壊された駅舎は未だにそのままで空地に雑草が生い茂っていた。駅周辺は日本兵だらけで、中国人の顔をほとんど見ていないのが、彼を落ち着かせなかったのである。

杭州は浙江省の省城で、古くから「上に天堂あり、下に蘇杭あり」と呼ばれている。名勝としてのみならず、蒋介石政権の重要な拠点として、政治的、軍事的にも世界に知られていたのである。昭和一二年（一九三七）一二月二四日、杭州に日本軍が激しい爆撃を加え占領した。

攻撃前に中支那方面第十軍が杭州攻略部隊に伝達した「杭州占領ニ伴フ秩序維持ト配宿等ニ關スル件」と題する命令には、「南京大虐殺」など日本軍の作戦行動に関する「反省」が読み取れる。それには、〈掠奪婦女暴行、放火事ノ巌禁ニ關シテハ屢次訓示セラレタル所ナルモ本次南京攻略ノ實績ニ徴スルニ婦女暴行ノミニテモ百餘件ニ上ル忌ムヘキ事態ヲ發生セルラ以テ重複ヲモ顧ミズ注意スル所アラントス。…〉(『第十軍作戦指導ニ關スル参考資料　三部ノ内其ノ三』第十軍参謀部第一課、昭一二・一二・二〇)とあるにもかかわらず、それを各部隊は無視したまま杭州攻略に踏み出したのであった。

中国軍が杭州を放棄し撤退したため、市街は激烈な戦闘が行われず、建物の大部分は破壊から免れたものの、掠奪だけはすさまじく、家という家の内部はことごとく荒らされていたのであった。

杭州陥落は、日本ではトピックス・ニュースとして報じられ、杭州へ向かう日本人の後押しをしたのであった。日本軍の遠征についてやってきたのが大量の日本商人である。日中戦争前わずか三二人だった日本商人が、昭和一三年(一九三八)一二月末までには七七八人に急増し、飛躍的な数字を示していた(『東京朝日新聞』昭一四・一・一九)。彼らは日本軍に守られながら、日本の「中国経済への統治」という国策に協力し、この金儲けの絶好の機会を逃してなるものかと、会社・食堂・商店・病院などの経営を通して、杭州市の繁華街からさびれた裏通りまでいたるところに経済侵略の魔手を伸ばし、杭州経済への支配を強めたと同時に、市民の行動に常に監視の目を光らせていた。

しかし、たしかに杭州の中国軍は全員が敗走し、杭州市と周辺の主要都市・鉄道・道路などは日本軍に占領されたとはいえ、周りでは戦闘が継続され、一歩郊外に出ると、日本軍の制圧が及ばない地方がほとんどであった。また、銭塘江対岸にいる中国軍は日本軍と対峙しつつ、なおも杭州奪回の機を狙い、大小の戦闘が絶えなかった。さらに杭州市内でも抗日ゲリラが頻繁に出没したため、昭和一四年(一九三九)一月二二日の傀儡杭州市長何瓚銃殺をはじめ、日本人や漢奸などに対する抗日暗殺事件が多数起きていて、杭州の治安状況は悪化し、市内の雰囲気が険悪を極めていた。このような状況下にある杭州は譲治にとって、むろん快適に過ごせる環境ではなかった。

譲治が杭州を訪れた理由は、〈今でこそ日本國民は誰一人として知らぬものはない〉(『支那事變 戰跡の栞』陸軍畫報社、昭一四・一〇）といわれる「杭州湾敵前上陸」に直接影響されたと考えられるが、彼の親友である小田嶽夫からの誘引も決して見逃すことはできまい。

小田は大正一三年（一九二四）八月、二四歳の時、杭州領事館に書記生として赴任したが、上司である領事の仕事振りに疑問を持ち、帰国を願い出て、昭和三年（一九二八）五月に東京に帰任した。この流れの中で小田の気持ちは外務省を辞し、文学に生きる方向に大きく傾いたのである。小田の作品には、第三回芥川賞受賞作「城外」（『文學生活』昭一一・六）をはじめ、この勤務体験が基盤にあるものが多く、〈あの美女のようにおだやかな、慈母のようにやさしくあたたかい西湖〉（「杭州彷徨」『新日本文学』、昭三二・三）などという表現があるように、「西湖」への深い思いがその原点となっている。「城外」には西湖の風景を描いた一節がある。

私は長い堤道を終端まで歩いた。それからまたまっすぐもと来た道をひきかえした。いつのまにかかすかに風が出、並木の柳の葉が軽く髪のように靡き、綿屑のような柳絮がへんぽんと路の上空を吹き舞わされていた。私の前方を行く若い女たちの、高貴な光沢を放った長くひきずる裙子の下にのぞいた絹沓があでやかに花弁のように見えた。遠く白い城は夕日の残照を受けて明るく光っていた。何か人を陶酔させるような快いリズムが見える限りの風景の中に波打ってでもいるかのようであった。まさに―春は酣であった。

（『芥川賞全集』巻一、文藝春秋、一九八二・二）

譲治は、〈氏の書かれたものは、その七八分通りを私は讀んでゐる〉といって、小田の文学を熟知している。この「城外」は、譲治によって、〈畫龍點睛のやうに生きて來た〉（「小田嶽夫氏―私小説に就て―」

『文藝首都』、昭一一・七）と評された作品である。小田の描いた西湖の美景を憧れる譲治は早速、朝日新聞社杭州支局の川村明氏に案内してもらって見学したのであるが、〈その蘇堤で、この間も一人の軍屬が人力車で行つて、匪賊のために殺された〉（「中支點描」前掲）という話を聞かされると、彼はますます不安を募らせてさっさとその場を去ったのである。また、〈岳飛廟の前の茶店で、澤山の支那人が歌ふ女に聞入つてゐるのを見ると、その中に匪賊など居りはしないかと、不安になる〉（同右）との記述もあるように、彼はとても風景に目を向けるゆとりはなかったようである。

次に向かったのは錢塘江の哨所である。彼は敵が目の前に見えるほどの最前線哨所を慰問したのである。

少し行くと、錢塘江の棧橋に出た。この棧橋は江の中に長々と突き出してゐる。その突端にまた兵隊さんがゐて、前方對岸を監視してゐる。錢塘江は廣く、對岸は見えても、敵兵の姿は見えない。然し彼方にも長い棧橋があつて、こちらの通りに突出してゐる。そこに敵はゐるのである。江の水は静かで、まるで湖水のやうである。上流には鐵橋が無殘に落されてゐる。

棧橋の突端を守つてる兵隊さんに、

「御苦勞さまです。」と、

挨拶をすると、その人はニツコリして、頭を下げた。ものを言はないが、歳も若く、何か心に殘る人であつた。その哨所の板壁には澤山楽書がしてあつたが、その中の一つが記憶に殘つた。「錢塘江の河風寒き歩哨に立てば、故郷の父母のおもかげぞ見ゆ。」和歌か何か解らないが、唯その人の心が忍ばれる思がした。

（「中支點描」前掲）

「御国の為に」そこで戦っている若い日本兵の姿が彼の〈心に殘〉り、また、その心境を象徴したかのような〈錢塘江の河風寒き歩哨に立てば、故郷の父母のおもかげぞ見ゆ〉という言葉に〈心が忍ばれる思がし〉て、日本兵の「人間性」の一面を振りかざした。それは、むろん〈雨の日、風の日、或は仕事で夜ふかしの深夜など、前線の将士について考へないことはない〉（「輜重兵伍長の感想」前掲）という彼の気持ちのあらわれであろう。このように彼の眼は終始戦場において「お国の為」に戦っている兵士の姿に注がれていたのである。

その帰りに、弘法大師が修業したといわれる慈浄寺に寄ってみた。南屏山の麓にある慈浄寺は、その鐘の音色が美しいことで、西湖十景では「南屏晩鐘」として知られている。しかし、そこは「難民救養所」になってしまったため、身の安全を案じた譲治は中に入ることを諦めた。彼は慈浄寺の手前の山の中腹にある防空壕で難民の子どもたちに出会う。

入つて行くと、奥の方から三四人の子供がローソクを持つて出て來て、何か言ひながら案内をする。いゝ加減奥に行つて、また入口に引返す。その頃になると、難民救養所の所のこの防空壕の入口から澤山の子供がやつて來て、私達の周圍をとりまき、ガヤ〱騒ぎ立てた。入口に出て、さて自動車に乘らうとすると、

「先生、ドンベイ進上（中国の東北地区を差し上げるとの意味だと思われる＝劉注）。」

とやつて來た。二人の子供に一錢づつやる。すると他の子供が大騒ぎをする。かまはず自動車に乘ると、後から石など投げたりした。それでも構はず自動車に乘り、軍の報道部をたづねた。

（「中支點描」前掲）

日本軍侵略のために杭州市民、特に子どもたちの虫けらにも等しいみじめな生活を見たものの、譲治は別に驚いた様子もなく、〈支那の子供も日本の兵隊さんにものをねだることに技巧をこらしてゐた〉（「支那の子供　一」前掲）と述べただけであった。お金を貰わない子どもたちが大騒ぎをして、まるで「悪童」のように後から石などを投げたりしてきた。それでも彼は〈構はず〉車に乗りこみ、自分には関係がないというかのように去った。次の訪問地である蘇州においても、彼は同じような「悪童」を目のあたりにした。

蘇州のある塔を見物に行つた時、そこの門を入らうとすると、近くにゐる子供達が集まつて來て、兩側にズラリと並んだ。

「さゝげーつゝッ。」

一人が日本語の號令をかけた。みんな持つてゐる棒で私達に捧げ銃をした。ほゝゑましい光景に、つい私達は笑ひ出し、こちらでも兵隊さんのやうに擧手の禮を返した。そして何度もうなづくやうに頭を下げ、そこを通り過ぎようとした。するとこの子供隊長らしいのが追ひかけて來て、

「先生、ドンベイ進上。」

と、前に手を出した。俄か興ざめしたけれども、どうも仕方がなく、遂に財布を開き、頭割一銭づつを與へた。彼等はまた私達に捧げ銃をして、ニツコリともせず、そこらへ散つて行つた。

（「支那の子供　一」前掲）

〈蘇州のある塔〉というのは、虎邱山の雲岩寺塔だと思われるが、そこには日本の藤原家次という銘のある古い鐘があるということで、日本人は必ず見物に行く観光スポットであった。それを狙って多くの難

民の子どもたちが集まってきた。前の教訓を受けた譲治は、子どもたちに〈頭割一銭づつを與へた〉ため、無事に脱出できたのであるが、しかし、こうした「決まり」を知らなかった評論家の谷川徹三（一八九五〜一九八九）はそこでひどい目に合わされてしまった。少し長文ではあるが、引用しておこう。

蘇州の郊外に虎邱山と云ふ所があります。（中略）

其處へ参りますと子供達が澤山從いて來る。大體二種類の子供でありまして、一種類の方は其の名所の因縁などを書いた帳面をもつて案内してやらうと言つて來ます。もう一種類の方は籠に其の邊の土産物—細工物や菓子や果物を入れて賣り附けようとする。虎邱山の登り口へ参りますと、十數人のさう云ふ子供達がぞろぞろとやつて参ります。男の子も女の子もゐて中々可愛らしい子供も居る。私共は案内して貰つたのでありますが、案内して貰つた方には若干の金をやつたが、片つ方の土産物をもつて來た方にはつい土産物を買つてやらなかつた。其の土産物を賣る方も案内をする子供達と同じやうに私共が門を入つてから出る迄ずうつと從いて來たのですが結局土産物を買つてやらなかつたのであります。さうしますと、今迄にこにこ愛想良くして居た子供達が、小さいのは八つ位、大きくて十二三歳ですが、私共が自働車に乘つてから大きな聲で何か怒鳴つて居ました。支那語の分る人に聞きますと、『豚め』と云ふ意味の言葉であつたさうでありまして、これは支那人が人を罵つて言ふ場合の最も酷い言葉ださうであります。其の時に私は日本の子供だつたら斯んな風には言はないであらうと思つたのであります。第一こんなに執念深くいつまでもくつついて來ない。そこのところもちがふ。さういふちがひが子供にもあらはれてゐる。一體に支那人は日本人より現實家であります。

（谷川徹三「中支雜観」『上海』、三省堂、昭一六・一〇）

谷川も「悪童」たちの執念の深さと教養の無さに怒りを感じた。彼は日本軍占領下に置かれた中国の子どもたちの苦しい生活をまったく理解しておらず、同情するどころか、かえって〈支那人は日本人より現實家であります。〉などと述べ、日本民族の優秀性を強調して、中国人に対する蔑視を生んだのである。

このように、戦時中における日本文化人の多くは、敗戦国中国人への配慮、戦争目的、国際情勢よりも、日本帝国の国益を優先していた。彼らは日本側の戦争そのものの性格には全く目を向けず、戦場の非人間性を告発することはできなかった。

## 八．南京・鎮江にて

譲治の南京入りは五月二九日か三〇日のことと思われる。南京といえば、世界を驚愕させた「南京大虐殺」（一九三七・一二）がすぐ想起されるが、南京が陥落しても戦争は終わらず、長期戦の様相を深める。中国軍が敗走したとはいえ、南京周辺の抗日勢力がなお各所に潜伏し抵抗しており、日本軍はしばしば掃討作戦を行ったが、まだ「粛清」できず、依然として悪戦苦闘を強いられていた。一方、南京市内でも抗日勢力による襲撃を恐れて、銃を構えて町中を厳重に警戒する日本兵の有様はあまりにも目にあまるものであった。

南京攻略に先立って、昭和一二年（一九三七）八月一五日に、日本軍は上海に侵攻すると同時に、南京に対する「渡洋爆撃」と呼ばれる空襲を始めた。九州や長崎の基地を発進した新鋭の九六式陸上爆撃機は一機当たり六〇キロ陸用爆弾一二発、二五〇キロ爆弾二発、五〇〇キロまたは八〇〇キロ爆弾一発を搭載し、海を越えて南京上空までの九六〇キロメートルを四時間で飛翔し、南京市内および周辺に対する無差別攻撃を行った。こうして南京空襲の日々は、一二月一二日の南京陥落の日までまる四カ月にわたって続き、空襲回数百回にも上り、飛行機の延機数は一千機を越えており、投下爆弾は六〇〇トン余りといわれている。かくして何カ月間も行われた日本軍機の空襲による南京の損害も大きかった。飛行場などの軍事施設のみならず、工場、学校、病院などの公共施設、そして民家や難民収容所にも爆弾が投下され、数多くの市民が爆死した。

南京に対する「渡洋爆撃」に、譲治は大きな関心を示していた。彼は〈そこから爆弾や砲弾の炸裂する轟音を聞く〉（「胸中テレビジョン」前掲）といい、〈今、身を爆弾と共に戦場に投じて、その爆煙と空中に四散しつくすのも、また快ならずや〉（「輜重兵伍長の感想」前掲）と考えていた。童話「村の戦争」（未発表）は南京爆撃を扱った作品である。

　吾國の飛行機が隊を組んで支那の都南京といふ處に飛んで行つたといふことを報道して居つたのです。その日は大風大雪の日でしたが、吾飛行機はそんなことは物ともせずに、遠い海を越して何百里とある處を一氣飛びました。そして南京の空で敵の飛行機と機関銃の打ち合ひをし、戰争し、幾つか敵飛行機を打ち落としました。飛行場にもバクダンを落としてそこを粉々に打ち砕きました。そこは庫の中や、庫の外に敵飛行機が幾つもあつたさうですが、それもミヂンに飛び散りました。然し敵は高射砲といふ大砲を何十となく空へ向けて打ち上げました。それが吾飛行機の近くで破裂し、中には當つたものもあつたさうですが、日本の軍人はこんなことをものともしません。大戰争をして、また海を越して歸つて來ました。大變に勇しい話です。…

ラジオの戦況報道を聞いて興奮したマサヲ君は、三毛猫にこの話をしたら、猫が〈私だつて日本の猫です。いざといふ時には、この爪でもつて、支那の猫をぶつ殺すぞ〉と言ったように、〈太左の爪を木の皮に立ててかりく引かく眞似〉をしていた。これは単純で動物などを使って、三毛猫も「暴支膺懲」の戦争に協力しようという寓意を込めた作品である。

事実上、日中戦争中、動物たちが軍国少年の理想像として語られ、戦意高揚によく利用されたのである。その頃、日本は「優れた我が国が愚かな諸外国を討伐して従える」という幻想を抱いており、そんな童話を求めていたのである。こうした当時の世間のニーズに応えるべく、譲治は、〈日本國のものは、犬も猫も馬も牛もみんな戰争しなけりや〉（「太郎のゆめ」『善太と三平』、現代名作童話、童話春秋社、昭一五・一）といって、自ら〈一致團結火のやうな熱情と緊張を以て、戰争の目的を貫くために邁進し〉（「家を守る子」前掲）たのであった。

また、童話「ガマとイタチ」（『善太と三平』現代名作童話、童話春秋社、昭一五・一）も、同じモチーフに基づいて書かれた作品である。

「ガマ、大ガマ、知つてるかい。今、支那で大戰争がはじまつてるんだ。惡い支那兵が戰争を起したんだ。それを日本の兵隊さんが大勢行つてたいらげてるんだ。知つてるのか。知らないのか。」
ガマのことですから、知つてるとも、知らないとも言ひません。口を一文字につぶつたまま、目ばたきもしないで、兩手をついて居りました。しかしどうでせう。やつぱり日本のガマですから、なんだか非常に強さうに見えました。もし支那のガマがその惡い方の支那軍につきでもしたら、百匹でも二百匹でも、許しはしないと考へてゐる様子です。

大ガマに勇ましい日本兵の姿が重ねられている。〈惡い方の支那軍〉に付いた〈支那のガマ〉を征伐することこそが正義だという大ガマの姿が描かれている。これも日本の「暴支膺懲」というスローガンのパラフレーズであることは言うまでもない。そして、動物たちの「英雄的行為」という形式を借りて、読者である日本の子どもに日中戦争を正当化して見せているものである。

さて、譲治の南京・鎮江での視察および感想を記した作品をいくつか見てみよう。

童話「支那の子供」（『森のてじなし』学年別新選童話集・二年生、新潮社、昭一五・九）は北京の子どもを取り上げたものであるが、その冒頭に、廃墟となった南京の「光華門」を描いた以下のような一節がある。

それから汽車で、南京といふ所に行きました。七時間かかりました。ここも日本の兵たいさんが勇しい大せんそうをした所です。

光華門という門などは、まだへいがくずれたままになつてゐました。日本のけつしたいがぼくはして、そこから、とつげきしましたのだそうであります。高さが十メートルもあつて、よくこんな所をのぼれたことと思はれました。

昭和一二年（一九三七）一二月には、南京は日本軍による総攻撃を受けて、光華門も例に漏れず激戦地となった。〈南京城光華門前面の城壁間近に到達した脇坂部隊は、卅六時間の永きに亙つて城壁上から猛射を浴びせる敵軍最後の抵抗に對し、凄壮極まりなき迫撃戰を續けて、十日午後五時、決死的爆破に成功し〉（『支那事變 戰跡の栞』前掲）、光華門を占領して、南京城の一番乗りを果たした。その後、日本軍は光華門城壁の南で一五〇〇余人の中国兵捕虜を刺殺した（笠原十九司『南京難民区の日々』岩波書店、一九九五・六）という。譲治は、悲惨な戦争の実相を伝えることはなく、光華門の〈高さが十メートルもあって、よくこんな所をのぼれたことと思われました〉と書いて、「皇軍」勇士の生々しい活躍に感銘を覚えたのであった。

また、昭和一四年（一九三九）五月三〇日と三一日の二日間、譲治は、鎮江の近くに駐屯し、南京から上海までの通信線を守備する中野部隊を慰問取材したのである。当時の記述は彼の日記に残っており、のちにその一部が作品化されている。

　中野部隊の裏の地に一日澤山の魚が浮き上つた。大きな魚で、鱒の様に見える。みなアップアップとやつてゐる。得たりとばかり兵隊さん達、棒の先に庖丁を結びつけ、銃劍術の要領でそれを突き廻つた。見るまに五六十匹も捕れて來た。それを支那人に見せると、何か解らない名前をいふけれども、物價の安いその土地で一匹五六十錢はするといふ。相當な魚らしい。尚よく聞くと、そこは養魚池であつたらしい。それで中野部隊長は考へた。これをみんな兵隊さんに食べさせてしまつたのでは、持主なんてものが出て來て、魚代を請求したり、或はそれ以上の抗議を申し出ないものでもない。そこで考へついた。丁度澤山の子供が集つて、池をとりまき、兵隊さんの魚突を眺めてゐたので、その魚を賞品に、子供の運動會を開かう。それを支那語で子供達に知らせると、さあ大變な騒ぎとなつた。

（「支那の子供　二」『週刊朝日』、昭一四・一〇）

親切な日本兵は多くの「支那人」や「支那の子供」の間に人気と信頼を獲得したという書き方を取っているが、日記の行間に見え隠れする多くの事実が日本軍に都合の悪いものとして削除されたのである。例えば、魚を子どもの運動会の賞品にした理由について、〈中野部隊長は考へた。これをみんな兵隊さんに食べさせてしまつたのでは、持主なんてものが出て來て、魚代を請求したり、或はそれ以上の抗議を申し出ないものでもない〉というふうに書かれ、「日本の兵隊さんが支那の子どもを可愛がっている」とのフレーズを振りかざしていたのであったが、実際には、〈中野部隊長は、その魚がバイキンや毒のために浮いたかも知れないと考へ、それを兵隊達に食べさせないことにし、それを賞品にして近隣の子供や女の運動會を開いた〉という下心があったと日記の中に記されている。毒のあるなしを確認するために、何も知らない中国人を毒見役にさせたということは、まったく言語道断であり、中国人の人命を軽視する卑劣な行為なのである。それを知っていながら隠蔽した譲治にも大きな責任があったろうと思われる。当然、占領地である中国の子どもたちがどのような思いでこの戦争に臨んでいるかといった記述や描写は皆無である。

もう一つの作品を挙げると、〈支那の善太と三平ちゃんのお話〉として紹介された童話「支那の子供」(『東京朝日新聞』昭一四・七)である。なお、ほぼ同じ内容をもつ童話「ボーイ部隊―支那の土産ばなし―」が『大阪朝日新聞』(昭一四・七)に掲載されている。

ある日のことです。南京のある部隊の炊事場に、一人の支那の子供がやつて來て、残飯を下さいといふのです。親切な兵隊さんが澤山御飯やおかづをやりますと、家へ持つてつて、お父さんやお母さんにも御馳走しました。その代りに毎日來て、兵隊さんのお茶碗を洗つたり、お米をといだり、後にはシヤツやズボンの洗濯までするやうになりました。歳は十一でしたが、とてもよく働く、とても可愛い子供でした。

そこで兵隊さんはみんなで十銭づつ集め、月末には澤山の月給をやりました。その上、腕に腕章を巻いて、○○部隊ボーイと書いてやりました。…

日本兵の兵舎に来て、残飯をくれと手を出す中国の子どもに、日本兵たちは、食物を与えるなど親切に世話をした。その子は感謝の気持ちで、炊事の手伝いや部隊のボーイのようなことをし、友達まで引き連れてきた。それで兵隊さんはみんなに腕章をつけてやったり、日本の名前をつけてやったり、さらにボーイ仕事の暇に日本語や日本の歌を教えてやったりした。話はこう結ばれている。

私が行つた時も、このボーイ部隊が愛國行進曲をとても上手に合唱して居りましたが、大きくなつたら日本の兵隊さんにして下さいと頼んでゐるさうです。

ここに体験者によるルポルタージュの形式で作品化したと強調しようとした譲治の思惑が感じられる。実際、多くの資料が示されたように、日本軍は多くの中国少年を丁稚・小間使い・奴隷のように連行し、支払いなしに使役していた。また、日本軍の将兵は行軍に従わせた中国人の子どもたちに、「温情」を示し、「殺さないで、使役しただけで許してやる」と言って脅迫したのであった。そもそも中国の子どもたちを悲惨な状況に追いやったのは、日本による侵略戦争なのである。こうした事実に、譲治は目をつぶって、生活を破壊された中国人や子どもたちの現実を描くことはできなかった。彼の作品の多くは、全くのところ、日本兵と中国人の子どもとの交流がのどかに語られて、戦争はどこの話だという感じである。それでいて銃後の日本の子どもたちへ向けて送ったメッセージは、明らかに「夢」であり、「偽り」であった。そなお、「日本語」や「日本の歌」や「愛國行進曲」などといった言葉が、子どもの日本への心服の象徴として使われていることは見逃せない。

## 九．中国の子どもへのまなざし

以上、上海から南京までの譲治の足跡をたどりながら、その見聞は坪田文学にどう描かれてきたかを、最大限に追究してみた。結論からいうと、譲治の視察や見聞を記した作品は、あくまでも作者の優越感に根ざした主観的、猟奇的、皮膚感覚的世界の再現で、文章を弄んだだけの役に立たない文字の積み上げであったのではないかと思う。

つまり彼の関心のあり方や中国人子どもへの視線が、人類文化学者や観察者の好奇心に溢れていて、まるで旅行者のフィールドワークといったところである。彼は、中国人や中国の子どもを鷹揚に弱者、哀れな者、貧困者として処遇し、いつもの無表情で見ていたのである。彼の内部に中国人に対する親しみの感情がないために、中国の子どもの真実を描いた作品は生まれなかったといえよう。彼が繰り返し執拗に語ったのは、まさに勇ましい日本兵の「尽忠報国」と優しい日本兵が中国の子どもを可愛がるいわゆる「友好関係」である。それを作り出した彼が、自らの紡ぎだした「民族優越」という枠の中に包み込まれ、閉じ込められてしまったのである。

キリスト教の生命思想から多くのことを学び、小川未明や鈴木三重吉から近代日本児童文学の理念となる童心主義を学んで、子どもの目線で子どもの姿をリアルに表現した作品を多く書いたことで、「子どもを描く名手」とまで称えられた譲治ではあるが、結局、彼は同じ目線で中国の子どもを見ることができなかった。彼が戦争への疑問や反意を表すことなく、日本の侵略によってもたらされた中国の子どもたちの悲惨な事実に目をつぶって、戦勝に狂喜乱舞する国民感情をさらに煽るようなものを書き続けた理由が理解できない。この観点から、戦時下における譲治の思想と文学を再び洗い直す必要があろうかと思う。

戦争児童文学評論家の長谷川潮は、『子どもの本に描かれたアジア・太平洋』（梨の木舎、二〇〇七・八）の中で、戦時期の「支那の子ども」にかかわる作品を、①「支那の子ども」の生活にかかわるもの、②日本兵と「支那の子ども」とのかかわりを取り上げたもの、③主として「支那の子ども」を主人公とし、「支那人」の側の視点で書かれているものという三つのタイプに分類し、「支那の子ども」が児童読物の中に氾濫した背景に、「児童讀物改善ニ關スル指導要綱」（『秘／出版警察資料』第三三号、内務省警保局図書課、昭一三・一〇）の「支那条項」があることを指摘した。「児童讀物改善ニ關スル指導要綱」の策定に譲治も協力し、それに照らして譲治の作品を考えると、この三つのタイプにほぼ合致していると思われる。なお、本章で取り上げた作品は①と②に当てはまる。そして③の出現は譲治の「蒙彊」や「北支」の旅行を待たなければならない。

参考文献


（1）「特集／坪田譲治の世界」『日本児童文学』二九巻二号、昭五八・二
（2）小田嶽夫『小説 坪田譲治』東都書房、昭四五・八
（3）『坪田譲治童話全集巻一四・坪田譲治童話研究』岩崎書店、一九八〇・一〇
（4）『東京朝日新聞』昭一四・一〜一二
（5）村松梢風『魔都』小西書店、大一三・七
（6）木村毅『上海通信』改造社、昭一二・一二
（7）林房雄『戦争之横顔』春秋社、昭一二・一二
（8）谷川徹三他『上海』三省堂、昭一六・一〇
（9）佐々木元勝『野戦郵便旗 第一部〜第一〇部』現代史資料センター出版会、一九七三・七

(10) 高綱博文・古厩忠夫編『上海史—巨大都市の形成と人々の営み—』東方書店、一九九五・五
(11) 趙夢雲『上海・文学残像—日本人作家の光と影—』現代アジア叢書三五、田畑書店、二〇〇〇・五
(12) 高綱博文編『戦時上海 1937~45 年』研文出版、二〇〇五・四
(13) 北原武夫『文學と倫理』中央公論社、昭一五・一一
(14) 板垣直子『現在日本の戰争文學』六興商會出版部、昭一六・五
(15) 杉山平助『文藝五十年史』鱒書房、昭一七・一一
(16) 小田嶽夫『城外』竹村書房、昭一一・六
(17) 小田嶽夫『支那人・文化・風景』竹村書房、昭一二・一一
(18) 大阪市産業部貿易課編『海外商工人名録 昭和12年版（滿洲國・中國の部）』昭一二・五
(19) 武田雪夫『少年地理支那だより　中支の巻』朝日新聞社、昭一五・五
(20) 支那派遣軍報道部編『紙彈』支那派遣軍報道部、昭一八・六
(21) 高橋泰隆『日本植民地鉄道史論』日本経済評論社、一九九五・二
(22) 常盤大定・関野貞『支那文化史蹟 解説四』法藏館、昭一四・一〇
(23)『支那事變經過の概要 特輯第四号』陸軍省新聞班、昭一三・一
(24) 陸軍畫報社編『支那事變 戰跡の栞』陸軍畫報社、昭一四・一〇
(25) 黑崎義介『童畫報告軍艦旗の行くところ』フタバ書院、昭一六・一〇
(26)『呉楚風物』華中鐵道株式會社、昭一七・七
(27)『大東亞戰史前編 支那事變實記第二輯』讀賣新聞社編輯局、昭一七・四
(28) 大東亞省『調查月報』二巻一号～一二号、昭一九・一～一二
(29) 笠原十九司『南京難民区の百日』岩波書店、一九九五・六

(30) 佐伯郁郎『少国民文化をめぐって』日本出版社、昭一八・一一
(31) 菅忠道『日本の児童文学』大月書店、昭三一・四
(32) 長谷川潮『子どもの本に描かれたアジア・太平洋』梨の木舎、二〇〇七・八
(33) 相川美恵子『児童読物の軌跡―戦争と子どもをつないだ表現―』龍谷叢書IIXV、龍谷学会、平二四・八
(34) 鈴木貞美『日本の文化ナショナリズム』平凡社新書三〇三、平凡社、二〇〇五・一二
(35) 滝澤民夫『戦時体験の記憶文化』有志舎、二〇〇八・七
(36) 井上司朗『証言・戦時文壇史』シリーズ昭和裏面史二、人間の科学社、一九八四・六

# 第二章　「蒙疆」紀行
## ―万里の長城越え行けば―

### 一．心象風景としての「サバク」

戦後における譲治の文学的出発は、童話「サバクの虹」によるといわれている。この作品は、敗戦まもない昭和二二年（一九四七）一月、雑誌『少国民世界』に発表したもので、譲治が〈過去の経験を生かし、現代の時代を思い、未來の希望に燃えて〉（「あとがき」『坪田譲治全集』〈八巻本〉巻八、新潮社、昭二九・一二）、〈戦後のさんたんたる心象風景〉（塚原健二郎「『魔法』そのほか」『坪田譲治全集』〈八巻本〉巻三月報、新潮社、昭二九・一〇）を描いたのである。冒頭はこう書かれている。

ひろい野原がありました。木も草も、一本もはえておりません。そのむこうに山がありました。山はいくつもかさなりあって、遠くまでつづいていて、どこがおしまいなのかわかりません。こんな草も木もない山と原とでは、動物だってすむことができません。だからネズミ一ぴき、虫ひとつさえおりませんでした。ただ、ときどき、風が空からおりてきて、その野原の上を土けむりをおこして、あちらに走り、こちらに走りしてあそんでいました。夜になると、山のかどばった岩かげに、月がじっとその光をとぎすまして、下界を見つめておりました。

『なんてさびしいところだろう。おそろしいようにさびしいところだ。』

月は考えていたかもしれません。…

（『サバクの虹』岩波少年文庫一六八、岩波書店、昭三三・六）

ある日、荒涼たる砂漠の上に、何年かぶりの大雨が降り続け、虹がかかる。そして虹のねもとになっていた山の中腹に一本の木が生え、蓮のような花が咲き、その木の下の岩からきれいな泉が湧き出し、小さな川になる。すると、鳳凰のような鳥がたくさん飛んできて、ガマおよびサケやマスという魚が谷間に住みつき、動物たちが群れ集まる。やがて雨の降らない年が続き、草木は枯れ、動物たちもいなくなって、いつのまにか昔の砂漠の姿に帰ってしまったのである。

〈それから後、何十年、いや何百年か、ついに虹はその谷間の上に二度とたたなかった〉というところでこの作品は終わる。

ここでは、人間は登場していないが、自然界の興亡が刻々と変化し、その大自然に包みこまれる草木や小動物の栄枯盛衰がくりかえされているさまを象徴的に描き出している。いわば自然と生命への神秘感そのものを童話化したもので、砂漠という新しいイメージと生命の生成、衰滅という展開はこの作品を多義的・重層的なものとしたのである。いうまでもなく、その観照には、〈自然は悠久にして、人生は須臾である。〉（「赤城大沼にて」『花椿』、昭一三・一〇）という認識が宿されており、悠遠な自然に対する人生のはかなさという老荘的無常観に支えられた上に、さらに敗戦という異常な体験が加わって、〈表皮をむいた人間世界を、骨組みだけに還元した人間世界を〉（古田足日「『サバクの虹』論」『坪田譲治童話全集巻一四・坪田譲治童話研究』、岩崎書店、一九八六・一〇）見事に描いているのである。この作品の成立について後年、譲治は次のように述べている。

あれはぼくは、戦争中蒙古のほうを旅行したときに、汽車で蒙古のずっと高台を通っていたんですね。張家口から奥地のほうへいくんで、高台を汽車で通って窓から見たら、ずっと遠くの地平線のほうまで砂漠のような平原が広がっておったんですね。そこを、あれはなんていうのかな、たつまき、風がやたらに吹いて、それで下の土を吸い上げるのか、それとも上からなんか降ろすのか、水の柱みたいなような土煙の柱みたいなのがたくさん立っておったんですよ。それが広いところをあっちいきこっちいきしていたんですね。それをもとにして『サバクの虹』というのを書いたんですね。

（「坪田譲治・ファンタジーを語る」『日本児童文学』一九巻三号、昭四八・二）

一篇の創意はやはり中国の自然に深くかかわっていることが分かる。実は昭和一四年（一九三九）六月頃、譲治は北京より張家口、大同、厚和（今の呼和浩特市）を経て奥地の包頭に至るまで中国の内蒙古地区を約一〇日間回ってきた。その旅行で見たり感じたりした「砂漠」のイメージが彼の中に定着し、のちの文学的表現に大きな影響を与えたのである。

本章では、中国内蒙古地区（いわゆる「蒙疆」）における譲治の活動を、その体験に基づいたいくつかの作品に即して考えてみたいと思う。

## 二・「蒙疆勉強の道」へ

昭和一四年（一九三九）六月中旬、「中支」視察を終えた譲治は、南京対岸浦口駅より復旧・開通したばかりの津浦線を北上して、いよいよ「北支・蒙疆勉強の道」をたどることになる。

津浦線とは、天津を起点とし、長江（揚子江）を挟んで南京と相対する浦口を結ぶ路線である。一九一三年に英独借款により建設され開通された。〈南北兩段直通の特別急行列車を毎週二回兩方より發車することとなれり、全線六百二十八哩を二十六時間にて到達するにより、（中略）支那中原を縦斷旅行することを得べし、將來南京浦口の繁榮は鎮江を凌駕し漢口と比肩するの日あるべし〉（『中外商業新報』大二・二・一二）と報道されたこの津浦線は、黄河を越えて中国の中央部を縦断し、北京と南京、さらに上海をつなぐ南北の大動脈である。その沿線には徐州・済南・天津などの主要都市を抱えるほか、また炭鉱、鉄鉱、農産物なども豊富であったため、政治的・経済的意義が極めて大きいものであった。

日中戦争勃発後、日本軍が北京と南京を結ぶ打通作戦を企図するため、津浦線の確保が要件として上げられていた。その全線掌握のため、北支那方面軍と中支那派遣軍とで南北から津浦線に沿って共同で要衝の徐州を攻略することとしていた。一九三八年五月一九日に徐州を占領し、津浦線の打通に成功する。そして〈鐵道は作戰遂行上重要なる兵器〉（『軍事鐵道記録』巻二、一九四七・五）であるとの認識から、当初から津浦線の占領、破壊の復旧、軍事輸送など鉄道に関する業務はすべて日本軍が管掌した。一九三九年四月になると、日本軍の攻撃などによる鉄道破壊は応急修理が一応終了し、当時大陸における鉄道の運営を握った日本の国策会社である「華北交通株式会社」の手で運行されることとなった。それは、〈交通の整備、国防の安固、治安の維持、産業文化の開発〉（『華北交通株式会社社史』華北交通株式社史編集委員会編、華交互助会、一九八四・七）とあるように、華北・華中地区を日本の政治的経済的支配下におくための津浦線復旧であり、軍事輸送、そして資源掠奪と輸送のためのものであった。

一九三九年四月一日、南京・北京間の直通輸送が再開し、「興亜特急」と名づけられた〈豪勢な大陸向の長さ六尺のベッドを持つ寝台車をつけ食堂車まである内地の『燕』以上の列車〉を走らせ、〈事變前支那の鐵道文明の代表のやうにいはれた北京上海特急ブリユー・エキスプレスよりも美しいグリーン・エキスプレスだ〉（『東京朝日新聞』昭一四・四・二）といい、〈この成功こそ、北支・中支の治安回復の實情を裏書したもの〉（『東京朝日新聞』昭一四・四・三）と大書されたのであるが、日本軍による津浦線占領開始以来、執拗にしかも一貫して抗日勢力による攻撃の対象となり、幾度となく破壊され、列車襲撃事件が頻発していた。津浦線に対する攻撃件数は一九三九年度においては一六三二件に達し、五月だけでも襲撃事件は五件（軌条取り外し、軌道地雷敷設、橋梁地雷敷設等）発生し、車輌の爆発や脱線も引き起こした。〈津浦線でも私達の通る前十日ばかりに列車てんぷく事件があり、京漢でもそんなことを聞いた〉（「支那で乗つた自動車」昭一四・一二）と、譲治が記している。

抗日勢力による車輛、軌道、橋梁などの破壊のため、日本軍による鉄道の輸送力が麻痺したのである。そのため、一九三九年においては、津浦線をめぐる状況は、線路から四キロメートル以上離れると〈極メテ危険〉であり、一キロメートル以内でも〈危険地帯少カラザル〉（『極秘陣中記録』羽中田部隊編、一九三九・一二）状態であった。戦線を維持するための兵站確保、なかんずく鉄道はその動脈ともなるものである。そのための日本軍による死に物狂いの掃討作戦は年中行われていた。

それにもかかわらず、大陸戦跡観光ブームにともなう多くの日本人の進出のため、津浦線など華北鉄道は空前の大盛況を呈していた。〈その繁栄に拍車をかけるのが邦人の物凄い進出だ〉（「邦人・物凄き進出—庶民皆生業を楽しむ—」『東京朝日新聞』、昭一四・二・七）という一方、朝日新聞社主催の「全国小学教員支那大陸視察団」（全国から選抜した小学校長ら五十六名）を皮切りに、各界による日本軍慰問団や大陸見学団の派遣が過熱化され、津浦沿線には日本人の大群が殺到した。また、それとは別に、文化人による戦跡視察も依然としてその勢いは衰えず、同じ時期に佐藤春夫・小田嶽夫・尾崎士郎・立野信之・白鳥省吾など多くの作家が相次いで大陸視察に赴き、この津浦線を押し合いへし合いして南下北上していた。

彼らはいずれも「北支」・「中支」の主要都市を余すところなく貫き、〈新しく生まれ新しく育ちつゝある支那大陸のありのまゝの姿〉を視察して、走る列車の車中の時間も利用して沿線の知識を深めつつ、〈その附近の戰跡ならびに現に大陸警備の重任についてゐる皇軍將士の涙のにじむ勞苦の數々を實際に見て來〉（『東京朝日新聞』昭一四・五・三）たのであった。

それでは、譲治はその車窓からいかなる風景を見ていたのであろうか。彼の記述を二、三拾ってみよう。

私が浦口から徐州に向つてゐる時は、丁度「麥と兵隊」のその麥刈りの季節で、畑は何十里とつゞく熟した麥の野原であつた。そこへ老人老婆女子供と澤山出て來て、麥を刈つてゐた。中年や壯青年の男と書かないのは、そこでそれ等のものを見ること誠に稀であつたからである。恐らく蔣政權の支那軍に徵募されつくしたものであらう。村も多く砲火のために屋根が落ちたり、壁に穴が開いたりしてゐた。畑なども草が茂つてゐるところもあつた。

そんな間でも子供達は眞裸で、日にやけ、土にまみれて、麥刈りを手傳つたり、水溜のかいぼりをやつてゐたりした。そして汽車を見ると、三町も四町もある處から手を振り振り走り寄つて來た。こんな時わが兵隊さんは窓から夏ミカンや煙草などを投げてやつた。それを三人も四人もで奪ひ合つた。

（「支那の子供　一」『アサヒグラフ』、昭一四・八）

「徐州會戰従軍日記」という副題をもつ火野葦平の「麥と兵隊」（『改造』一九三八・八。翌月に単行本として改造社より刊行）は、火野が陸軍伍長として従軍し徐州会戦に参加した経験を、記録文学の手法を用いて書いた従軍記であり、ベストセラーになるとともに、数カ国語に翻訳されて海外でも話題になった作品である。続く『土と兵隊』（改造社、一九三八・一一）、『花と兵隊』（改造社、一九三九・八）とともに作者のいわゆる「兵隊三部作」をなす。その火野が、〈徐州戰線を見て來た兵隊の慘苦と犠牲との姿を銃後の人たちに知つてもらひたい〉と自ら「解説」に書いて、戦地の日本兵の表情の生々しさとその創作の素朴さを強調している。

戦争に対する懐疑の念を欠いたまま、火野の眼は始終日本兵の姿に注がれていた。この作品の底流を成すものとしては、日本兵のけなげで勇敢な戦争行為と日常的な「人間性」そのものであって、ここに示されている火野の考え・感情こそ、戦争推進者はもちろんのこと、戦勝に熱狂してきた銃後の国民も最も歓迎すべきものであった。したがって、日本軍による中国人虐殺や食糧「徴発」(掠奪)、そして捕虜となった中国兵に対する理不尽な処刑などの場面が何度か出てくるが、それは「勇敢で強い日本兵」を誇示するために当然のこととしてその残虐行為を描くだけあって、戦争の中国民衆に及ぼす影響について深く追及するところがなく、そのような日本軍がもたらした「三光作戦＝殺し・焼き・奪う」に対してもとよりまったく疑問を呈しない。『麥と兵隊』は二〇〇万部という爆発的な売り上げが証明するように、銃後の国民を戦争へと動員することに成功したのである。

一方、譲治の記述はこうした火野の考えを敷衍したかのように書かれている。「生々しいその戦場の跡」や「老人老婆女子供」ばかりの中国人などさまざまな事実を書いたものの、日本軍による戦争がいかに非人間的な所業を中国の人々に強いるかといった想像力は皆無である。つまり悪いのは蒋介石で、その原因がまったく中国側の暴戻行為に基づくものであるということである。日中戦争に対する譲治の意識・行動をそのまま反映していると言える。

戦争において最も犠牲となるのは、いつも無辜な子どもたちである。日本兵が汽車から投げ出したものを命賭けに奪い合う子どもたちはどのような思いでこの戦争に臨んでいるかについては、譲治は一言も触れておらず、中国人の子どもたちへの温かいまなざしを持つことはできなかった。

済南近くのある停車場では、そんな連中が何十人と集つて來て兵隊さんや私達にものをねだるので、北支の臨時政府の巡査が棒を持つてそれ等を追ひ廻してゐた。子供達は左の方で逃げれば右の方で集まり、右が追はれれば左で集まりして、鬼ごつこのやうに面白がつた。

（「支那の子供　一」前掲）

これはむろん華北各地ではよく見られる情景であった。親や家を失い、苦しい生活を強いられている中国人の子どもたちは、流浪し落ちぶれたあげく駅近くに集まるほかなかった。彼らは数え切れないほど誘惑、威嚇、暴行に日常的に遭遇していて、いつも生命の危険にさらされている。生活の糧を得るために巡査と戦わなければならない子どもたちの無惨な姿を、譲治はひたすら傍観者の眼で見て、〈鬼ごつこのやうに面白がつ〉ていると楽しんでいた。彼はその子どもたちの置かれた現実を理解せず、日本の侵略によって大量に生じた子ども難民の実質には何の疑問も持っていなかった。

このように、日中戦争の拡大深化が作家たちの生活を撹乱した。譲治の場合も例外ではなく、時局の推移は彼をその第一線に押し出していくこととなる。

## 三　「蒙彊」とは

さて、譲治が向かっている「蒙彊」とは一体どんな所だったのだろうか。

「蒙彊」という言葉は今どの辞書を紐解いても見当たらない、いわば死語となっているのであるが、戦時中はごく一般的に使われていた。しかし、〈蒙彊といへば、蒙古と誤解し、或は北支那に結びつけたりして、蒙疆の概念をはつきり把握してゐない憾みがある。〉（『蒙疆』東亞問題調査會編、朝日新聞社、昭一四・七）との指摘があるように、「蒙疆」については、多くの人々はあまり正確な理解を持っていなかったのが事実である。そのため、〈戦前は、傅作義が勢力を張つてゐたところで、蒙疆地区といふのであらうか。沙漠に近い地方である。〉（「あとがき」『銃後綴方集　父は戦に』、新潮社、昭一五・九）と書いた譲治の理解もやはりあいまいな点があったようである。

そもそも「蒙疆」とは、日本軍が占領した当時の行政組織である旧察哈爾省・旧綏遠省・山西省の一部を切り取り、単一行政単位として括り出された人為的な地理概念である。日本軍の強い影響を背にした蒙疆聯合委員会の誕生とともに一九三七年一一月に突如として現出するが、一九三九年九月に蒙古聯合自治政府が成立して「蒙疆」の地域概念が完成する。すなわち、〈蒙と略同じである。人口五百萬乃至七百五十萬。（中略）日本内地、朝鮮、満洲國―この満洲國彊は廣袤五十萬平方キロ乃至六十萬平方キロ、我が國の本州、四國、九州、朝鮮を含んだ面積の横腹から西南に向つて蒙疆が細長く延びてゐる。そして支那本土を大きく南に扼してゐる。北は赤の外蒙古とシベリア鐵道。西は寧夏、青海、新疆、西藏の所謂支那西北邊疆に接してゐる〉（『蒙疆』東亞問題調査會編、前掲）広大な地域である。

そして、「蒙疆」は、〈北の方から支那を窺ふ赤化勢力に對し、直接防共壁の役割を果す〉防共特殊地域として政治的意義のきわめて重大である（『支那事變　戰跡の栞』陸軍畫報社、昭一四・一〇）と同時に、〈富饒なる大同炭鑛はじめ各種の鑛業資源並びに農・畜産資源を有する〉資源確保地域として経済的にも至大の重要性を持つ（『蒙疆』東亞問題調査會編、前掲）ということから、それに対する日本軍の実効支配が敗戦まで継続され、日本の占領地帝国の一部を構成したのである。他方、日本の支配下で漢民族のみならず、徳王をはじめとする多数の蒙古族も日本側の支配体制に取り込んでおり、政治も経済もすべて日本の軍事需要に沿って決定されてしまう。

蒙古でも内蒙古でもない「蒙彊」という新しい言葉は、誕生と同時に出版やメディアなどを通じて日本国内に示され、たちまち国民の間に一般化していった。藤原益治『赤裸の蒙彊を語る』（大陸社、大陸叢書第一輯、昭一三・六）、保田與重郎『蒙彊』（生活社、昭一三・一二）、長谷川春子『北支蒙彊戰線』（暁書房、昭一四・五）、鎌原正己『蒙彊紀行』（赤塚書房、昭一五・一〇）と一般向けの書籍が立て続けに出版され、その地域に関する情報が洪水のように流入し日本人に浸透していく。これを背景に、「蒙彊」では短期間に日本人が急増して、日本人社会が肥大した。張家口は蒙古聯合自治政府の首都として常に最大の日本人人口を擁したが、これに大同、厚和、包頭が次いで、一九三九年二月現在、総計三万人の日本人が大挙侵入した。彼らは各地に「日本居留民会」を設立し、病院や学校や神社なども作るなど、蒙彊地区の占領地経営にかかわり、日本軍による占領統治体制を担う一翼となったのである。このように、日本人社会の肥大化がもたらした地域の経済の主体への独占は占領地の「内地化」がとどこおりなく進み、従来の「蒙彊」の民族的構成をいっそう複雑にしたことになる。

譲治が何故「蒙彊」への旅を考えついたのか。その理由は定かではないが、日本軍の「蒙彊」占領に前後して、多くの文化人が従軍の形で「蒙彊」を訪れていた。その一人である大宅壮一（一九〇〇〜一九七〇）が随筆「内蒙紀行」の中で、〈蒙古はかつて清朝と同盟を結んだだけで、決して支那に隷属したわけではない。（中略）今や蒙古も、日本の與へる刺戟と援助と指導のもとに、次第に目覺めつつある。日、蘇、支をめぐつて近き將來に迫りつつある新しい物凄いアジアの嵐は、恐らくこの邊を中心に捲き起つてくるのではないかと思ふ。〉（『寫眞週報』昭一三・六・二九）と、日本征服下に置かれている内蒙古の「発展」を誇らしげに語っているように、彼らはそこで「無敵な皇軍」への敬服と大きな感激を覚え、「日本人の活躍ぶり」を見てきたわけである。したがって、譲治の「蒙彊」行きもこういう流れを汲んだものと思われる。

## 四．「蒙彊」での視察

北京を出発した京包線の列車は一時間余りで南口という駅に着く。南口は太行山の山麓に位置し、峻険で畳々たる山に拠り、深い谷に臨み、天然の城壁をなせる高地のため、守るに易く攻めるに難き天下の険と言われている。ここから万里の長城を越えれば、いよいよ「蒙彊」地域に入るのである。

京包鉄道は北京より「蒙彊」に通じる唯一の道であるため、軍事上必然的に争いの元となった。日中戦争を発動した日本軍は、華北地域を丸呑みしたが、さらなる穫物を求めようとして、その魔手を華北から内蒙古にまで伸ばしてきた。一九三七年八月、京包鉄道の奪取を企んで、日本軍はその要所である南口・八達嶺一帯に大挙侵攻する。華北各地の中国軍を各個撃破することはできた日本軍が、南口付近の天嶮を利用した国民党中央軍第一三軍湯恩伯麾下の第八九師などの頑強な抵抗に遭遇した。昼夜を問わず懸崖から機関銃や手榴弾が浴びせられ、前進不能となったが、日本軍はあい前後して数万人の兵力を投入し、さらに飛行機や大砲などの援護下で、南口の中国軍に狂気の猛攻撃をした。二昼夜にわたって激戦し、日本軍数千人が死傷し、中国軍の損失もひどかった。陥落後まもない頃、南口鎮に入った作家の尾崎士郎が、〈數日前に激戰を終つたばかりのこの町は、人と馬でごつたがへしてゐた。（中略）一種異様な臭氣が、どこからもなくながれてくる。〉（「南口の兵士」『経済マガジン』、昭一二・一一）と、戦闘の悽惨さを記している。八月二三日、日本軍は居庸関を占領し、中国軍の長城防衛線を突破した。地獄絵みたいな生々しい激戦の跡を目前にした譲治は、深い感銘を覚えたのである。

激戰の跡は車窓から見える至るところに殘つてゐました。停車場や町や村が壞れてゐるのは言ふまでもありませんが、八達嶺、南口の邊では、見上げる高い山々の稜線が、そこの岩が崩れて、白い新しい肌を見せてゐました。山形が改まつてゐるのですが、凡て吾軍のはげしい砲彈の跡でありました。と言つても、何も吾軍はいたづらに山のてつぺんに向けて大砲を打つた譯ではありません。そこには敵がゐたのです。登るだけでさへ不可能に見える山、絶壁巨岩の上に、敵は陣地を構へてゐたのです。そして通れる道、そこを通つて進んで行かなければならない道は、その下の狹い谷あひの一本道でありました。だから、列車に乘つてゐる警乘の兵隊さんから、

「こゝの谷間で一ケ中隊に餘る損害があつた。」

などゝいふ説明はところぐで聞かされました。その度私はそこに、その山の一角や谷間の一隅に建つてゐる小さな墓標の一群を眺め、遠い故国に、その人達を忍びながらゐるであらう近しい人達のことを考へ、言はうやうなき感情を催しました。殊に幼い人達が、この遠い大陸の荒涼たる戰跡に、どんな思ひをはせてゐるだらうかといふ考へは、その人達のいぢらしい遊戯の姿と共に、久しく心中を去りませんでした。

（「あとがき」『銃後綴方集 父は戰に』、前掲）

見る影もなく崩れ落ちた停車場や町や村があちこちに見えるのも哀れであったが、〈山の一角や谷間の一隅に建つてゐる小さな墓標の一群〉が眼についたとき、彼は〈こんな大陸の荒野の果に生命を捨てた一線の勇士にすまない〉（「家を守る子」『日本評論』、昭一五・四）気持ちになり、〈その人達を忍びながらゐるであらう近しい人達のことを考へ、言はうやうなき感情を催し〉（同右）たのである。戦死がもたらすその家族の悲哀を書いたものの、〈この戰争は國力戰であるから一致團結火のやうな熱情や緊張を持つて、

戰争の目的を貫くために邁進しなければならない〉（「あとがき」『銃後綴方集　父は戰に』、前掲）と強調したことで、戦争の長期化に伴う戦死者の大量増加のため、国民の間に生じた「厭戦・反戦」の感情を押しとめる方策として、「アジア解放」や「大東亜共栄」などの建前＝大義を前面に押し出さざるを得なくなる日本政府の欺瞞政策に近い内容であり、銃後の国民（子ども）を鼓舞するものであった。当然のことながら、中国軍の犠牲やその家族（子ども）の悲しみについてはここでは触れていない。

汽車が長さ一〇九一メートルの八達嶺隧道を北に抜けると、峨々たる山容ははるかに遠のいて、茫漠な大平野に出る。譲治が張家口を経由して大同に到着したのは翌日の午後一時頃であった。

大同驛といふのは小さく、まづ目白驛くらゐのものであらうか。池袋などより小さく思はれた。そこを下りると、驛前に廣場がある。そこに一臺の自動車、ボロボロとか、ガタガタとか言ひたいやうなバスが待つてゐた。それが石佛見物のバスなのである。（中略）

ところが、乗つて見ると、バスの屋根に穴があいてゐる。小さな穴が三尺四方くらゐの處に十も二十も散らばつてゐる。一つ二つ大きい穴もある。大きいと言つても拳ほどもない。（中略）即ち十日ばかり前、このバスは石佛見物の歸途に山峡で匪賊に襲はれ、手榴彈を投げつけられて、乗客の一人が死に、一人か二人が負傷した。

（「支那で乗つた自動車」前掲）

山西省北部の町・大同の西にある武周山の南壁に、大小様々な石仏群が約一キロにわたってある。それは一六〇〇年ほど前の北魏時代に造営された仏教遺跡として名高い雲崗石窟である。砂岩の岩肌を洞窟状にくりぬいて彫り出した石仏が極彩色で彩った石室内に安置された石仏群は、最も大きなもので高さ一七メートルもあり、信仰や宗派を問わず訪れた人すべてを感嘆させる素晴らしい遺跡である。一九〇二年（明三五）に、日本の建築家伊東忠太（一八六七〜一九五四）は中国旅行中に立ち寄った大同で雲崗石窟を「発見」し、その存在を世界で初めて発表したということで、世界中で雲崗石窟への関心が高まり、多くの日本人が遺跡を訪れるようになった。

その観光資源の価値を狙う日本軍は、一九三七年九月に大同を占領すると直ちに雲岡石窟の警備にあたり、国策会社としての「蒙疆汽車公司」を設立するとともに、日本人の手による遊覧バスの運営に乗り出した。〈戰地でもう遊覧バスを出さうと日本人はしたのだ。これは實にきゝ心持のよいことである。しかしバスは危險のために二回きりで中止になつた。〉（保田與重郎『蒙疆』生活社、昭一三・一二）という。その後、遊覧バスは断続的に経営されていたが、抗日勢力による襲撃がしばしば起こり、危険を極めていた。同年八月頃、小説『成吉思汗』（新潮社、昭一五・七）の執筆取材のため、黄河包頭地区にまで旅路を重ねた尾崎士郎も、同じく〈トラツクに毛の生えたやうな〉バスに乗っていたが、石仏寺の裏で〈一種不穏の空氣を漂はしてゐる〉（「蒙疆閑談」『随筆集　關ケ原』、高山書院、昭一五・一二）のを痛感していたのである。譲治は石仏を見物して帰る途中、〈ロバや馬の背中に籠をつみ、その中に大きな石炭の塊を入れて運んでゐる〉「支那人」に出会い、〈身に迫るやうな危險〉を感じて胆をつぶしたのである（「支那で乘つた自動車」前掲）が、幸いにも襲われることはなかった。

大同を出発して四時間ばかり、京包鉄道が直角に西に折れようとする。汽車はこれからまっしぐらに包頭さして西進する。線路の両側に広がる大草原には、四〇度をこす炎天下に紅白の罌粟（けし）の花が咲き乱れていた。

然しこの黄土地帯に處々ケシの花の咲いてゐたことは語つておかなければならない。素より阿片になるものである。さう廣い畑ではなく、大抵二三段であらうか。一町とあるものは見かけなかつた。丁度六月末のことであつたから、紅白の美しい花をつけてゐた。土地のものは、その側に深い野井戸を掘り、車で水を汲みあげてゐた。今年はその頃雨がなく、ケシはまた彼等の大きな収入の一つであつたのであらう。骨を折つて、栽培してゐる様子が見かけられた。又そんなケシの花などの咲いてゐる處は、駱駝がよく列をなして通つてゐた。

（「黄河の鯉」『月刊文章』、昭一五・九）

これはアヘンといふものをとるためにつくつてあるのでして、アヘンといふのは、支那人がその煙を吸つて酔拂ふのださうであります。大變毒になるもので、それを吸ひだしたら、その國は亡びると言はれてゐるくらゐのものであります。それだけに、そんな處で見るケシの花畑は何だか大變毒々しいものに思はれました。

（「包頭の少女」『令女界』、昭一四・一二）

近年、日本占領下の「蒙彊」におけるアヘンの栽培・集荷・輸出等に関する調査や研究が進められ、その実態が明らかになってきたが、日本は侵略戦争を遂行するために、アヘンの毒害とその販売利益をも利用したのである。アヘンは日本軍の占領地支配を継続し強化するために重要な役割を果たした。すなわち、日本は第一に麻薬生産と販売の収入を軍事費や占領地支配のための財源を賄うため、第二に中国の民力を磨滅させ、抗日の民族的抵抗を弱めるために、「蒙彊」においてケシの栽培・取引を認可し発展させた。

「蒙彊」は天候条件からアヘンの原材料となるケシの栽培に適しており、日本占領下で大量に栽培された。日本軍の占領地におけるアヘン管理政策は、アヘンの売買、流通、移輸出の統制と平行してケシの強制栽培が行われた。たとえば、一九三九年二月一日に日本占領下の包頭市公署が公布したケシ栽培に関する布告には、〈アヘンの栽培は国家の税収を増やし、建設の資源を保証し、経済の繁栄、市場の発展の枢要であり、さらに人民富裕への早道である〉(李紹欽主編『包頭史話』内蒙古人民出版社、一九九四・七)という趣旨が書かれ、公然とケシ栽培農民に栽培を奨励したのである。その結果、包頭周辺はもちろんのこと、「蒙疆」各地の良質な畑地にも大量のケシが植えられていたのである。

このように、日本軍は占領地「蒙疆」でのアヘン毒の汚染を拡大し続けた。汚染地域は華北・華中各地に広がり、さらに全中国へと蔓延していった。日本が中国に及ぼした禍の大きさは計り知れないものである。こうした「蒙疆」におけるケシ栽培の現状を、譲治が目撃した形で忠実に記録しているものの、〈國は亡びると言はれてゐるくらゐ〉〈大變毒々しい〉ケシ栽培を中国人に無理やり植えさせ、中国人の吸引を誘い、しかもそれによって中国民衆の生命力を弱め、侵略の野望を遂げようとしている日本の「アヘン政策」の本質を十分に認識していなかったことは、当時の作家を取り巻く状況がいかに厳しいものであったかの裏側を垣間見せる。

アヘンの栽培(蒙疆)

## 五．「蒙彊」はこうして書かれた

譲治は、厚和（今の呼和浩特）を経て四五日もかかってようやく包頭にたどり着いたのである。彼は〈よくも吾が軍はこゝ迄達したものだ〉と、悪戦苦闘する日本兵に敬意を示し、また自分の旅の長さを考えて、〈全く言ひやうのない深い感嘆の思ひをし〉（「家を守る子」前掲）たのである。

包頭は河套平原の東側にあり、北は陰山山脈を望み、南約五〇キロを黄河中流部が流れる。一九二三年、京包鉄道の開通により、包頭は皮革・羊毛の集散地となり、「蒙彊」第一の商業都市に成長した。一九三七年八月、日本軍は包頭を占領した後、かつて日本人の影を見なかったこの町に二千人以上（一九三八年二月現在）の日本人が押し出していた。彼らは〈高原千里の蒙彊を、見知らぬ國といふなかれ。雲より出て雲に入る、萬里の長城越え行けば果てなき大地限りなき、宝庫の扉は開けたり〉（伊藤松雄作詞・飯田信夫作曲「叫ぶ蒙彊」、昭一四・一）という軍国調の歌をよく歌ったが、それは「〈蒙彊〉の資源を奪取し日本のものにしよう」と言っているものであり、まったく強盗のような主張であった。

譲治は、〈この包頭といふところは、何も見るもののないところであつた。〉と言いながらも、〈日本人の住んでゐる土地としても、終點になつてゐ〉（「黄河の鯉」前掲）たところだということから、包頭における日本軍や日本人の活躍ぶりをことごとく取材したのである。その収穫が「事実」として小説や童話などの形で銃後の子どもたちに示されたのである。

さて、「蒙彊」にかかわる譲治の作品を具体的に見てみよう。

小説「包頭の少女」は昭和一四年（一九三九）一一月、雑誌『令女界』に発表した作品で、のちに作品集『正太のふるさと』（春陽堂書店、昭一六・七）に収録されている。前半はものものしく警備される包頭駅とか濁流する黄河とかそこで守備する日本兵などといった見聞記みたいなことを書いて自分の取材成果をアピールするが、後半は主人公の「私」が宿泊する包頭随一の日本の宿屋「第一ホテル」で出会った一人の少女を描く。「私」は少女と次のような会話を交わす。

「では満洲人ですね。」

するると、その子供は大眞面目になつて、「いいえ、日本人ですわ。お父さんもお母さんも、をぢさんもをばさんも、みんな日本人ですもの。それに妹だつて、日本人ですもの。」

「へえ、妹さんが日本人ぢや、あなただつて、やつぱり日本人ですね。」

「そうですとも、だけどホンタウは、妹は九州で生まれましたの。私だけ大連で生まれて、くやしくつてならないんです。」

くどくどした会話が繰り返される中、一三、四歳の少女が「日本人」であることが確認されることになる。しかし、彼女は、自分が日本人でありながら、植民地である〈大連で生まれて、奉天で育つた〉のを悔しく思い、コンプレックスを感じた。少女の言葉に作者自身の民族の純血についてのイデオロギーを見取ることもできる。日本民族としての純粋の観念がここに表現されていると考えた方がいいだろう。父についてて「蒙彊」に来た少女は、日中戦争のため、逃避行や引揚など苦しい経験を余儀なくされていた。日本軍の庇護のもと、幸せに暮らしている彼女の夢は美しい絨毯を織ることである。作品の結びは、〈今頃はあの黄いろい土でぬり固めた家の中で、沙漠地帯で、草も木もない山と平原を眺めながら、あの美しい絨毯を織つてることでありませう。〉というのである。物語の全体の流れからでも、「蒙彊」を日本民族的発展地となし、日本の権益を永久的に確保することを願っている作者の思いが込められていると思われる。

小説「黄河の鯉」(『月刊文章』前掲)は、こうした「大陸日本」国策の「正当性」をもう一つの側面から主張したのである。これは黄河に釣りする老華僑一家の話である。「高士明」老人は、もともと神戸で貿易商を営んでいたが、日中戦争のため、商売がなくなり、愛国の情熱に燃えた息子とともに包頭に帰ってきた。しかし、横暴な傅作義軍に息子が殺され、親代わりに「支那軍」に徴募された孫も生死不明になってしまうなど、〈支那軍にさん〴〵いぢめられた〉彼は、〈日本軍をたより切つて〉、〈一刻でも日本軍の側を離れられな〉くなり、日本軍に守られて平和に暮らしているのである。ここには中国侵略を正当化する日本帝国主義の考えを色濃く反映していると思われる。つまり、軍律厳しく礼儀正しい日本軍に対して、何もかもルーズで〈罪な戰争を起こした〉横暴な中国軍という構図を作り出すことで、「親日派」中国人の存在を印象付けようとしたのである。

「黄河の鯉」(一九四〇年)

この作品は、正面から日本軍の活躍や兵士の生活を描くのではなく、日本軍と中国人との関係が作品の中心を形成しており、占領地域の中国人と日本軍との「親しい関係」を小説によって表現する作者の意図が浮かび上がってくる。なお、「親日的」華僑を登場させたこの作品は、その視点がきわめて「新鮮」であり、他の作家に類がないということを指摘しておきたい。

ここで注記しておかなければならないのは、戦時下の日本政府が在日華僑に対する厳しい弾圧を行ったことである。神戸だけでも、拷問によって獄死した陳守海事件(一九四四年八月、呉服の行商をしていた神戸の華僑一三名が「スパイ容疑」で逮捕され、うち六名が拷問により拘留中または釈放後に死亡した。

その一人陳守海は一九四五年一月、大阪曽根崎警察署で命を奪われている＝劉注）をはじめ、神戸華僑が蒙った大きな弾圧は三回もあった（『落地生根―神戸華僑と神阪中華会館の百年―』中華会館編、研文出版、二〇〇〇・二）という事実が存在したのであるから、日本全土の華僑となれば推して知るべしである。

最後に主人公の「私」は、窓に向かって刺繍をしている少女に心引かれた。彼女は〈支那の子供にしては珍しく表情が澄んではつきりしてゐる〉が、父の死と兄の失踪を知らず、その二人が憧れている日本にいると信じる。すると、私は〈この日本を慕ふ一家のためと思つて絨毯を一枚買ふ氣になつた〉。それから二〇日後、私は保定に向かう汽車の中でその少女とそっくりの女の子を見た、というところで話は終わる。作品全体は、ストーリーが散漫し、物語が横道に逸れ、枝葉のことにかかずらうものになってしまう感じがある。

童話「鉛筆とドングリ」は雑誌『新兒童文化』（昭一五・一二）に掲載されたが、のちに作品集『鉛筆とドングリ』（正芽社少國民選書六、正芽社、昭一八・三）の表題を飾る作品となり、戦時期における坪田文学の代表作である。

ドイツ製の色鉛筆を手に入れた二人の少年が、子どもらしい空想でドイツを思い描き、〈ドイツへいけえ〉とドングリを空遠く投げる。やがて壮年になった二人は〈この支那事變でお國のために〉出征して、漢口の奥と包頭のもっと先で、それぞれ内地からの慰問袋を受け取るが、むかし撒いたドングリから育った木の実が入っており、子どもの手紙には、これをそちらで撒いてほしいと書いてある。〈さようなら、ドングリよ。支那の奥地で芽を出して、強く、枯れずに育つていけ。〉という小説の結語には、「日本軍の武運長久を祈願する」という強いメッセージがこめられていると読める。まさか、大陸侵略を夢みる帝国主義者の願望ではあるまい。一言付け加えておくが、「銃後のつとめ」として大いに奨励された戦地の将兵にあてた慰問袋は、ぬかりなく占領地中国人（子ども）の宣撫工作用にも使用されていたのである。

このように、譲治の作品は、日本軍の「勇敢さ」と中国侵略の「正当性」を宣伝する内容に満ちたものであり、「戦争の時代」が作り出した「アジア解放」や「大東亜共栄」などの建前に寄り添って、戦争へと銃後の子どもたちを駆り出す役割を演じたと思われる。

## 六．黄河は流れている

その三カ月後の一九三九年九月一日、日本の傀儡政権「蒙古聯合自治政府」が樹立した。主席に就任した徳王は蒙古人の「自治」を確立しようとしたが、日本軍占領下に置かれるかぎり、真の意味での自治はかなえられず、傀儡政権に甘んじるほかなかった。そして一九四五年八月一五日、日本の敗戦によって、日本軍に支えられていた「蒙古聯合自治政府」は「満州国」とともに瓦解し、独立の夢は破滅してしまう。それと同時に、「蒙彊」に君臨していた約四万人の日本開拓移民が死の逃避行を余儀なくされ、日本に引き揚げられてしまったのである。

一方、譲治は帰国後、「蒙彊」体験を「事実」として銃後の子どもたちへ伝えなければいけないという責務を重く感じ、作品の創作や綴方の編集などを通じて語り続けていた。戦後において、童話「サバクの虹」にもあるように、この「蒙彊」体験が彼の文学を構成する大きなモチーフとなったことは確かである。晩年、譲治は包頭の黄河を忘れず、その思いをこう述懐している。

わたしは、シナの北京から、張家口を経て、大同・スイエン・包頭とやって行き、黄河の上流へ出ました。そこはもう、河口から、何千キロという上流なのですが、それでも、その河幅は、何十キロなのでしょうか。対岸に何があるのか、わかりませんでした。しかも、その幅一ぱいに、あふれるように流れていました。うずまきながら、その黄色の河水、何と力のあったことでしょう。見ていて、おそろしくなるのでした。しだいに、わたしは、後しざりして、岸から、十メートルも離れなければ、見ていられないくらいでした。流れの力で岸がグラグラしているような感じなのです。

（「童話の考え方（四）」『びわの実学校』一〇号、昭四〇・四）

参考文献


（1）「特集／坪田譲治の世界」『日本児童文学』二九巻二号、昭五八・二
（2）「坪田譲治追悼号」『びわの実学校』一一三号、昭五七・九
（3）山中恒『戦時児童文学論―小川未明・浜田広介・坪田譲治に沿って―』大月書店、二〇一〇・一
（4）滑川道夫『少國民文學試論』帝國教育會出版部、昭一七・九
（5）菅忠道『日本の児童文学』大月書店、一九六六・五増補改訂版
（6）横谷輝『児童文学の思想と方法』啓隆閣、一九六九・六
（7）鳥越信・長谷川潮『はじめて学ぶ日本の戦争児童文学史』シリーズ・日本の文学史八、ミネルヴァ書房、二〇一二・四
（8）火野葦平『麦と兵隊』改造社、昭一三・一〇
（9）神子島健『戦場へ征く、戦場から還る―火野葦平、石川達三、榊山潤の描いた兵士たち―』新曜社、二〇一二・八
（10）山本實彦『蒙古』改造社、昭一〇・一一
（11）保田與重郎『蒙疆』生活社、昭一三・一二
（12）長谷川春子『北支蒙疆戦線』暁書房、昭一四・五
（13）尾崎士郎『随筆集　關ケ原』高山書院、昭一五・一二

(14)安田武『定本戦争文学論』第三文明社、一九七七・八
(15)『鮮満支旅の栞』南満州鐵道株式會社、昭一四・五
(16)東亞問題調査會編『蒙彊』朝日新聞社、昭一四・七
(17)陸軍畫報社編『戰跡の栞』陸軍畫報社、昭一四・一〇
(18)『北支・蒙彊とところどころ』華北交通株式會社、昭一五・二
(19)情報局編輯『週報』内閣印刷局、昭一六・七・九
(20)小川晴暘『大同雲岡の石窟』日光書院、昭一九・一二
(21)内田知行他編『日本の蒙彊占領』研文出版、二〇〇七・二
(22)高橋泰隆『日本植民地鉄道史論』日本経済評論社、一九九七・四
(23)デケンシー『阿片溺愛者の告白』春秋社、大一四・一
(24)『蒙彊ニ於ケル罌粟阿片』煙塩資料第三号、蒙古自治邦政府經濟部、昭一八・七
(25)江口圭一『資料 日中戦争期阿片政策―蒙彊政権資料を中心に―』岩波書店、一九八五・七
(26)久保井規夫『絵で読む 紫煙・毒煙「大東亜」幻影―日本の戦争と煙草・阿片・毒煙―』つげ書房新社、二〇〇七・一一
(27)企畫院編『華僑の研究』松山房、昭一四・一〇
(28)根岸佶『華僑襍記』朝日新選書三、朝日新聞社、昭一七・四
(29)近藤春雄『大陸日本の文化構想』敞文館、昭一八・七
(30)古屋哲夫編『日中戦争史研究』吉川弘文館、一九八四・一二
(31)王道平編『中国抗日戦争史』解放軍軍事科学院軍事歴史研究部、一九九〇・七

# 第三章　易縣での二日

―生々しい「臨場感」を求めて―

## 一．身を戦場に

次は、譲治が中国大陸で見てきたことおよび作品の中で造型された中国人子ども像について、彼の易縣での体験を踏まえて検討してみよう。

譲治は六月二一日から二三日までの二日間、易縣に滞在したのであるが、易縣での活動は、随筆「易縣の二日」（『話』昭一四・一〇）の中で詳しく記されている。

「易縣」といえば、誰しもかの有名な「風瀟々として易水寒し、壮士一たび去って復た還らず」（「風蕭蕭兮易水寒、壮士一去兮不復還」『史記・刺客列伝』）の詩が想起されるであろう。幼少の頃から中国古典に親炙した譲治も、〈ここは歴史でも有名なら、一つの詩によつて、吾國の人達にも有名な處だ。中學生でさへ、あゝあの詩かといふほど知れてゐる詩で、そして處である。素より虎彦は知つてゐるはず。〉（「虎彦龍彦」『都新聞』、昭一六・九～昭一七・一）とか、〈その昔風瀟々として寒かつたといふ易水を望見する。〉（「易縣の二日」前掲）などというように作品に取り上げており、また、易縣滞在時に記したと思われる彼の日記にも同じような記述が残されている。しかし、彼が訪問地に易縣を選んだのは単なる漢詩趣味ではなく、ほかに理由があったように思える。

というのはつまり、当時占領地域を保持するため保定に駐屯し、易縣周辺地域に対して繰り返し「燼滅・

掃討」作戦＝中国側の呼ぶ三光作戦を行い、数々の「戦績」（惨案）をつくったのが、じつは故里岡山からの歩兵第百十聯隊であった。彼は、「誉れ高き」わが郷土部隊の健闘ぶりを視察に行ったのではないか。

昭和一四年（一九三九）前後の中国戦況を見ると、盧溝橋で日中両軍衝突し、日本は中国に対する全面侵略戦争を開始以来、日本軍が上海、南京、杭州、徐州、武漢などの重鎮を占領した。敵の首都が陥落した時点で戦争は終結すると日本国民誰もが信じて、饐えたような戦勝気分に酔っていた。しかし、中国民衆は屈服せず、とくに中国共産党が率いる八路軍は、日本軍が侵攻した中国華北部の広大な地域に抗日根拠地を建設し、中国民衆の抵抗の拠点となっていた。八路軍は、日本軍が来れば引き、撤退すれば戻る。易縣城を囲む三方の山の中では、八路軍が活躍して、果敢なゲリラ戦で日本軍に損害を与え、ひそかに「解放区」（抗日根拠地）を拡大していく。

そんな中で、昭和一三年（一九三八）六月二八日に岡山で編成されると直ちに中国華北に派遣された岡山歩兵第百十聯隊は、魯北作戦などで主要な都市を次々と攻略した戦闘部隊であったが、その後、占領地域を保持するため、保定周辺に駐屯し、治安部隊として抗日根拠地に対して徹底的な「燼滅・掃討」作戦を展開していた。昭和一四年（一九三九）一年間だけでも春・夏・秋と三回も大規模な「燼滅・掃討」作戦（石友三軍殲滅作戦・晋察冀辺区粛正作戦・太行山脈粛正作戦）を行い、中国民衆に対するさまざまの抑圧、残虐行為が引き続くことにもなり、三〇件以上の惨案を作り上げたのである。それにしても、大きな戦果は得られず、かえって泥沼の中に陥ってしまったことになる。

易縣東北方に結集し盛んに活動を開始した八路軍を急襲殲滅しようとして、岡山歩兵第百十聯隊長は、「晋察冀辺区粛正作戦」（一九三九・七・七～七・三一）に備え、易縣に聯隊本部を置くとともに、急遽討伐隊の編成を行った。易縣はまさに掃討作戦の最前線にあたる町であった。

易縣停車場といふのは、そんな山の側にあつた。小さい停車場であるが、前後をトーチカで守られ、周圍を鐵條網と塹壕でめぐらされてゐる。屋上には銃に着劍した兵隊さんが立ち、山から平野の方を見張してゐる。もの〳〵しい光景である。然しこんな有様は北支の至るところで見られた。敗殘兵や匪賊はこの見張がないと、いつでも山の中や、野原の果の、その隱れ家から出て來て、鐵道の釘をぬいたり、電線を切つたりして逃げてゆくのである。

（「易縣の二日」前掲）

八路軍など抗日勢力による襲撃のため、易縣停車場はいつも厳重な警戒態勢に置かれており、しかも〈その易水の彼方に、平地から屹立して、重疊として聳えてゐる山々は、また別の感じで、私に迫つて來た。その中腹には高い塔があり、頂上には方々に望樓があつた。今でも時々その望樓で、敗殘兵は火を焚いて、虚勢を張つて見せる〉こともあって、まさしく〈もの〳〵しい光景〉（同右）であった。戦略は日本軍が進攻から守備へと転換していくと、日中戦争の第二の段階（一九三八～一九四三）に入るところであった（毛沢東「持久戦論」『毛沢東選集』巻二、北京人民出版社、一九六四・九）。

『虎彦龍彦』（一九四二年）

## 二、「易縣宣撫班」について

一方、日中戦争勃発直後(一九三七・八)に組織された宣撫班は、日本軍の一翼として、〈聖戦ノ目的貫徹ノ為戦塵ノ間ニ軍ト行動ヲ共ニシ、兵站線確保ハ勿論、戦火ニ戦ク民衆ヲ救ヒ、抗日ノ迷夢ヲ醒シ、秩序ヲ與ヘ其ノ往クベキ所ヲ知ラシメ、共々ニ提携、以テ東亜新秩序建設ニ向ハシメ〉(青江舜二郎『大日本軍宣撫官』、芙蓉書房、一九七〇・四)、〈思想、政治及び經濟方面より親日機運を釀成確立せん〉(「宣撫班の設置」『事變後に於ける中支占領地區商品流通事情』上海満鐵調査資料二三、満鐵上海事務所、昭一四・三)としたのであった。華北地域を中心に各地区に宣撫網(一九三九年末では、華北三八九県中二七五県に宣撫班が配置されたという)を布いてきたが、宣撫班による占領地の植民地化活動は、抗日勢力が頻繁に出没するため、ますます困難になっていた。

譲治が易縣に滞在したのは、ちょうど夏の作戦が間もなく開始する時期のため、局勢はきわめて不安定であったと考えられる。彼は〈易縣宣撫班の宣撫工作を見るため〉(『大阪朝日新聞』昭一四・七・二五)、易縣宣撫班に泊まり込んで、宣撫官と行動をともにした。二日間(実際は一日半のみ)にわたって精力的に取材していて、その見聞が随筆「易縣の二日」(『話』前掲)などにまとめられている。

一日目は宣撫班の取材と易縣城内の見物であった。易縣宣撫班の様子を、譲治はこう書いている。

易縣宣撫班といふのは、どちらかといふと、城内南東寄りの町裏の方にあつた。住宅街ともいふべき閑静なところである。道には處々柳やアカシヤが生えて居り、家々は立派な門を並べてゐた。その一つに宣撫班と看板がかかつてゐた。支那の家は奥に行くまでに、中等の住宅でも二つから三つの門がある。

最初の門に入つて二間くらゐで、右か左に曲るやうに第二の門がある。それを入つて二三間、また右か左に門がある。その門を入つて、眞正面が客室といふのか、兎に角本屋になつてゐる。その本屋の兩側に、即ち最後の門から本屋に至る内庭の兩側に別棟の家が一つづつある。第二の門を入つたところにも大抵一棟の家がある。易縣宣撫班もそのやうな家であつた。そして本屋には班長とその他内地出身の宣撫官が住まひ、別棟のほうは一方が事務所になり、一方には満洲出身の宣撫官がゐた。第二の門内の棟にはボーイや門番や、中國人―即ち支那人の宣撫班員が住んでゐた。

宣撫班が閑静な住宅街に作られた理由について、〈銃や劍の影に民衆を怯えさせてはいけないといふ思ひやりから守備隊に餘り近くなく、且宣撫班の面子を傷つけない〉（『平和の戰士宣撫班　新東亞建設のパイオニア』教育パンフレット三四八、社會教育協會、昭一四・八）と説明しているが、それは見せかけであった。〈軍と形影相伴ひ、その庇護の下に諸種の工作を為す〉（同右）ため、宣撫班は中国民衆からは日本軍と同一視されて畏怖警戒されていた。

易縣宣撫班は「北支宣撫班」に属し、易縣城内および県下幾十カ村での「治安の維持」や「抗日思想の一掃」、「経済・交通などの復興・建設に対する指導」が活動の内容であったが、占領地区の中国人に対して保甲制（住民が互いに監視し合う制度）を敷き、村人に村の様子を毎日報告せよと強要して、〈諜報も集めて、その地方の民衆の動向もさぐり〉、厳格な統制を実行した。また、〈土民を集めて必要な道や、壊されてゐる橋や城壁の修築もやる〉などと、多くの中国人が強制労働をさせられた。

なかでも特に宣撫班が重点的にやったのは子どもたちへの「教化」であった。それは、〈子供達には成心がないから、やさしい心には直ぐなついて來る。旗を持つたり、歌を唄つたりして、直ぐ後からついて來るやうになる〉（「戰地の子供達」『中央公論』、昭一四・九）ということで、〈臨時の教科書を作つて小學生をあつめ、小學校を開く〉とか、〈映畫を見せて、聖戰の意味を知らせたり、日本の進んでゐる文化も見せる〉（同右）ことを通じて、占領地の植民地化が企てられ、子どもたちの純粋な心に「親日的」思想を吹き込もうとした。

日本軍の中国人に対する残虐行為に加担した宣撫班は、しばしば抗日勢力による攻撃の標的となり、〈危險なことに於て殆ど前線の將兵と變りはない。今迄宣撫官の戰死は相當にある。〉（「易縣の二日」前掲）と譲治が書いている。

また、易縣城内を見物した譲治は、その様子をこう述べている。

途中で、丁度その日は陰暦の五月節句の前日に當るとかで、村はづれ、いや、町はづれに縁日の露店が開かれてゐた。子供や大人がサッパリとした着物を着て、澤山その道に集つてゐた。娘達も三人五人つれ立つて、日傘などをさして歩いてゐた。（中略）露店で賣つてゐるものは、木綿や人絹の布地、扇、ミカン水、支那饅頭、揚げもの等々。そしてその中に占ひや手相を見るものもゐる。天幕を張つて、講談か、落語か、語りものをやつてゐるものもゐた。

（同右）

一見平穏かのように見える城内には、やはり何か不気味なものがひそんでいることを感じ、彼は、〈そんな間を歩くのは、初めての私にはまだ何か不安があつたが、宣撫官の腰にある長刀と、肩から吊つてゐるピストルに頼つてついてゆく〉（同右）よりほかなかった。なお、宣撫班が〈銃劍なき文化士〉（郡健次郎『大陸經營』巖松堂書店、昭一三・六）とか、〈平和の戰士〉（『平和の戰士宣撫班　新東亞建設のパイオニア』前掲）などと宣伝されたが、それはまったくの嘘で事実ではないことを指摘しておきたい。

## 三．二日目の取材

二日目の取材を要約すると、以下のようである。
まずは縣公所で開催された蠅捕宣伝大会に日本軍関係者とともに参列した。〈顔が青白い。白い手には金の指輪、絹の服に、黒檀のステツキ、金縁眼鏡をかけてゐる〉（典型的な漢奸のイメージ？＝劉注）縣長は集まった小学生や町民たちの前で、蠅がいかに有害で危険な害虫なのかと雄弁を振っていたが、譲治はちっとも関心を示さなかった。

然し私はそれ以前からこの廣場の兩側の建物が氣になつてならなかつた。といふのは、一方は監獄であつて、高い土塀がめぐらされてゐるし、一方は裁判所のやうな處と見え、同じく高い土塀で圍まれてゐる。ところがその兩方の入口とも開いてゐて、番人らしいものも見えない。見えないばかりか、そこには兩方ともに小鳥の籠がつるされてゐて、何といふ鳥か、盛にさへづり合つてゐるのである。今頃蠅を捕るべしといふ會もノンキな話であるが、監獄の門と裁判所の門とで小鳥が籠の中でさへづつてゐるのも、支那の田舎でなければ見られない光景と思はれた。

（「易縣の二日」前掲）

譲治はこう書いて日本軍治下の易縣の平和的な雰囲気を懸命にアピールしたが、しかし、占領地区の「裁判所」と「監獄」は武力とともに、抗日運動に対する日本軍の代表的な弾圧機関であり、日本軍がそれを利用して中国人を監視したり恫喝することで恐怖を持たせ、恐怖のあまりに日本軍に無理やり従わせた。日本軍の意に従わないと少しでも思われた者を、法律に基づかず逮捕し牢獄・監獄に入れてしまったり、殺してしまったりしたのである。一方、占領地にいる日本人の犯罪はいわゆる「治外法権」（旧中国では、不平等条約によって一定の外国はその国民が中国の法律に服しない特別の権利を持ち、また領事裁判権を有していた＝劉注）に守られ、どんな罪を犯しても中国の法律で裁けないということになっている。ちなみに譲治はこれまで杭州、蘇州、包頭（のちに保定も）などの監獄や収容所を廻ってきたが、監獄や収容所めぐりも彼の視察目的の一つだったであろうことが推測される。

続いて宣撫班に戻った譲治は、二〇人ばかりの中国の少年少女と「交流」をし、〈私のために歌を唄つたり、話をしてくれ〉たのである。

まづ少女の一人が話を始めた。三人の王子に劒と馬をかけて、善行を求めるその話である。次には少年が、清明節の前日は支那では火を使はないといふいゝはれの話をする。次には李女史は五月節句のチマキのいはれに就いて話す。

歌を所望したら、少女が向ひ合つて互に手を打ち合はせ、

打花把掌、正月老太々要去進花灯

打花把掌、二月老太々要吃酥糖棍

といふやうなことを十二月まで歌つて聞かせる。歌の意味はよく解らないのだが、お婆さんが色々旨いものを食べたり機を織つたりして、十二月には死んでしまつたといふ意味といふ。

次に唄つた歌は、

哥達哥達一林童闘寶伍子胥

哥達哥達二大鬧天宮孫候兎

といふやうな文句が十まで續くものであつた。これも意味はよく解らなかつたが、やはり歴史上の傳説を唄つたものらしく、一は戰國時代呉越の戰で、林童が伍子胥と寶を争つたとでも言ふのであらうか。二は孫悟空の歌のやうに聞いたけれども、如何であらうか。

終りに私は子供達の好きな食物について聞いてみた。チマキ、ブタ饅頭、ウドン、牛肉、桃、アンズ、粟のカユ、バナヽ、ミカン、御馳走などと、彼等は恥づかしさうに答へた。これで見ると、彼等は如何にも質素といふのか、實に單純な食べものしか知らない。

次に芝居のやうなもので好きなものを尋ねて見ると、彼等は殆ど凡て芝居が好きなのである。踊り、猿廻し、手品、輕業、コマ廻し、人形芝居といふやうに答へるものもあつた。然しまた彼等は映畫を言ふものが一人もゐない。恐らく映畫らしい映畫を見たものがゐないのであらうか。

（「易縣の二日」前掲）

このように、中国の少年少女らの童話や童謡、戯曲、食べ物などに対する興味を持ち記録したものの、譲治は子どもたちの思想、すなわち日本占領下に置かれた易縣の子どもたちはどう考えているのか、また生活をどのようにしているのかについては一語も触れていない。なお、記録した内容には誤りが多く、例えば、「打花把掌」や「林童闘寶伍子胥」などは今でも中国北方地域でよく歌われる代表的な童謡であるが、「打花把掌」は「打花巴掌」（手をたたいて）の誤りで、めでたい歌なのに、お婆さんが〈十二月には死んでしまつた〉といったような結末はどうも腑に落ちない。正しくは「ご馳走を作って新年を祝う」というのである。また、「林童闘寶伍子胥」の「林童」は人名ではなく、実は地名で陝西省西安市が所轄する「臨潼」のことである。中国語では、「林童」と「臨潼」はどちらも「りんどう」と発音していることから、おそらく譲治が聞き違いをしてしまったかと思われる。

そもそも〈林童が伍子胥と寶を争つた〉という話は存在しない。『臨潼闘寶』は元の雑劇で、明の小説『春秋列国志伝』（余劭魚著）などにも見える。中国の春秋時代、強秦の哀公が列国の諸侯を臨潼に集め、「闘寶」（宝比べ）の会を行った。そこで哀公が威を示し、諸侯たちを秦に降伏させようとしたが、哀公の陰謀を見抜いた呉の大夫である伍子胥は、片手で重さ千斤の鼎を挙げたことで哀公を威服したという有名な話である。

その後、譲治が易縣城内散策中、思いもよらぬハプニングが起こって彼を驚かせた。

南東北と三方を廻つて、西側の城壁上にやつて來た時、西の方角に當つて、カタカタといふ機銃の音が聞え出した。丁度その時雨も降り出したので、急いで宣撫班に歸つて行つたが、歸りつくと、西方一二里の處で討伐の始つてゐることが話題にのぼつてゐた。班長が憲兵隊と電話で話してゐる。宣撫官が二三人出たり入つたりしてゐる。

「今、戰車が出て行きました。」

と報告して來るものもある。

（「易縣の二日」前掲）

今、こちらは午後五時である。もう少し薄暗くなつて來た。遠く幽かにカタ〳〵カタ〳〵といふ音が聞える。一二時間前に小さな一部隊が出て行つたのだ。共産八路軍の小部隊が近くの村に來てゐるらしい。それに機銃をあびせてゐるところなのだ。尤もこのやうなことは近頃殆ど毎日で、このカタ〳〵を聞かないと、つい戦地といふことを忘れてゐたりすることさへある。

（『虎彦龍彦』新潮社、昭一七・四）

銃声が響き渡り、〈何となく四邊が騒然とした感じ〉であった。そして銃声は深夜まで続き、〈機銃の音はいつ迄も聞え、小銃の音も一發だけ近くに聞え〉て〈一ケ部隊城門から出て行つた〉ということで、城内は緊迫状態に陥り、譲治は「戦争」をしみじみと感じた。この戦いは〈たいした戰争もなかつた〉（「易縣の二日」前掲）のだが、彼にしてみれば、初めての「戦場」体験であり、これによって、念願の「従軍」を果たし、垂涎する戦場のリアル感（臨場感）を手に入れたと思っていたのであろう。岡山歩兵第百十聯隊による「晋察冀辺区粛正作戦」がいよいよ始まろうとしていたのである。

ともかく譲治の記録は、形式的には一見事実のみが書かれているように見えるが、実際上はほとんどが宣撫官の一方的な申し立てによる易縣での宣撫班の行動の報告書みたいなものであり、いわば戦意宣揚ものの変型である。ここで宣撫官の勇敢さとか人間らしさなどを美化しようとする彼の意図がきわめて明らかである。

しかし、譲治は易縣での体験を、〈子供達と親しい接し方をし〉た（「支那の子供　二」『週刊朝日』、昭一四・一〇）唯一の成果として理解したようである。のちにこの材料が作品の中に反映されて繰り返し取り上げられたことは、この事実を物語っている。童話「易縣の兄弟」と長編小説「虎彦龍彦」の二編はその典型である。

# 四．「易縣」はいかに描かれたか

譲治の易縣体験が児童文学の形式で文学化された作品は、昭和一四年（一九三九）八月五日から九月九日にかけて、『大阪朝日新聞』に六回に分けて連載された童話「易縣の兄弟」（『七人の子供』童話春秋社、昭一八・八に収録）である。題名の前に「大陸感激ものがたり」というタイトルが冠せられていることから、体験者によるルポルタージュの形式で作品化されたと強調しようとする作者の思惑が感じられる。

主人公である易縣の少年高士明が、宣撫官の教えを受けて、心から日本軍のやさしさ、強さを知った。彼の兄は「支那軍」に拉致され、「支那軍」大隊長のボーイになっている。高士明は兄を説得し改心させて、日本軍に協力するようになり、「悪い支那兵」を一網打尽にしたというあらすじである。高士明側の視点で語られている日本軍に協力する理由は、次のような部分に示されている。これは高士明が兄に書いた手紙である。

兄さん、ぼくは日本軍の宣撫班で、日本語を習つております。そして、日本軍がわれわれ支那人のために、どんなに勇ましく戰争をしてゐるかといふことを聞いております。兄さんも早く歸つて來て、このことをお聞きなさい。ぼくは毎日城壁の上にあがつて、兄さんの歸るのを待つております。お母さんはもつと、も

大陸《たいりく》感激《かんげき》ものがたり
易縣《えきけん》の兄弟《きやうだい》
(1)
坪田《つぼた》譲治《じやうじ》
田《た》村《むら》孝之介《かうのすけ》繪《ゑ》

「易縣の兄弟」（『大阪朝日新聞』一九三九年八月〜九月）

つと待ちかねておられます。

すなわち、中国の子どもに日本を全面的に理解させ共感させる宣撫工作の重要性を強調するためには、高士明の視点のほうが都合がよいということである。だから、中国の子どもの視点といっても、日本軍がいかに勇ましく戦ったか、宣撫官がいかに中国の子どもを可愛がっているかという論理に徹し、中国を侵略することが当然のように書かれている。日本が中国を侵略しているという本質には触れることがないのだから、そのように描かれても、それはおおむね虚像であり、偽りであった。

この作品について指摘したいのは、まず易縣宣撫班の活動に関する記述は全体の約三分の一を占めており、ほとんどが易縣での体験や宣撫官からの宣伝に基づくものとして書かれていることである。たとえば、次の一文がある。

易縣といふ町の元の師範學校の近くに、易縣宣撫班といふ縦に長い大きな看板がかゝつてをります。そこには日本の宣撫官といふ人が五六人もゐて、宣撫といふことをやつてをります。それは日本軍が占領した後の町や村をもとの通りに平和なところにして、支那の臨時政府といふ日本方の新しい政府に返してやる仕事であります。だから支那人にいひ聞かせて村長や町長をつくつたり、學校を開かせたり病院をつくつたり、匪賊や敗殘兵を手なづけたり、とても大變な仕事をするのです。

易縣の宣撫官から聞いた話をそのまま敷衍したことが明らかであるが、宣撫官が中国人に対して優しく、友好的な気持ちで接しているということは終始一貫している。さらに〈その易縣に私が行つたのは、つい近頃のことでありました。〉といって、そのことの信憑性を強調しようとしたのである。

また、少年高士明は、実在した人物である支那人「高史明」をモデルにしたものと思われるが、その「高史明」は易縣城壁の上で守備をする臨時政府（傀儡政府）の兵士であり、一八歳の青年であった。「高史明」に対する印象を、譲治はこう記している。

兵は中々愛嬌よく笑つて色々と語りつゞけた。私には何も解らなかつたが、歳は十八で、家は煙草屋で、母親と妹が一人居り、この城内に住んで居ると言つたさうである。名は高史明。諸葛孔明のやうな立派な名前である。

（「易縣の二日」前掲）

そして彼は、高史明の説明で旱魃のため〈涸れた浅い河床の見える〉易水を眺めたりして、〈壮士一度去つてまた歸らずといふ悲壮な感じの、何かうすれてゆくのをどうすることも出來なかつた。〉（同右）というのである。〈諸葛孔明のやうな立派な名前〉かどうかは知らないが、彼は「高史明」という名前が気になったらしく、作品の中に似たような名前を繰り返し使っていた。事実とは関係なしに、ただ名前だけで作品をフィクションしたことが分かった。

さらに、「悪い支那兵」についての描写にも、事実関係とはかなりの距離がある。というのはつまり、作品の中に登場したのは蒋介石の国民政府軍であるが、実際は、当時易縣周辺で抗日運動の中心をなしているのは共産党の率いる八路軍であり、そのゲリラ戦が日本軍に大きな損害を与えたのである。

以上を踏まえて、この作品は形式的には事実のように書かれているように見えるが、事実上は日本軍や宣撫班の勇敢さとか人間らしさを大いに美化するものであり、本当の真実は作品化されなかったと言えよう。

「易縣体験」が再び登場し、作品として結実されたのは、昭和一六年（一九四一）九月一六日から翌一七年（一九四二）一月二九日にかけて『都新聞』朝刊に連載した長編小説「虎彦龍彦」である。のちに単行本『虎彦龍彦』（昭一七・四）として新潮社より刊行されている。

この小説に登場する主人公は虎彦・龍彦・美代子の三人の子どもである。彼らの父は招集され「易縣」（作品では地名が伏せられたが）附近で戦死し、母も病没した。美しい継母が出来るまでの〈三人の子どもたちの健氣な奮闘と明るい童心の世界を描き、且つは新日本の女性の道を示唆した〉（新潮社の広告文）ものとして注目され読まれたのである。前線で戦っている父から子どもたちへ一通の手紙が届いた。その中にこんな一節がある。

さて、こゝは北支、それ以上の地名は言へない。でも、萬一のことがあつた場合は、その邊のところは、隊からか、部隊長殿から詳しい知らせがあるだらう。さうしたら、お前たちが大きくなつての後、この土地を訪ね、お父さんが今見てゐる山を眺め、今ふんでる土をふみ、今仰いでる空を仰いでくれるだらう。が、そんなことはいゝ。直ぐこの邊の描寫にうつらう。

まづ、こゝは小さな町である。町と言つても、店らしいものはろくくない。たゞ縣公署のある處で、小さな裁判所や刑務所があり、師範學校や小學校がある。それで町なのかも知れない。いや、それよりも、この町をとり巻く高さ十メートルもあらうかといふ城壁の物々しさ。これが最もこゝを縣城として、立派なものにしてゐるかも知れない。（中略）

今日、城壁の上を廻つた時、東の門の、その樓上にあがつて見た。こゝは吾軍が攻撃して突入したところで、とても澤山の彈のあとが殘り、樓の屋根など半分崩れかゝつてゐる。然しその樓の中の白壁には、何十何百といふ皇軍勇士の名が書かれてゐる。鉛筆やペンで書かれたものもあれば、劍や彈丸の破片のやうなもので書かれたらしいのもある。きつと、激戰の後、敵を擊退してこゝに攻め入つた生命をかけての喜びに、それを記念するため書かれたものに違ひない。それにしても書かれてゐる年月日を見ると、もう三年近く昔のことである。こゝに名をしるした勇士たち、今はたして、いづくに轉戰してゐるであらうか。故郷の妻子のもとにゐる人もあらうし、偉勲を立てゝ、護國の神となつた人もあるであらう。上に、下に、實に無數にあるその人達の名を眺めながら、お父さんは實に色々のことを考へ、まるで靖國神社の前にゐるやうな氣持になつた。そこでその人達に目をつぶつて永い默禱をさゝげた。それから、何となく申し譯ない氣もしたけれど、その人達の名の下の方に、お父さんも自分の名をペンで小さく書き込んだ。いや、仲間にいれて貰つたわけである。お父さん萬一の場合は小さいながら、やはりお父さんの殘す記念の一つである。お前たちが成長ののち、もしこゝを訪ねるやうなことがあつたら、さあ、何十年後のことか解らないが、お父さんの今日の覺悟と感慨を思ひ起して見て貰ひたい。

（『虎彦龍彦』新潮社、前掲）

これを読むかぎり、随筆「易縣の二日」（前掲）に書いてある下記の記述がそのまま引用されたことは明らかであろう。

城壁は凹形のキザミがついてゐて、丁度立射にいゝやうになつてゐた。それから城壁の下をのぞくと、下は深い壕がヱンエンとして、城をめぐつてゐた。處々に廣い場所があり、そこには土を盛り上げてあつた。機関銃か迫擊砲でも据ゑたのであらうか。場所によつては小銃の彈痕が幾つか殘つてゐた。東の城門の樓門はさんぐ〵に崩れてゐたが、我が軍の砲擊によるものと思はれた。その殘つてゐる白壁には××上等兵などと書いて、その人の名が刻んであつた。それは無數にあり、皇軍奮戰の跡を忍ばせた。

（『随筆　故郷の鮒』前掲）

これは子どもに対して、戦争への積極的な意欲をもつようあおる内容であり、その意図するところは戦意高揚にほかならない。その後、父が「お国のため」に「名誉の戦死」を遂げたが、三人の子どもたちは、〈戦場に手柄を立てた勇士の子供〉〈名誉の父の子供〉として多くの人々に守られ、困難を乗り越えて元気な姿で成長していくというのである。

戦死した「勇士の子ども」の造型は、泥沼化しつつある中国大陸での戦争による戦死者の大量出現や兵士不足などを背景にしたものであり、子どもを子どもとして扱うのではなく、天皇にすべてを捧げる国民の一員として錬成することによってその自覚をうながし、戦争遂行に積極的に協力させるという国家の意図によるものであった。

また、時局に迎合した以上のような表現は、作品全体から遊離しており、不整合な印象は否めないことを指摘できる。

参考文献

（1）「特集／戦時下の児童文学」『日本児童文学』一七巻一二号、昭四六・一二
（2）「特集／戦時下のアジアと児童文学」『日本児童文学』一九巻一一号、昭四八・九
（3）「特集／児童文学の戦争責任を考える」『日本児童文学』四一巻八号、平七・八
（4）「特集／戦争文学の展開」『国文学 解釈と鑑賞』三八巻一一号、一九七三・八
（5）長谷川潮『日本の戦争児童文学―戦前・戦中・戦後―』日本児童文化史叢書一、久山社、一九九五・六
（6）長谷川潮『戦争児童文学は真実をつたえてきたか』教科書に書かれなかった戦争 Part 三一、梨の木舎、二〇〇〇・九

（7）安田武『定本戦争文学論』第三文明社、一九七七・八
（8）山口俊雄編『日本近代文学と戦争―「十五年戦争」期の文学を通じて―』三弥井書店、二〇一二・三
（9）百田宗治「兒童讀物統制の諸問題」『教育』六巻一〇号、昭一三・一〇
（10）佐伯郁郎「兒童圖書出版政策」『兒童文化　上』城戸幡太郎他編、西村書店、昭一六・二
（11）菅忠道『日本の児童文学』増補改訂版、大月書店、昭四一・五
（12）米田祐太郎『支那童話歌謡研究』大阪屋號書店、大一四・四
（13）七理重恵『支那民謡とその國民性』明治書院、昭二一・七
（14）中務保二『凍原』文學手帖社、昭二五・四
（15）粟屋義純『戰争と宣傳』時代社、昭一四・一一
（16）『ニユース便覧　一問一答新語新問題早わかり』キング新年號附録、大日本雄辯會講談社、昭一五・一
（17）青江舜二郎『大日本軍宣撫官―ある青春の記録―』芙蓉書房、一九七〇・四
（18）趙煥林主編『日軍宣撫班档案史料』線装書局、二〇一五・八
（19）郡健次郎『大陸經營』巌松堂書店、昭一三・六
（20）『平和の戰士宣撫班　新東亞建設のパイオニア』教育パンフレット三四八、社會教育協會、昭一四・八
（21）梶川俊吉『中華民國司法制度　治外法権に関する研究』司法研究報告書第三一輯ノ一〇、司法研究所、昭一八・四
（22）井上司朗『証言・戦時文壇史』シリーズ昭和裏面史二、人間の科学社、一九八四・六

# 第四章　保定での宣撫視察

―華北の子どもたち―

## 一．保定の一日

旅寝となればものうきを―といふ言葉は何にあつたか忘れたが、保定で病氣した一日はやはり物うい永い一日である。（中略）

私は床上に仰向いて、ひたすら安静にし、腹の固まるのを待つてゐたが、その間に聞えて來たものはロバの啼聲であつた。ロバといふのは、大いに可愛く愛嬌あるものであるが、その聲はとても艶けしで、ロバの身體とは想像もつかない。然し私はそれを聞いて、何かロバ平常酷使に易々諾々としてゐる思が、一日に何度か、あの變に悲痛な聲になつて心の底から出て來るやうに思はれた。何と形容もし難い聲であるが、讀者に一度聞かれんことをおすすめする。

その次に聞いてゐたものはホトトギスの聲であつた。これは夜から朝、朝から晝、晝から晩と、絶間なく啼きつづけてゐた。これも哀調を帯びてゐて、グリム童話にあるその哀話の一つを思ひ出させた。支那といふ處はそんな空想させるところでもあるやうに思はれる。

然しその時頭上の窓から見えた白い雲の峰の感じは忘れられない。支那の空は空中に湿氣がないため、いつも秋の空のやうに澄んでゐるのであるが、そこに中空にのぼつて動かなかつた白銀の雲はとても美しいものに思はれた。その昔、佛様が乘つたといふ雲はあんな雲かと空想した。…

随筆集『故郷の鮒』（協力出版社、昭一五・一二）に収録した「保定の一日」（『月刊文章』昭一四・八）という文章の中で、譲治は保定でのことをこう記している。

譲治は上海に上陸して以来、中国の南北を数千キロにわたって強行軍のように駆け回り、その心中に大きな不安と恐怖がわだかまっていながらも、日本軍を精力的に慰問し、また各地の戦跡などを視察して、心身とも疲れてしまった。下痢をして保定の日本旅館のベッドに身を横たえる彼の耳には〈變に悲痛なロバの声と〈哀調を帯びて〉いるホトトギスの声が聞こえて一層の哀愁を覚えるようになり、〈次第に内地に歸りたくなる〉のであったが、その心を慰めるかのように、頭上の窓から見えた〈中空にのぼつて動かなかつた白銀の雲はとても美しいものに思はれ〉、彼は〈佛様が乗つたといふ雲〉かと空想した。

むろん滅び行く中国へのあわれな感情は、〈何處の放送か、支那の女の歌が聞こえた。思ひなしか、敗戰の哀調を傳へてゐた〉（「中支點描」『文藝春秋』、昭一四・九）とあったように、中国大陸へ向かう当初からすでに彼の心の中に用意されていたし、また、「白雲」への想念も、幼少時から『唐詩選』などを愛読し、桃源郷のような漢詩文世界へのあこがれに由来したものと思われる。かくして、この時期の譲治の思想を規定するものとして、二つの「中国像」が内在していたことが分かる。つまり中国漢詩文に対する見識と現実の中国に対する偏見が共存しており、その取り扱いが区別されているというべきであろう。

譲治が保定に入ったのは昭和一四年（一九三九）六月一八日か一九日と思われるが、彼を保定へと赴かせた理由については、その作品や日記に記していないものの、三つほどあったと考えられる。一つは、保定を中心に郷里岡山からの歩兵第百十聯隊の戦った跡地を訪問したことである。第十師団隷下の岡山歩兵第百十聯隊は昭和一三年（一九三八）六月に岡山で編成後、ただちに中国華北に派遣され、京漢線沿線の警備にあたるとともに「晋察冀辺区粛正作戦」や「太行山脈治安作戦」などに参戦した。二番目に考えられる理由は、「生々しい臨場感」を求めようとして戦場に立ったことである。実際、彼は岡山歩兵第百十聯隊本部の置かれている易縣に行って二日間の「従軍」を果たしたのである。保定に乗り込んだ三番目の理由は、華北地域での宣撫班を視察し、〈支那の子供の生活、思想、遊戯、童話、童謡などを中心に研究を進め〉（『大阪朝日新聞』昭一四・七・二五）るという当初の目的であった。これまで彼は、〈言葉も解らず、一ところに止つてゐることもなく、子供達と親しい接し方をしなかつたので、そんなに可愛いと思つたことはない〉（「支那の子供　二」『週刊朝日』、昭一四・一〇）と言って中国の子どもにまったく関心を示さなかったが、保定に向かう列車の中で一人の女の子に目を惹かれてしまう。

車中に美人あり。それが今いふ七八つの女の子供である。（中略）いかにもはにかんでゐるらしく、口を少し開けて微笑してゐた。面長で、鼻筋がとほり、眼が生きてゐた。眼ばかりではない。顔全體が實に生々としてゐた。支那で生きてる顔を見たのは、これ一つといつてい〻。全く黄土地帯に一輪の花を見附たやうな感じであつた。

（「保定の一日」前掲）

終わりには、〈空想の中で私はこの子供を東京の私の家へつれてきてゐ〉て、〈親族を紹介のためにつれて歩いて〉いたと、女の子に彼特有の思いを馳せたのである。このように、「北支」に入ると、譲治の中国の子どもへの目線が少しずつ変わってきて、好奇心旺盛なまなざしを注ぎ、その印象や感懐を随筆や童話などに書き残している。

この章では、保定周辺での視察を通して、譲治は中国の子どもにどのように接し、何を見て、何をどう感じ、どういう思いで作品を書いたかについて、その記述に即して見ていくことにしたい。

## 二、俘虜となった少年

保定は河北省のほとんど中央部に位し、京漢線（北京―武漢間）を扼する軍事上・経済上の要衝であった。当時は北京、天津に次ぐ人口約二五万の大都会であり、周囲五里、高さ十数メートルもある煉瓦づくりの頑丈な城壁に囲まれて、市内には河北省政府その他陸軍諸学校や各種工場などもあったため、日本軍による攻撃の的となった。盧溝橋事件勃発二カ月後の昭和一二年（一九三七）九月二四日、日本軍は京漢線に沿って攻撃を加え、激烈なる砲火の援護下に保定を占領した。入城後の日本軍は、直ちに山西省など山岳部へ侵攻するための拠点として保定市内には五つの兵営ならびに数十の軍事施設を建設し、厳重な警備をひいて重兵を駐留させた。

漢口戦後、占領地確保のため、〈京漢線沿線ノ警備ニ任ズ〉と下令された第十師団は一九三七年一二月頃から保定周辺に駐留することとなり、当面の敵は共産党八路軍であるが、〈共産八路軍のゲリラ作戦に対応して東奔西走、討伐に次ぐ討伐を以てし、席のあたたまる間もなかった〉（『歩兵第十聯隊史』歩兵第十聯隊史刊行会、昭四九・四）ということになっていた。それと警備を交代して昭和一三年（一九三八）九月に保定を本拠に分散配置されていた岡山歩兵第百十聯隊も、やはり〈広漠たる河北省の山野には敗残兵が多数おり、ゲリラ的戦法によって治安は乱され、粛清工作はなかなか困難〉だったため、寧日ない討伐作戦を続けていたが、〈遂に敵を捕捉殲滅することが出來〉（『岡山県郷土部隊史』岡山県編、岡山県郷土部隊史刊行会、昭四一・一二）なかった。

岡山歩兵第百十聯隊は神出鬼没の抗日勢力などに対する掃討作戦を繰り返し、数々の「戦績」（惨案）

を作り出した。そして戦闘で捕まった抗日俘虜や民間人などを保定東関外の小営坊村南新立村に設置された保定俘虜収容所に監禁した。

保定俘虜収容所は、もともと日本軍が保定に建てた一つの臨時兵営であった。当時それは「東兵営」と呼ばれたが、その後また名前を「労働教習所」と変えた。鉄条網が張られた高い塀の中にバラック建ての八棟にそれぞれ一六、七の部屋があり、〈その中に幾百人とゐて、もの凄い感じがした〉（「戰地の子供達」『中央公論』、昭一四・九）のであった。その後も岡山歩兵第百十聯隊所属の部隊が冀中、冀南、冀西、太行各地（河南の洛陽を含む）での戦闘で捕えた中国人を皆ここに送ってきたが、一九四二年三月、石門（今の石家荘市）労働教習所の建設完了にともなう保定俘虜収容所が閉鎖されるまでの四年間に前後して逮捕され監禁された中国人は一万人にも達した。その中で多くの人が獄死を遂げ、また数千人は華北や東北、あるいは日本各地に連行され強制労働をさせられた（『日本侵略華北罪行档案第七巻　集中営』中央档案館他編、河北人民出版社、二〇〇五・八）のである。

譲治が、〈猛獣の檻の中に入つたといふ程でなくとも、強盗や泥棒のゴロゴロしてゐる中に入つたくらゐの氣持〉（「戰地の子供達」前掲）をして保定俘虜収容所を訪れたのは、昭和一四年（一九三九）六月一九日であった。そこで彼は一人の少年俘虜と出会う。


「歳は幾つだ。」

と聞いて見る。

「十五です。」

といふ。

「何兵だつた。」

「中隊長のボーイでした。」

「お父さんは？」

「家で粉屋をしてゐます。」

「兄弟は？」

「十歳の妹が一人だけです。」

「家に歸りたくはないか。」

「いいえ。」

「どうして？」

「家に歸つても暮すのが大變だから、成可く永くここにおいて貰つたほうがいい。」

「然しお父さんやお母さんが心配してゐるだらう。」

「――」


（『随筆　故郷の鮒』協力出版社、昭一五・一二）

通訳を通じてまるで訊問のような会話が続けられていたが、譲治の質問には少年は答えようともしなかった。恐らく彼はこれまで同じような訊問を何十回も受けたことがあり、譲治のことを日本軍と同一視して畏怖警戒したのであろう。そこで通訳が、

これは親父の代りに兵隊に出て來たものです。親父がとられた時それでは一家が暮しに困るので、頼んでまあ身代りとなつた譯です。ところが、その後親父もとうとう兵隊にとられ、そして何か事があつたと見え、今はもう共産軍に殺されてゐるのです。その事は別の俘虜の話でこちらには解つてゐるので

すが、これはその事をまだ知らないで居るのです。だからまあ今迄のやうな話をする譯です。

（同右）

と勝手に説明しているが、それを聞いた譲治はあわれな気持ちになって、〈私はもうこの少年俘虜からものを聞く氣がしなくな〉り、期待したような成果が得られないまま、面会を打ち切ったのであった。

少年俘虜に対する印象を、譲治はただ〈暑いのでシヤツに半ズボン、跣足である。日にやけてゐるが、紅い頬をしてゐる。それで子供らしく如何にも柔い薄い皮膚である〉などといったように外見だけを表現しているが、少年はどんな思いでこの戦争に臨んでいるのか、また俘虜となった彼は自分の置かれた状況をどう考えているのかについては一言も触れていない。中国人少年と初めて接したことだけに、のちに童話「易縣の兄弟」（『大阪朝日新聞』昭一四・八・五〜九・九）、「支那の子ども」（『森のてじなし』新潮社、昭一五・九・一）をはじめ、いくつかの作品にも登場させて、いずれも日本軍に協力した「良い子」として造型されたのである。これにより、保定俘虜収容所を訪れた譲治の本当の目的が伺われよう。

俘虜になったときの心境はどうなのか。俘虜体験をもつ作家としてよく知られている大岡昇平（一九〇九〜一九八八）は、次のように述べている。

両側にいろんな兵隊がいるでしょう。（中略）それで、見ると方々に壕が掘ってあるわけですよ。あいつらの壕はなんというか、寝棺型なんですよね。で、どうもそれが自分の墓穴みたいな気がして、ぼくは捕虜になると殺されるなんてことは信じてなかったですけれども、その時はなんか殺されるような気がしちゃいましたね。もう、なんていうか、頭がどうしてんだなあ。やっぱりこわかったんだな。

（「俘虜体験」『戦争』大光社、一九七〇・一二）

アメリカ軍に捕えられた大岡は殺されると信じ、ものすごい恐怖感に襲われていた。彼は一時間にも及ぶ訊問を受け、重要な件については何度も繰り返し訊かれて、心身とも疲れてしまったが、顔を上げると、〈(米軍)隊長の眼が一種の同情と好意をもつて私を見凝めてゐ〉て、〈すぐ食物をあげる。お前はいつか國へ歸れるだらう〉と言われた。そして翌日、担架に乗せられ、船で別の島へ移動されることになるが、その時、〈私は初めて私が「助かつた」こと、私の命がずつと不定の未來まで延ばされたことを感じる餘裕を持つた。と同時に、常に死を控へて生きて來たこれまでの生活が、いかに奇怪なものであつたかを思ひ当つた。〉(『俘虜記』創元社、昭二三・一二)と、彼は放心し、生還の喜びを感じたのであった。

これに比べてみれば、日本軍の俘虜政策はきわめて非人道的であった。多くの研究によってはっきりと明らかにされていることであるが、俘虜収容所は抗日俘虜や民間人などを残酷な拷問で鎮圧する人間地獄となり、逮捕された中国人は、〈猛獣の檻〉(「戰地の子供達」前掲)のような部屋に住まわされ、きわめて低劣な衣食住のもとで過酷な生活を送った。また、見せしめで殴られ、拷問され、虫けらのごとく簡単に処刑されたことも多かった。犯罪の証拠を消すため、死体を埋めもしくは野放しにした。一九五四年一一月に行われた発掘調査では、保定俘虜収容所のあった南新立村の田んぼから、三〇人以上の遺骨が発見され、いずれも頭蓋骨無しで骨には深い傷が残されていた(『日本侵略華北罪行档案第七巻 集中営』前掲)。さらに数多くの俘虜は華北や東北、または日本各地に連行され、強制労働に従事させられた。その多くが栄養失調で死亡したといわれる。大人以上の恐怖心を抱いたこの少年俘虜が待たされる運命は厳しいものだったに違いない。

ここで指摘しておきたいことがある。つまりこの少年俘虜は八路軍の戦闘員ではなく、〈抗日並に密偵教育を受け、日本軍部隊の使用人となり、我軍情特に秘密書類の窃取及軍首脳部の毒殺等を企圖し居りたる〉（『外事月報』昭一四・八）、いわゆる中国人少年間諜（スパイ）団員だった可能性が大きいと思う。

実は昭和一四年（一九三九）六月と前後にして、「北支」地域においては、こうした中国人少年間諜団が相次いで検挙され逮捕されたのである。彼らはいずれも一三歳から一五歳の子どもで、児童救国団員として徹底した抗日教育と抗日訓練を受けたほか、密偵教育をも受けたのである。そして彼らは八路軍より密派され、日本軍占領地に潜入して日本軍部隊の使用人となるが、与えられた任務は、〈軍司令部、各部隊、憲兵隊等に於ては公文書中特に軍機密、極秘、公用秘等の印を押捺しあるものを窃取する〉とともに、〈停車場に於ては軍事輸送の状況即ち人員、砲戰車、機関銃、自動車其の他の兵器、彈薬等の数及輸送方法を調査する〉ということである。密偵なることが発覚して逮捕される場合は、絶対に事実を言わずに、〈中國軍又は日本軍に自分の父母兄弟は皆殺害せられた〉とか〈中國軍が父母を人質として拉致し父母を助けんとせば日軍の情況を探知報告せよと命じた〉と話すようにと教えられた。それで、日本軍の取調べに対し、中国人少年間諜たちは、〈言を左右にし、或は默して語らざる等頗る困難を感ぜしめ如何に敵側に於ても人選の周到的確なるかを想はしむものあ〉ることから、日本軍が〈現地各機関に在りても一層周到なる着意を以て嚴戒中なり〉云々（『外事月報』前掲）という。この少年俘虜の話したことは、密偵教育の内容とほぼ一致するから、少年間諜の可能性が十分にあると考えられる。

少年間諜団の存在を、譲治はどこまで把握していたかは不明であるが、その創作ノートには密偵の子どもの話や劇団を装ってスパイ行為をした中国人のことなどが記されているから、彼は現地ではかなりの情報をキャッチしていたのではないかと思われる。

## 三 「抗日文書」と子ども

保定陥落後、日本軍とともにやってきたのが「大日本軍宣撫班」(以下「宣撫班」と略す)であった。「北支」方面軍多田部隊本部で印刷された『宣撫班史略』(一九四〇・七)によれば、宣撫班は、一九三七年八月に編成、華北戦線の日本軍各兵団に配属され、〈軍ノ一翼トナリ、聖戰ノ目的貫徹ノ為戰塵ノ間ニ軍ト行動ヲ共ニ〉して、日本軍占領地では、「親日のための宣傳・教化活動」など〈民衆對策のために日本軍内に設けられた機関〉である。〈戰火ニ戰ク民衆ヲ救ヒ、抗日ノ迷夢ヲ醒シ…共ニ相提携以テ東亜新秩序建設ニ向ハシメ…〉という建前の理念を掲げているが、しかし、その実態は〈野菜とか薪炭とかを後方から、戰線の勇士に不自由のないやうに送〉り、〈時には、河川に鉄橋をかけて軍の進撃を助けることもありますし、道路を作つて交通の便をはかることもあるのです。かうして、戰場の人、物、あらゆるものを動かして、軍の命令によつて行動してゐます〉(八木沼丈夫「北支建設に活躍する武器なき戰士」『家の光』、昭一三・五)とあるように、日本軍の一切の下働きをし、徹底的な略奪と殺戮を行い、中国人を監視し拷問するなどの残酷行為が、日本軍占領各地で日常的に行われていたのである。そのため、中国人から信頼されることはなく、さらに抗日ゲリラの襲撃による死傷者が多数出たことから、宣撫班はほとんど武装して行動していたし、また駐留する日本軍が直接宣撫活動にかかわったことも多かった。

保定の宣撫班は大河原秀雄班長をはじめ一〇人ぐらいで構成されている。保定城内に拠点を置き、周辺地域へ活動範囲を拡大しつつ、治安維持会や婦女宣撫隊を作り、愛護村運動、清郷運動などを行って積極的に活動していたが、中でも特に精力的に取り組んでいたのが中国人の子どもに対する「親日教育」である。その理由は、譲治の言葉を借りて言うならば、〈宣撫の第一は子供の心を得ることであるといふ。(中略）子供達には成心がないから、やさしい心には直ぐなついて來る。旗を持つたり、歌を唄つたりして、直ぐ後からついて來るやうになる。こちらも子供は可愛いから、文句なしに愛することが出來る。〉（「戰地の子供達」前掲）ということである。

一九三七年末に、一〇歳前後から一五、六歳までの少年少女たちを中心に組織された「保定少年團」と「保定少女團」は、〈日支親善の新しい教育〉のモデル事業として日本のメディアに大きく取り上げられ、大々的に報道された。保定城内師範付属小学校に設置された教育施設で、中国人の子どもを対象に、精神教育・日本語教育に重点が置かれ、〈訓育（修身）、唱歌、體操、習字で、そのほかに日本語をアイウエオからならはせてゐる。號令もすべて日本語だ。しかしまだはじめなのでまづ支那語で號令をかけておいてその日本語で動作をさせてゐる。これは日本語をおぼえると同時に活發なる動作をも習得させるためだ〉（『東京朝日新聞』昭一三・一・四）というのである。このように、日本の帝国主義的イデオロギーを知識の習得に隠蔽しつつ、その浸透を図るための「教化」の装置として中国人子どもの純粋で幼い心に「親日化」の思想を植えつけようとしたのであった。

譲治の保定での視察は保定宣撫班員同伴のもとで行われた。彼はおもに宣撫班員への取材を積極的に行い、その「美談」を一つ一つ丁寧にノートに記したのである。その一つを紹介しておこう。

彼（宣撫官＝劉注）は小學校に陣取り、彼をとり巻いて集つて來た子供達に、今迄彼等の受けた抗日教育の誤れることを言つて聞かせた。日支提携しなければならないことを懇懇と説いて聞かせた。そしてこれが解つたら抗日文書を集めて來いと命じた。そして二時間と經たない間に、集つたこと、集つたこと、宣撫官が向つてゐる机の脇に、これこそ山と積まれた。大抵ビラのやうなものであるが、パンフレットもあれば、書籍類もあり、雑誌もあれば、新聞もある。斯くも抗日に力をつくしてゐたかと驚くばかりである。子供達も抗日に就いてよく教えられてゐたと見え、それらの文献に中々通じてゐる。（中略）彼はそれを一々調べることにした。と、その時一人の子供がその文書に手を延ばしたと見えるや、上の一枚を鷲づかみにして、大變な勢で驅け出した。

（「戰地の子供達」前掲）

〈これこそ重要文書である〉と思った宣撫官は、自分でもその子を捕まえようと駆け出したが、しかし、その子は真剣になって一本の木に登りつき、それを伝わって学校の屋根へ上がった。銃を撃つぞと叫んだら、屋根の子どもはゴロゴロと音を立てて落ちて失神した。二三十分後に息が戻ったが、持って逃げた文書を読むと、それはただの子どもの作文に過ぎなかった。〈兎に角抗日文書として、自分の綴方を讀まれる怖さに、彼はこんな冒険をやつたのである。〉（同右）、〈然しもつと恐ろしいものは、そこに子供が本心を吐露してゐるといふこと、傷つき易い心の奥の眞實を描いてゐるといふことではなかつたでせうか。心の奥をのぞかれる―この思ひが、この子供をして大怪我をさせるもとゝなつたのでありませう。〉（「あとがき」『銃後綴方集　父は戰に』、新潮社、昭一五・九）と譲治は書いているが、実際はその子どもは、作文が抗日文書と疑われたら、自分はもちろんのこと、家族までも巻き込まれて、ひどい目に遭わされてしまうことを恐れていたのではないか。ちなみにこの宣撫官は、同郷の友人であり作家でもある中務保二であった。中務保二という名は『日本近代文学大辞典』（日本近代文学館編、講談社、昭五二・一一）には出ていないが、昭和二五年（一九五〇）四月に岡山の文學手帖社より刊行されたその著書『凍原』の「著者の履歴」によれば、明治三八年（一九〇五）、岡山市に生まれ、譲治と同じく金川中学卒業後、早稲田大学露文科でロシア文学を学んだ。その後、雑誌『文藝戰線』、『早稲田文学』その他に小説や評論を発表するが、昭和一三年（一九三八）八月に軍属として徴用され、宣撫官になって中国華北の各地を転々としていた。

このように、中国民衆に根強い抗日意識や反発があったことをよく知ってその対応に苦慮した宣撫班は、中国人（子どもを含む）への監視と弾圧を強化するとともに、占領地では親日教育や各種の宣撫工作を行ったが、侵略の本質を隠すことはできず、中国民衆の支持を得られなかった。

## 四．井戸に捨てられた子ども

日中戦争の最大の犠牲者は、いうまでもなく中国の民衆であった。とりわけ無辜の子どもが甚大な被害を受け、日本軍の侵攻にともない多数が虐殺されたり戦闘にまきこまれて死傷した。日中戦争の開戦（一九三七年）から日本の敗戦（一九四五年）までの八年間における中国側の死者は二千万人以上という数字が発表されているが、そのうち子どもの犠牲者が一体何人ぐらいいたのか、そして彼らはどういう状況でどのように被害を受けたのか、終戦七〇年を迎えた今でも、中国の子どもへの戦争加害についての正確な調査すらされていないのが現状である。

日本軍占領下に置かれた中国の子どもをめぐる言説は、日中戦争のあいだにおいて大量に生産されていた。時局の要請に応えるべく、多くの作家・児童文学者、そして文化人らが報道班員として戦場へと駆り出し、子ども向けのルポルタジューや記録文学が生まれて、そこには数多くの中国の子どもが登場したのである。また、新聞や雑誌の紙（誌）面に毎日のように中国の子どもに関する記事が飾られ、さらに、児童文学のジャンルではないが、中国の子どもを扱った戦記や回想録などの類まで入れるとおびただしい氾濫ぶりである。それはどれをとっても大同小異の語られ方をしており、いたるところに日中戦争を正当化し美化する「帝国主義イデオロギー」がちりばめられているのは否定しがたい。つまり優しい日本兵に可愛がられた中国の子どもたちが日本軍に感謝し協力したという、意図的に作り上げられた「虚構のイメージ」ばかりであり、現実性が希薄なために、不自然さのみは目につくということが指摘できる。

たとえば、昭和一三年（一九三八）二月六日付の『大阪朝日新聞』に「日本の兵隊さんを見て生き返つた氣持—支那のコドモ達—」という記事が掲載され、朝日新聞社南京支局の記者が南京の子ども五人を集めて、南京戦についてインタビューした。「南京戰をどう見るか」という問いに、趙少年（一六歳）が、〈南京に日本の兵隊さんが入つてきたときには恐ろしいどころかホツとした。これでもう戰争がおしまひだといふ感じがして、平和がくるのがうれしかつた〉と答えたが、「大きくなつて日本に復讐してやらうと思はれるか」という問いに、馬少年（一五歳）が、〈仕事を立派におぼえて樂にせいかつできることをのぞんでゐる。日本に復讐するなどのことを考へる餘裕もない。〉と答えたという。このように、日本の中国侵略に「理解」を示し、日本軍に「協力」したという南京の子どもの姿が銃後に示されたのである。

こうした「虚構のイメージ」が氾濫したのは、むろん、国策と歩調を合わせたものであるが、相馬御風が言ったように、〈事變勃發以來人間の醜惡面の暴露を喜ぶやうな記事が影をひそめ、美談佳話を主として求め掲げるやうになつて來たことを大いに喜ぶ〉（「新聞と私」『土に祈る』、人文書院、昭一四・四）という銃後の国民からの強い要望へ迎合しようとしてきたことの一帰結でもあるといえよう。

譲治は一貫して国策の側に寄り添った立場からの視点で中国の子どもを作り上げていたのである。彼は、〈戰跡を五十日ばかり歩いて、いつも氣にかかつたことは、戰場となつた處で、そこの子供達はどうしてゐたであらう。〉（「戰地の子供達」前掲）といって中国の南北を駆けめぐったり、沙漠の町包頭まで足をのばしたり、結構精力的に動きまわっていた。親を亡くし各地を転々として流浪した兄弟、人さらいに人身売買された姉妹、日本人によって日本へ連行された子どもなど、実にさまざまな中国の子どもの不幸を執筆ノートに書き記したのだが、公にされたのはごく僅かなもので、不都合な部分が全部切り捨てられてしまった。しかも、作品化した中国の子どもの姿はすべて意図的に作られているという感がある。私は譲治の遺された執筆ノートをひもとく機会があって、その作り上げた作品と実際の見聞した事実との落差に一驚を覚えるのである。次は執筆ノートに書き記された子どもの話を例に考えてみよう。

鐃陽《ママ》でのこと。離れ村といふので、日軍來ると聞き、三十五六才の女六ヶ月の子供を抱き、片手に着物の包みを持つて逃げてゐたが、支那里で二里逃げて疲れて來た。その時、側を馬車で逃げる人あり、その着物を捨てゝ、馬車に乗せて貰ひ、いざ子供に乳をのませよとしたら、それが着物であつた。すてたのは子供だつたのである。

また、類似した記述は他にも見受けられる。

二十五六の子供、生れて四五日の子供を懐にすつかり抱き、それを帯で結んで逃げた。何里か逃げて、これも乳を呑ませようとしたら、死んでゐたさうである。

いずれも宣撫班員取材から得られたもので、内容はきわめて短いものではあるが、日本軍を恐れて必死に逃げようとした母親とその逃避行を余儀なくされて犠牲となった子どもの様子を生々しく記録している。当時、抗日勢力の活躍に手を焼いた岡山歩兵第百十聯隊の所属する歩兵第一三三旅団は、華北地域を中心に掃討作戦を繰り返したのであった。譲治の保定視察に行った昭和一四年（一九三九）だけでも、「蒋介石系石友三軍殲滅作戦」、「晋察冀辺区粛正作戦（雨季作戦）」、「太行山脈粛正作戦（黄土嶺作戦・ラ号作戦）など大きな軍事行動を行ったほか、また、〈夜間行動により村落を包囲してゲリラをあぶり出さんとしたが、仏暁突入して見てゲリラは無論犬の子一匹も居ない藻抜けのからであること屡々であった。〉（『岡山歩兵第百十聯隊史 宣撫・治安戦』岡山歩兵第百十聯隊史編纂委員会編、岡山歩兵第百十聯隊戦友会、平三・六）とあったように、村落を包囲急襲した「三光作戦」（焼きつくし、奪いつくし、殺しつくす）は日常的であった。一九四二年一二月、延安で発行された『解放日報』に、一九三八年一月から一九四二年一一月末まで、日本軍が華北の敵後方抗日根拠地に対する掃討の回数に初歩的な統計を行ったが、五千人以上が参加したのは一五二回、一万人以上のは三七回で、この五年間で、冀魯豫辺区の掃討日数は三二九日であった。そのため、日本軍による住民虐殺が多発し、無数の残忍きわまる惨案を引き起こした。保定地区における一〇人以上の住民虐殺事件は、歩兵第一三三旅団の同地域駐屯期間のうち一九三九年から一九四三年だけでも七六件が発生している（『抗日戦争時期惨案統計表』）といわれているが、その中には子ども（幼児を含む）の犠牲者の数が十分に反映されていないのではないかと思われる。

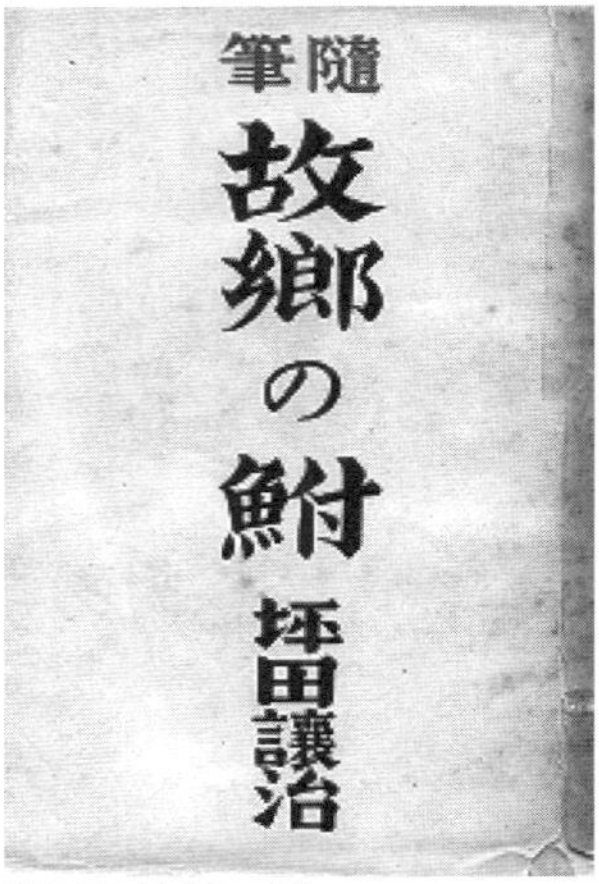

『随筆 故郷の鮒』（一九四〇年）

　ところで、譲治の作品「子供の支那」（『公論』昭一四・一一）の一部はこの子どもの不幸をもとに作られていると思われるが、執筆ノートに記された事実とはまったく相反する形で展開されており、多くは改竄が行われたのである。冒頭には次のような一節がある。

　北支は共産八路軍の勢力内にあるらしく、彼等は指示して言ふ。「日本軍の進んで來た道に近い村々は、その家財道具、食糧家畜等一切これを十里外の山中に運んで、そこに隠しておくべし。人も耕作に必要缺くべからざるもの以外はみな山中に避難して、そこに生活すべし。道路も日本軍進撃路はこれを徹底的に破壊しつくすべし。井戸などは何かをかぶせて、これを擬装しおくべし」といふやうなことである。つまり八路軍の理想は、村に一物をも残さず、日本軍に塵一つさへ利用させないといふ、出來れば、これを焼き拂つて焦土とも化したいところである。理論に徹してゐるのか、非情極りないのである。そしてこれに反いたものは嚴罰に處す。この嚴罰が非情に徹してゐて、言ふに忍びないことゞである。

（『随筆　故郷の鮒』協力出版社、昭一五・一二）

これまでの譲治の作品における敵は蒋介石軍ばかりだったのであるが、共産党八路軍を意識し始めたのは、やはり当時保定周辺には〈専ら共匪（晋察冀軍）の独檀《(ママ)》場〉となり、〈その行動は実に神出鬼没で捕捉することは困難であった。〉（『岡山歩兵第百十聯隊史 宣撫・治安戦』前掲）という実情があったからであろう。実は日本軍の占領区域の拡大が進む一方、中国共産党の勢力も伸びていった。共産党に指導された八路軍は、住民と密着して抗日根拠地をつくり、解放区（共産党の支配する辺区）を育てあげた。民衆の強い支援を受けた八路軍は、いたるところで鉄道、道路を分断するなど日本軍の背後をおびやかし、日本軍はその精力の大部分をこれらゲリラの掃討に費やさねばならなくなった。そのうえ、八路軍は「敵進我退」「敵駐我騒」「敵退我追」に加えて「空室清野」（家を空にして食糧を隠す）と「両平三空」（人・飲物・食物を隠す）というゲリラ戦法を民衆に徹底したため、日本軍はいっさいの抗日勢力を根絶し、民衆と八路軍との結び付きを絶とうとして採用されたのが「三光作戦」である。日本軍は家に押し入り食糧や燃料として家具等を強奪したり、中には強姦も犯し、逆らうものを殺傷したりしていた。このように、日本軍はしだいに略奪と殺戮を平気でおこなう集団と変質していったのである。

その実態を、譲治はどこまで知っているか不明であるが、日本兵や宣撫班員の証言だけを頼りにして、中国人の不幸はすべて八路軍の「空室清野」作戦によるもので、〈支那の民衆にとり、殘酷を極めるものであるが、共産軍のゲリラ戰に縁故でもあるか、人情を無視した〉と書いて、日本軍の仕業を、あたかも八路軍が行ったかのようにすり替えてしまったのである。

　話のあらすじは次の通りである。

「日本軍が來た、村をあげて避難せよ」と、八路軍に追い立てられた村民たちは、家財道具を抱えて暗闇の中を逃げまどう。そんな中にこの話の女主人公がいた。〈良人は兵隊につれてゆかれ、産れて六七カ月の子供と留守を守つてゐた〉彼女は、わずかな衣類を包みとし、片手に子どもを抱えながら、死ぬ思いで山へ駆け駆けした。彼女は通り過ぎる一台の馬車に助けを求めると、乗せてはやるが、包みを捨てろと言われた。それで彼女はその包みを道側の井戸へ投げ込んだ。翌朝、彼女は子どもに乳を飲ませようとしたところ、子どもはいなくて、手に抱えたのが包みのほうだったことに気が付く。最後は、〈何日か後、その井戸から子供の死體があがつた。然し彼女は自分が間違つて棄てたとは言はなかつた。八路軍に子供をとられた、と言ひ〳〵した。自分でもさう考へて、共産軍を怨んだ。〉というところで結ばれる。

　文中には繰り返し、〈共産軍は人情を無視した〉とか〈非情極りない〉とか〈後の見せしめと、同胞であるその子達さへ殺してしまふ〉などといった言葉が用いられ、敵は悪魔のような人間であり、卑劣な手段を使って自国民にも残虐行為に及んでいることから、それを懲罰する日本が行った戦争は正当行為だということを銃後の国民に、とくに子どもたちに信じ込ませようとしたのであった。譲治がこうした発言をした背景には、八路軍への寧日なき掃討作戦に対する日本軍のあせりがあったと思われる。

　このように、日本軍の勝利を希求し、占領地中国人の実態の中で日中戦争を把握できなかった譲治は、日本による戦争のもつ大量破壊・大量殺戮という陰惨な認識は薄れていたようであり、戦争協力者として戦争を遂行する助けになってしまったのである。

## 五．処刑された喇叭（ラッパ）手

〈春の初めで、柳が青い若葉をつけていた〉頃、保定近くのある村で一人の喇叭手の処刑が行われた。

ラッパを手にすると、彼は試しもせずに、突然、吹き出した。それが部隊と部隊が吹き合ふ禮奏の曲である。彼として見れば、聞いてくれる我が軍の部隊に敬意を表す譯なのであらう。それが終ると、今度は観兵式の時の分列行進の曲。この時彼は足を高く上げて歩調をとつて歩き出した。半圓に沿うて進み、部隊長の前ではラッパを吹き〳〵頭右の敬禮をした。……

彼は勇ましく歩調をとつたが、彼の側にはやはり劍つき鐵砲の我が兵隊さんが一人つき添うてゐた。支那ラッパの哀調は村の柳やアカシヤの木の枝の間を、風に吹かれて響いて行つた。そして黄色の土壁の家の部屋の隅まで入つて行つた。…このラッパ手としては、一生の目的を達した譯であつた。だから村の東端にある大きな木をグルグルと一廻りすると、今度は自分で驅足になり、ラッパも驅足のラッパを吹いた。刑場に近づくと、突撃ラッパで走り込んで來た。

（「戰地の子供達」前掲）

そして自分の葬送曲を吹き終わった喇叭手は、〈一生の目的を達した〉ように、満足げな顔をして、多くの日本兵に厳重に囲まれながら、また、大人や子どもなど村人たちに見守れるなか、〈側の柳の幹にラツパをかけて、おとなしく刑を受けた〉のであった。締め括りは譲治らしきユニークな書かれ方をとっている。

一週間とたたない内に、そのラッパもその木の幹から姿を消し、村はづれの古道具屋の店頭に古帽子や古鍋と一緒に並べられてゐた。これを不思議に思ふものもなく、知つてか知らずでか、特別の注意を拂ふものもなかつた。

（同右）

喇叭手の処刑をおもしろせつなく描いて、あたかも奇妙にゆがんだ異常空間で起きた冗談ででもあるかのように表現されている。処刑の場面を書いたにもかかわらず、そこからは恐怖感や悲惨さはまったく伝わってこない。

この喇叭手はなぜ処刑されたのか。一八、九歳の彼は、蔣介石軍の喇叭手だったが、日本軍に投降して協力することになった。しかし、〈無邪氣で、よく働いて、しかも實に従順なので、歸順兵での我が軍の人氣もの〉だった彼は、土匪の連中と手を組んで、〈日本軍の諜者〉と成り済まし、村民を恐喝するなど、〈敵に通じてゐたり色々澤山の惡いことを〉したため、〈罪は至極輕〉くて本来なら死刑にならないはずだったが、〈今後の宣撫のためどうしても生かして置けない〉という日本軍の意向で、不法に虐殺されたのであった。また、見せしめるため、村民全員が処刑場に連れ出されてしまい、その惨状を見るように強要された。

この文を読む限り、譲治は可哀想だとか、人を殺した罪の意識は全然なかったようである。つまり、中国人相手であれば、日本人は同情の余地はなく、虐殺を行うのが当然の行為だということである。日本の子どもはこの場面を見せられて、どのように思っていたのであろう。

要するに、譲治がこの作品を通じて銃後に伝えたいメッセージはほかならぬ二つがあると思う。一つは日本軍を「人間的」に描き、中国人から十分に信頼され支持されていることである。喇叭手の行動は日本軍に「敬意を表す」とか「敬禮をした」だと理解され、中国人全体として理不尽に虐殺されても日本軍を憎んでいないように描かれているのである。しかし、私はそのラッパからは「悲しさ」と「無念さ」という心の声しか聞こえない。二つ目は悪いのが中国人なので、日本軍の中国侵略が正当だという主張である。喇叭手の母親が亡くなる前に彼にこう言った。〈唯良い人間にだけはなれるから、それ一つを頼んでおく〉と。それを悪用して、喇叭手は悪い事をした自分が処刑されるのを〈母の言葉に反いた罰〉として受けることが当然だと、つまり〈没法子《メイファーズ》＝どうにもならない〉というふうに描かれている。しかし、〈没法子〉という言葉は単なる「納得する」ことだけではなく、また、「無声に抵抗する」ということも含意されているから、それがかえって、全体に流れる不条理さの雰囲気を高めている。全篇の内容が虚偽に満ちており、戦地の実態について誤った観念を流布するものであり、明らかに「暴支膺懲」というスローガンのパラフレーズを根底にし、日本の子どもに日本の戦争を正当化して見せるものである。

ところで、この作品を、当時の時代背景と照らし合わせて読んでみると、非常に興味深い事実が浮かび上がってきたのである。

北支における治安は日本軍部隊などと日支関係者の協力により面目を一新、新樂土建設の一歩を踏み出した。…しかるに近時不良の徒輩多く、就中最も惡辣なのは某某部隊なりと稱する私兵或は軍警など機構の密偵と稱し良民を恐喝、私腹を肥さんとする輩増加しつゝあり、かゝる輩に對してはその國籍を問はず、關係機關において假籍するところなく嚴重処断する意向にて、もしかくの如き徒輩ある時は逸早く日支關係機關に詳報せられんことを切望する。

（「北支の不良一掃―当局、渡航者に注意―」）

これは、天津憲兵当局談話として昭和一四年（一九三九）五月三〇日付の『大阪朝日新聞』に掲載された記事の一部であるが、日本軍占領区における日本人の暴挙の一端を如実に物語っている。

日本軍占領地の拡大に伴う日本人の流入が激増し、〈街のいたるところに商店、料理屋の「開店御披露」の貼紙がベタぐと貼られ、赤い灯青い灯の方面も頗る景氣がよい。〉〈日本語で『今日は』『いらつしやい』『ありがたう』『どうぞおかけなさい』『さよなら』の挨拶を例の鼻につくをかしな發音で投げかけられてはその都度なんともいへぬよい心地である。〉（「保定の日本景氣」『大阪朝日新聞』、昭一二・一〇・二七）といったように、彼らは会社・食堂・商店・病院・娼館などの経営を通して日本の「中国経済への統治」という国策に協力し、いたるところに経済侵略の魔手を伸ばした。また、日本軍の掠奪や国策会社による独占のため、物価が〈昂騰を續け、食品は著しく缺乏を告げてゐる〉（『大阪毎日新聞』昭一四・五・二二）など、占領地の経済状況が悪化する一方であった。それに加え、〈一定の職にもつけず遂に大陸に好ましからざる人物となるもの〉（「北支の不良一掃―当局、渡航者に注意―」前掲）、いわゆる「不良邦人」が急増した結果、誘拐・恫喝・詐欺・傷害などの事件がしきりに発生することとなり、生活を破壊された中国人が二重苦にも三重苦にも強いられてしまったのである。こうした〈心なき邦人の行動が支那人心の離反を促してゐる〉（「北京日商主催現地対談会」『大阪毎日新聞』、昭一四・五・二五）と、日本の占領体制が脅かされることへの危機感を覚えた日本軍当局および日本政府はようやく渡航の取り締まりなど対策に乗り出したが、その処罰が罰金や退去処分ぐらいできわめて軽いものであったことから、期待されるような効果はほとんど上がらなかった。

こうして考えると、若い喇叭手の処刑はあまりにも理不尽でひどいものだったのである。

## 参考文献

（1）「特集／坪田譲治―生誕百年―」『日本児童文学』三六巻六号、一九九〇・六
（2）「特集／戦争児童文学」『日本児童文学』一六巻九号、昭四五・九
（3）『坪田譲治童話全集巻一四・坪田譲治童話研究』岩崎書店、一九八六・一〇
（4）『北支進出案内』實業之日本社、昭一三・一
（5）『鮮満支旅の栞』南満州鐵道株式會社、昭一四・五
（6）相馬御風『土に祈る』人文書院、昭一四・四
（7）『支那事變 戰跡の栞』陸軍畫報社、昭一四・一〇
（8）『歩兵第十聯隊史』歩兵第十聯隊史刊行会、昭四九・四
（9）『岡山聯隊写真集』国書刊行会、昭五三・一〇
（10）岡山県編『岡山県郷土部隊史』岡山県郷土部隊史刊行会、昭四一・一二
（11）大日本學術協會編『興亞の大陸教育』モナス、昭一四・一〇
（12）『宣撫班史略』北支方面軍多田部隊本部、昭一五・七
（13）『北支に於ける文化の現状』在北京大日本大使館文化課、昭一八・八
（14）中央档案館他編『日本侵略華北罪行档案第七巻　集中営』河北人民出版社、二〇〇五・八
（15）内海愛子『日本軍の捕虜政策』青木書店、二〇〇五・四
（16）尾関岩二『支那の子供』興亞少年少女文庫、興亞書局、昭一六・二
（17）片山稔『新しい支那の子』金蘭社、昭一六・五
（18）鳥越信『日本児童文学案内』理論社、一九六七・六

(19)関英雄『新編 児童文学論』新評論、一九六九・一二
(20)長谷川潮・きどのりこ『子どもの本から「戦争とアジア」がみえる―日本編―』教科書に書かれなかった戦争Part一八、梨の木舎、一九九四・八
(21)日本児童文学学会編『児童文学の思想史・社会史』研究=日本の児童文学二、東京書籍、一九九七・四
(22)柿沼肇『国民の「戦争体験」と教育の「戦争責任」―学習・研究のための序説―』近代文芸社、二〇〇五・七
(23)久保井則夫『絵で読む 大日本帝国の子どもたち―戦場へ誘った教育・遊び・世相文化―』つげ書房新社、二〇〇六・一二
(24)山本武利『朝日新聞の中国侵略』文藝春秋、二〇一一・二
(25)高井昌吏『「反戦」と「好戦」のポピュラー・カルチャー』人文書院、二〇一一・八
(26)相川美恵子『児童読物の軌跡―戦争と子どもをつないだ表現―』龍谷叢書IIXV、龍谷学会、平二四・八
(27)『西本鶏介児童文学論コレクションIII―文学のなかで描かれる人間像・他―』ポプラ社、二〇一二・八
(28)石川巧・川口隆行編『戦争を「読む」』ひつじ書房、二〇一三・三
(29)『平和の戰士宣撫班 新東亞建設のパイオニア』教育パンフレット三四八、社會教育協會、昭一四・八
(30)防衛庁防衛研修所戦史室編『北支の治安戦1~2』戦史叢書、朝雲新聞社、一九六八・八~一九七一・一〇

# 第五章　北京「育成學校」とその他

—周作人訪問記など—

## 一．ふたたび北京に入る

六月の末頃、譲治は最後の訪問地である北京に入った。二回目の北京入りであった。前は「蒙彊」に行くために北京を経由し素通りしたのだが、今回の訪問はいわゆる用意周到で、しかも七月三日頃まで約一週間という〈一ところに止つて〉（「支那の子供　二」『週刊朝日』、昭一四・一〇）もっとも長い滞在の間に北京のあちこちを駆け回って視察し、目的達成したつもりで日本に華々しく「凱旋」していったのであった。

北京という名は明の時代から通用してきたが、一九二八年（昭三）に中華民国の首都が南京に移るとともに、「北平」と改称された。しかし、日中戦争が勃発すると、一九三七年（昭一二）一〇月一三日、日本軍の支持を得た王克敏などの中華民国臨時政府（傀儡政府）により、再度「北京」と呼ばれるようになったのである。そこには南京の国民政府に対抗するため、第二の「満洲国」を作ろうとした日本の険悪な陰謀が見え隠れするのである。

北京は都としての歴史が長く、国民政府が南京に遷都した後も、中国北部第一の大都会として繁栄したのであった。林語堂は〈新時代、進歩性、産業主義、國家主義等を代表する〉南京には見られない〈一種の香氣と神秘、歴史的な魅力、と云つたものが漂ふてゐる〉北京の特性を指摘し、〈北平こそは、永く培はれて來た穩やかな古い支那の魂を代表するもの〉と言って、〈そこには好ましい生活と申し分のない暮らしがあり、最大限に恵まれた文化的慰安と、田舎風の生活の最大限の美との関係が、完全に調和されてゐる〉(「古都北平」『改造／支那事變增刊号』、昭一二・一〇)と強調した。ちなみに〈規區整然たる街路、樹木に満ちた落つきある屋敷街、その昔、高位高官の館の跡も偲ばれてさすが帝城の地であるといふ感を深く〉し、〈黄甍紅壁を随所に北京の街は、すでに、街全體が一團の名勝舊蹟であ〉り、周囲十キロもの城壁に囲まれた城内には、紫禁城をはじめ、太廟、天壇、景山などの豪壮華麗な建物や禁宛があり、また、郊外には清の離宮として名高い頤和園、玉泉山、八達嶺長城などの美観絶景も数多く点在するなど、〈その観光箇所も非常に多く一通り北京を見學するとなれば自動車で三日を要し、京綏線列車で八達嶺の長城見學まで足を伸せば四日かゝる〉(『支那事變 戰跡の栞』陸軍畫報社、昭一四・一〇)というのである。

こうした北京の風貌を一目で見てみようとして戦前・戦中に北京を訪れた近代日本の文化人は後を絶たなかった。徳富蘇峰『支那漫遊記』(民友社、大七・六)、中野江漢『北京繁昌記』(支那風物研究會、大一一・一〇)、芥川龍之介『支那游記』(改造社、大一四・一一)、小田嶽夫『支那人・文化・風景』(竹村書房、昭一二・一一)、阿部知二『北京』(第一書房、昭一三・四)、清水安三『朝陽門外』(朝日新聞社、昭一四・四)、豊田三郎『北京の家』(第一書房、昭一四・七)、奥野信太郎『随筆北京』(第一書房、昭一五・三)など、北京について数多くの作品を残していて、さまざまな角度から北京を表象したのである。

なかでも特に阿部の『北京』は描写が精彩で完成度も高く、〈新しき型の報告文學であり、大陸を題材とした國際小説であるばかりでなく、現下日本人にとつて一刻も忘るべからざる、支那ならび支那人に對する文學者としての眞率なる理解を披歴した、最も高い意味での現代小説の型であり、新精神にほかならない〉(第一書房の広告文)と注目されたのである。「跋」で阿部は北京を「去日の美女」と言ってその感懐をこう述べている。

幾日かの黄海の旅ののちに、北京、その頃の「北平」の街に行つてみると、かねてきいてゐたのにまさつて、美しく、趣きの深いところであつた。世界中の人々がほめ讃へてゐるのも無理でないとおもはれ、われわれの島にこのやうにも近いところに、このやうにもいいところがあることを、何故もつと早く知らなかつたのか、とおもはれるのであつた。要するに、晩夏初秋の澄明な大氣のなかにかがやいてゐる北京に、私はいはば一眼の戀におちたやうなものだつた。この年闌けた美女にこころ惹かれた私は、判断心も忘れてしまつて愛着したのであるかも知れなかつたが、それもよろしい、と今でもおもつてゐる。分別臭く批判するより、その魅力に酔つて、幾分でもおのれの感覺を豊かにすることができたとすれば、それは却つて幸せですらあつた。

同じく岡山出身の阿部は昭和一〇年（一九三五）九月一日から一三日まで二週間ほど北京に滞在していた。帰国後、彼はその滞在経験を踏まえた随筆「隣国の文化―北平の印象から―」（『讀賣新聞』昭一〇・一〇・二六～二九）、「北京雑記」（『セルパン』昭一〇・一一）、「美しき北平」（『新潮』昭一〇・一二）などのほか、北京を題材にした小説「燕京」（『文藝』昭一二・一）、「北平の女」（『文學界』昭一二・五）、「北平眼鏡」（『改造』昭一二・九）を次々と発表した。『北京』はこれまで書いた北京に関する作品を材料とし、〈この私といふ一個の生身の人間の感覺、感受性に触れてきたその街の空氣、色、匂、花、物、音、人の顔、建物さういつたものを、筋も思想もなく、ただ感覺てきにあらはしたいといふ欲望〉（「自作案内」『文藝』、昭一三・三）を持って、「燕京」を約三倍に書きのばして出来た長篇小説である。その中で北京の街に魅せられた阿部は、北京への並々ならぬ愛着を一気に放出したのである。

阿部の『北京』についての詳しい分析は別稿に譲ることとするが、いっぽう北京を訪れた譲治は作品の中で街の様子や人々の暮らしぶりなどに一切触れていない。彼は国策に協力できるようなことにのみ関心を示し、その目的が明確かつ露骨であった。本章では、北京とその周辺での譲治の足跡をたどりながら、その見聞は坪田文学にどう描かれてきたかを明らかにしたい。

## 二、北京「育成學校」での視察

譲治の北京での行動は興亜院の指導の下で行われたと思われる。興亜院は、日中戦争下、日本の対中国政策を実施するために昭和一三年（一九三八）一二月に設立され、昭和一七年（一九四二）一一月、大東亜省に吸収されるまでの四年足らずの間存在した機関である。主には日本が支配した中国占領地の行政を統括し、占領政策立案のために数多くの調査員や技術者を動員して調査を行い、日本による占領地の行政と資源収奪に密接に関わっていたのである。

六月末日に、興亜院の島田事務官の案内で譲治は、北京城内にある「育成學校」を視察した。

育成學校といふのは、崇貞學園で有名な朝陽門の内にあつて、十七年前、我が國の寄附によつて建てられたものである。聞けば、その頃支那に大飢饉があつて、世界各國で寄附が集められた。我が國でも、小學生などは一錢づつの寄附をしたりして、その額四萬圓―と言つたやうに思ふが、或はもつと多かつたかも知れない。―が支那に送られた。ところが、送る時期が遅れ、支那では各國から集つた金を、もうそれぐ〵處分してしまつてゐた。それで、こんなはした金では、どうもならないといふ譯でもなかつたのであらうが、日本の方で勝手にしてくれと言ふことになつた。それが、この育成學校の紀元である。

（「子供の支那」『公論』、昭一四・一一）

「十七年前」というのは大正九年（一九二〇）のことであり、この年、中国の北方五省（河北・山東・山西の三省に綏遠・察哈爾の二省を加える）では干ばつが起こり、雨が一滴も降らず、畑の作物はすべて萎れてしまったことで、何もとれなかった。そのため、人々は塗炭の苦しみを強いられ、餓死した人が続出した。そこでイギリス人宣教師がまず第一に動きだし、アメリカ人宣教師がこれに呼応して死を待つ中国の災民の救済に乗り出したことから、世界中で中国の干ばつをやかましく言うようになり、食料や義捐金が世界各国から送り届けられ始めたのである。

こういう状況を見た日本はだいぶ出遅れたのだが、帝国教育会は災童救済のため、〈全國ノ學校生徒及教職員ヨリ義捐金ヲ募集シタルニ其額ハ十數万圓ニ達シタリ、帝國教育會ハ理事野尻精一、仝野口援太郎ノ二氏ヲ饑饉地ニ派遣シ罹災學童ニ對シ六萬着ノ綿衣ヲ施與シタ〉のである。しかし、〈義捐金ノ内約三萬七千餘圓ハ集金ニ時日ヲ要シタル為メ饑饉救済ノ時期ニ遅レタル〉ことから、帝国教育会はこの残留金の処分について、〈北京日本居留民ノ組織セル北支旱災救済會ノ委員タル中山龍次氏ニ諮リ〉、さらに中国の〈内務部及教育部ノ當路者ニ就キ意見ヲ徴シタル〉ところ、残留金を基本金として北京市内に一つの小学校を設立する（『財團法人育成社代表理事中山龍次『財團法人育成社教育事業ノ補助ニ関スル請願ノ件』、大一四・六）こととなったのである。そして大正一一年（一九二二）一月九日に帝国教育会長

北京東の正門・朝陽門（一九三〇年頃）

澤柳政太郎を設立者とする財団法人育成社が北京市内に設立され、民家を借りて同五月二二日に朝陽門内大街門牌三百四三号に育成學校（小学校）を開始した。

いっぽう時を同じくして、綿衣二千着の製作代金などとして帝国教育会から貰った五百何十円を資金に、キリスト教徒の清水安三は朝陽門外に崇貞學園を創立したのである。かくして朝陽門を挟んで、門内には「育成學校」、門外には「崇貞學園」という日本人の手によって建てられた二つの学校があるが、そのお金の出所は〈前者は帝國教育會、後者はその帝國教育會の事變の乘餘金〉（清水安三『朝陽門外』前掲）だったので、いわば双子みたいな関係であった。

イギリス人宣教師による飢饉救済を、清水は、〈英國軍艦の大砲の彈の届かぬところに教會を建てるとか〈英國の國威を笠に着て傳道はせぬ〉（『朝陽門外』前掲）と揶揄したが、しかし、日本の動機も決して純粋で無償なものではなかった。あとで分かったことであるが、〈隣邦のために、たゞし善根を施した〉（「子供の支那」前掲）日本がやがて袁世凱政府に対し二十一か条条約などさまざまな理不尽な要求を押し付けてしまったのである。

小川未明の作品「死海から來た人」（初出未詳）は小学校での募金の様子を扱っている。その中で未明は、中国で起きた飢饉に対する日本人の無関心と弱者軽視の日本社会の不条理さを批判して次のように書いている。

基督教徒の開いてゐる小學校で、バザーが開かれました。支那のずつと内地の飢饉へ賣上の金を贈らうといふのであるが、誰もその目的については、あまり知る者がなかつたやうです。

大抵の人は、どんな地方に、飢饉があるかといふことさへ知らなかつた。また、かりにこの廣い世界の一角に、大きな地震があつたとしても、その地方が未開であり、そして、自分達に利害關係がなければ、つひに、そのことは知られずにしまふでせう。

これに反して、ニューヨークで活動俳優が自動車で怪我をしても、大袈裟に報道される。また、ロンドンで、婦人靴の新型が流行しても、各國の新聞は競つて寫眞をいれて掲載します。文學にしても、政治にしても、ひとり、英國や、米國や、佛國や、その他三四の強國だけのことは知られてゐるが、弱い國や、未開の國のことは、てんで知られてゐない。人生も、社會も、そこには存在しないごとくでした。

（『小川未明作品集五』講談社、昭三〇・一）


当時の未明はプロレタリア運動の影響もあって、〈弱い國や、未開の國〉など弱者に同情する立場に立ったのだが、日中戦争がはじまると、彼は一変して軍国主義を支持することに回った。

もう一つ指摘しておきたいのは、「育成學校」が終始日本人によって運営され管理されていたことである。譲治は〈善根を宣傳になど使ふことをいさぎよしとしない日本のことであるから、學校をつくると、經營一切を支那人の手に任せた。〉（「子供の支那」前掲）と言っているが、それはとんでもない誤認なので、まったくの事実無根である。たしかに艾華校長をはじめ教員六人全員が中国人ではあるが、しかし、その人事権および資金の運用などはすべて日本政府関係者や政府役人ＯＢが中心となった財團法人育成社に握られており、また、〈入學ヲ希望スル者増加セルニ付之ヲ擴張スル為文化事業費ノ中ヨリ相當ノ補助ヲ仰キ度〉（在支那特命全権公使芳澤謙吉より外務大臣男爵幣原喜重郎宛『育成社教育事業ニ補助金下附願出ノ件』、大一五・四・二）とあり、〈この善根を棄ててはおけずといふので、興亞院で、今年一萬幾圓か、來年二萬何圓かの豫算で、これを親日の方に育成することになつた。〉（「子供の支那」前掲）などとあるように、日本政府の関与もあったことが認められる。したがって、視察先を当時新聞や雑誌で「北京の聖者」と宣伝され一躍注目の的となった清水の「崇貞學園」ではなく、日本人が〈思ひ出して見るものさへなかつた〉「育成學校」に選んだのは、一民間人の経営する学校よりも、日本政府とのつながりがある学校のほうが譲治にとって都合がよかったのではないかと思われる。

門に大額あり、育成學校と書かれてゐる。重慶政府の元老蔡元培の字である。蔡元培は十七年前その頃、北京大學の総長をしてゐたとかで、この額の字以外、校内に幾つかの字を残してゐる。何とふ字か忘れたけれども、みな教育的な美辭麗句である。

門を入ると、小さな門番の部屋がある。そこで左に曲る。そこに第一の内門。その門内にまた一部屋。これは参觀しなかつたが、小使の部屋か、或は先生の住居かといふのであつたらう。右に第二の内門。そこは二三十坪の内庭で、兩側に一つづつの教室がある。その日は時間が遅く、一人も生徒がゐなかつた。突きあたりが事務室と、教員室で、眞中が應接間、一つ圓卓が置かれてゐた。そこで青年教師と應接し、初代の校長は十幾年前亡くなり、二代目の校長もこの春亡くなつたといふことを聞く。但し兩方の校長夫人とも教師として働いてゐる由。

この事務室の後に校庭があり、それを隔てて校舎があつた。教室が三つか並んでゐる。校庭には石か瓦が敷きつめられ、一方に大きなアカシヤが枝を校庭の四分の一くらゐもさし出して茂つてゐた。けだし校庭がそんなに狭いものなのである。教室は我が國の田舎の小學校同様で、机など相當古く、そしていたんでゐた。柱などに張紙がしてある。清潔にせよとか、禮儀を守れとか、静かにせよとかいふ譯である。

（「子供の支那」前掲）

育成学校は、当初〈育成社ノ事業トシテハ現ニ所有スル基本金ヲ以ツテ僅ニ小規模ノ小學校ヲ經營スル外ナキモ將來經驗ト信用ヲ增スニ從テ何等カノ方法ニ依リ中學校ヲ設ケ更ニ進ンデハ專門學校又ハ大學ヲ設立スルヲ〉（『財團法人育成社及育成學校概要』大一四・六）目標としてスタートしたが、その後、〈其成績良好ニシテ支那人間ノ信用ヲ博シ入學ヲ希望スル者增加セル〉（『育成社教育事業ニ補助金下附願出ノ件』前掲）ため、日本政府より「対支文化事業費」の援助を得て、昭和四年（一九二九）四月に高等小学二学年を増設し、さらに高等科一、二年をも新設する（『北平育成學校一覽』昭一〇・四）ことになったのである。

翌日、卒業会に参列した譲治は、君が代を上手に合唱した生徒達に〈多少の感慨を催し〉、〈我が國の學校のそれと何の變りもな〉く、〈何の變哲もない卒業式であつた。〉と感じて、来賓として〈螢の光、窓の雪といふ我が國の卒業式の歌を引用し、少年の頃の小學校卒業式の思出を語つ〉て挨拶した。しかしそのうち、一人の生徒が〈氣分が惡いと言つて、列外に出て休む〉こととなったのである。それは彼の話した内容がよほど詰まらなかったのか、あるいは三〇度を超えた炎天下に長時間にわたり立たされて体調が崩れたのかはっきりと分からないが、とにかく彼は〈少年達の顏色に少しの喜びの色も認められない。悲しみの色がある譯でもないが、一體に暗い感じ〉をしていたというのである。

生き〱してゐないといふのは何故であらうか。これを私は事變に結びつけて考へて見た。これは當つてると思へなかつた。支那の子供の感じは一體に暗いのである。それは生活が迫つてゐるといふためではないであらうか。この生活難のために、彼等は早く生活を知り、そのために早熟となり、そして暗い表情をしてゐる。と私は結論をした。

（「子供の支那」前掲）

子どもたちが〈生きくしてゐない〉のは戦争によるものだという事実を知っているにもかかわらず、譲治は〈生活難のため〉だとして、〈事變〉（戦争）とは無関係だと判断し、彼らをこのような不幸に陥れたのがあくまでも中国の「不誠」のせいだと結論づけたのである。その上、〈日支親善〉をするためには、〈中國人が日本人を理解するといふことは、日本人の精神力を知ること〉が大事だと主張し、〈日本精神は誠から發してゐる〉もので、〈他國の華々しさこそなけれ、貧者一燈の誠である。〉として、「育成學校」を〈親日の方に育成する〉こと、つまり中国の子どもたちへの親日教育をすることの重要性を訴えたのである。「日本精神」というフレーズは当時の指導思想として児童文学作品にもよく使われており、「国体の本義を自覚し、八紘一宇の顕現に挺身する精神」のことなのであるが、譲治のいう「日本精神の誠」というのは、こうした「八紘一宇の国体原理主義に基づく国威伸張の侵略正当化」のことである。これにより、国体原理主義者としての譲治の本性がすっかり明るみに現れていたのである。

## 三　周作人会見の記

譲治の北京訪問にはもう一つ大きな収穫があった。それは中国屈指の文人である周作人と会ったことである。

周作人（一八八五〜一九六七）は中国近代を代表する文学者で、魯迅（周樹人）の実弟である。一九〇六年に日本に留学するが、辛亥革命の時に帰国し、後に北京大学の教授となる。周作人はその兄魯迅と並び、中国の新文学史・新文学運動史に最も輝かしい功績を残した文学者・思想家である。中国・日本・ヨーロッパに渡る広い知識を駆使した彼の随筆は、自由な小品散文の中国独自の可能性を洞察し、近代の合理主義に洗われた伝統的な文人筆記の最後の高峰の観を呈している。また、彼は日本の文学を愛し、『古事記』『枕草子』をはじめ、夏目漱石や島崎藤村などの作品を中国に紹介したことで、日本文学翻訳家・研究者としても知られており、武者小路実篤や佐藤春夫など多数と交友をもっていたのである。日中戦争期間中、北京の対日協力政権に協力したことがあり、中国で「漢奸」のレッテルを貼られてしまう。戦後になって戦時中の対日協力のことで投獄を余儀なくされるが、文化大革命の時に病没した。日本軍の北京占領期において、周作人は北京の「苦住庵」に住んでいた。「苦住庵」の名は「樂行は苦住に如かず」という仏経に由来するが、周作人は次のように述べている。

この苦住というところは、とても私の意にかなうもので、書斎の庵名に借りようと思っていた。実は苦茶庵と同じ庵なので、そもそも庵など実際にありもしないのであるが。もっともそれはさておき、苦住という言葉はなかなかいいと私は思う。いわゆる苦んばるものは、なにも「三界無安、猶如火宅」（三界安きこと無くたとえば火宅の如し＝劉注）のようなものとは限らず、普段つらいといっている程度の意味でもかまわない。不佞は信仰の少ない者で、エホバの天国とも阿弥陀仏の浄土とも無縁で、与えられたのは南瞻部洲の摩訶支那という土地だったので、そこに住み着くほかはない。別に楽しい行に出かける大それた望みもないのだし、どうせ中国で旅行することはとてもつらいことなので、これ以上さらに苦を求めることもなかろう。

（「桑下談序」一九三七・六・三。のちに『秉燭談』北新書局に収録、一九四〇・二）

周作人は北京残留の中国文化人の代表者と見なされ、かなり多くの日本文化人がその名を慕って彼のもとへ訪ねてきた。山本実彦、佐藤春夫、尾崎士郎、小田嶽夫、小林秀雄など、実に枚挙にいとまがないが、当時の日本文壇で活躍している一流の文化人ばかりであった。たとえば昭和一三年（一九三八）五月に『文藝春秋』特派員として北京にやってきた佐藤春夫が周作人ら中国文化人とひそやかな会合をした。その様子を同席した竹内好は、〈席の空氣は終始なごやかであつた。話題は、料理の話とか、お化けの話など、たあいもない話が多かつた。（中略）文學や政治の話はほとんど出なかつた。もちろん歡迎の言葉など改まつたものはなかつた。昨日會つた人間のように、勝手にしやべりたいことをしやべつてゐた。要するに老人趣味なのである。よく言へば北京趣味である。〉（「佐藤春夫先生と北京」『日本と中国のあいだ』人と思想、文藝春秋、一九七三・七）と書き、佐藤が現地から『文藝春秋』に書き送った報告「北京雜報」にも、〈これほどの心づかひをしながらもこの會を催したり、出席されたのは特別に有難い譯であるのに…慘として歡を盡さずといふ程ではないが、何やら影のさすやうな氣分の失せぬものがあつたのは是非もない。〉（『文藝春秋／現地報告・時局增刊九』、昭一三・六）と述べたのである。かくしてその頃の周作人は国策とは一応無関係な民間日本人には、非常につとめて自然な付き合いを心がけていたようである。

譲治が周作人に会ったのは昭和一四年（一九三九）七月一日である。彼は丁度その頃北京にいた親友の小田嶽夫とともに周作人の「苦住庵」を訪れたのである。のちに小田は随筆「新北京の支那人」（『文藝春秋』昭一四・八）の中で会見の様子をこう書き記している。

さういふ北京にも周作人氏のやうな支那第一流の文人が殘つてゐる。一日僕は坪田、小山（東一）兩氏と共に、秋澤（三郎）君の勤め先の東亞文化協議會の斡旋により同氏に會見する機會を得た。寫眞ではよく見た顏であるが、實際の顏は寫眞よりはいくらか瘦せ、過般の刺客事件以來外へ出られないせゐか本來さうなのか、女のやうと言ひたい位ゐ白い皮膚で、それに支那人にしては濃い口髭を蓄へ薄い卵色地の絹紬（？）の長衣を着て、日の光りの入らぬやう密閉されたうす暗い室に端然と掛けられた姿は、ちよつと見には氣品高い名醫といふ感じである。

「過般の刺客事件」とは、一九三九年元旦、周宅「苦住庵」に忽然招かざる客が現れ、周作人を銃撃したことである。一月一日の午前九時ごろ、天津中日学院の学生と名乗る二人の若者が面会を求めて部屋に入ると、いきなり周作人に拳銃で一発を打った。そして車夫の一人を即死させ、一人に軽傷を負わせて二人が逃走した。周作人はジャケトのボタンで弾が外れて臍の左に掌の大きさのアザができただけで奇跡的に助かった。この刺客事件は早くも日本の新聞にも取り上げられ、一月四日付の『大阪朝日新聞』は〈周作人氏狙撃さる—未遂・車夫のみ即死す〉という見出しで速報し、また、一月十日付の『都新聞』「大波小波」欄は〈然しこゝで考へるべき事は、この幸運のボタンを何時も望んでゐてはならないといふ事だ。これこそは、日本の對支文化政策・文藝政策の確立を促すべき銃聲であると認識されなければならない。〉と論評を掲載した。しかし、周作人は狙撃沙汰の黒幕は日本当局ではないかと気づいていたようである。〈日本の軍警はむろん極力国民党の特務になすりつけたが、しかし実は彼らがやったのだ。〉(『知堂回想録』安徽教育出版社、二〇〇八・六)と晩年もそう信じて疑わなかった。

刺客事件の後、周宅周辺の警備が強化され、物々しい雰囲気となった。〈屈強な體格の私服刑事らしい男が數人控へてゐて、我々の訪往に對しても物々しい取次ぎ振りを示すのだが、その刺客事件についても我々には質問がはばかられ〉、〈我々の態度は今日の氏の環境への慮りから充分率直であり得なかつたのは當然である。〉と小田は書いている。

会談は〈氏の日本書籍のつまつた、棚に圍まれた、土藏の内部のやうな空氣の冷りとした書斎でホッと暑さも忘れて、和やかに樂し〉い雰囲気の中で行われ、〈話題は日本文學の支那譯の話、支那の童話、民謡の話、支那精神の話、北京生活の話、江南の風景の話などと取り止めもなく移り、氏は終始微笑をたたへて物静かな日本語で語られるのだが、端麗な容貌のうちに強ひて光りをかくした如き瞳は時に微妙な鋭い閃きを見せる。そして僕等は否でも應でもあくまで剛毅不屈を堅持した文豪故魯迅の令弟で氏があることを思ひ出させられるのだつた。〉といい、会談の内容が多岐にわたるが、〈氏自身は我々の質問を避けたがる底の小器では無い。氏は我々の知りたいと思ふ事項については、種々自ら進んで一端を漏らされた〉というのである。

譲治はこの会談の内容についてあまり語っていないが、中国戦地視察よりの帰途、岡山に立ち寄った彼は、『合同新聞』（前身は『山陽新報』＝劉注）の取材を受けて、〈支那の童話については魯迅の弟周作文（周作人の誤り＝劉注）に會つていろ〳〵聴いたのですが、日本と共通なものが澤山あるやうでした。〉（『合同新聞』昭一四・七・七）と述べたのである。

周作人は譲治・小田らとの会談では、もう少し立ち入ったことにも及んでいる。それは日本の対中国教育政策についての発言である。譲治は作品の中にたった一つだけ周作人と思われる人物による次のような発言を記している。

> 北京で日本語の非常にうまい、私などよりも上手な人に會つたが、その人は言つた。「日支親善、日支親善と言つて、日本は支那に今迄どんなことをして來たか。學校一つ建ててゐないではないか。これに比べれば、アメリカや英國などは、中國の文化のために相當な金と力をつくしてゐる。」これは親日中國人の言葉であるが、支那人一般の心持でもあるであらう。
>
> （「子供の支那」前掲）

それを裏付けたかのように、小田の「新北京の支那人」（前掲）にも同じ趣旨の内容が書かれている。

今一人の支那人（周作人と思われる＝劉注）は日本人の支那にたいするやり方が歐米人に比して甚だ下手いことを種々好意的に指摘してくれたのであつたが、何等か参考になる點もあらうと思ふ。（中略）「北京に崇實中學といふ英國人經營の基督教學校がありますが、一と頃支那に教育權の回収といふ運動が起り、この學校もその渦中に捲き込まれたわけでありますが、その時、その英國人の校長が、『いや、支那にあり、支那の生徒の學ぶ學校であるから、支那の方がやられるのが當然のことです。私はいはばこの學校の基礎をつくつたわけで、皆樣がやりたいと言はれるなら喜んで皆樣にお讓りします。ただ私も永年この學校に關係して來ましたので、このままこの學校と縁を絶たされるのは誠に情に於て忍びない、ついては今後は私を一英語教師としてこの學校に止めて置いてもらひたいと思ひます』と言つて、さつぱりとその學校を支那側にわたし、しかもその後毎年一回、自費で天井の塗り換へ、その他のことを行つてゐるさうです。

これなどはその腹はともかくやり方がなかなかすつきりしてゐる。支那人はやはりかういふことを大に徳としてゐるのです。…」

こうした「支那人」の漏らした不満や文句を、小田は〈好意的〉な指摘として〈参考になる點〉だと捉え、〈我々は政府の政治ばかりに頼らず個人と個人、青年と青年、文化人と文化人といつた具合にしつかりと手を握り合つて進みたいものだと應酬して置いたが、かういふ支那人が失望のあまり職務を放擲してしまはないために、何としてもまはりの日本人の眞實の友好と絶えざる激勵が必要とされるであらう。〉と言っているのに対し、譲治の評価はあまりにも苛刻で善意的なものではなかった。〈我が國は貧しく、それに政治的な宣傳工作などは知らない。他國のやうに政治と文化を車の兩輪として支那を侵略するやうなことを考へなかつた。〉と、彼はまるで日本の中国侵略を弁護したかのように述べて、〈支那人の心臓も相當なものである。この學校（育成學校＝劉注）の起原など思ひ出して見るものもなかつた。日本が忘れてゐるのをいゝことにして、しらつぱくれてゐたと言はれても仕方があるまい。〉云々（「子供の支那」前掲）と、中国人の不誠実さを繰り返し非難した。

## 四．「親日」の子ども

譲治の視察は北京郊外へも足を伸ばした。六月二八日、彼は島宣撫官の案内で門頭溝へ宣撫班の仕事を視察に行った。

門頭溝は北京西南より一〇キロぐらいの永定河辺にあり、近くに日中戦争の発端となる盧溝橋と苑平県城がみえる。門頭溝周辺には炭鉱が密集しており、井陘炭鉱をはじめ、正豊炭鉱、柳川炭鉱、長城炭鉱そして門頭炭鉱などがあり、ほとんどが外国資本の支配下に置かれていたのである。

譲治は島宣撫官とともにトラックで門頭溝へ向かったのだが、永定河という川の橋に来ると、そこでトラックを下りて川の向こうの小さな山の上にある忠魂碑まで案内された。〈そこは一年前島氏が匪賊の襲撃を受けて、滿人通譯を失つたところで、彼には思ひ出が深かつた。〉（「支那の子供　二」前掲）というのである。童話「支那の子ども」（『森のてじなし』新選童話集・初級向、新潮社、昭一五・九）はこの島宣撫官の話をもとに作られたもので、漢奸の子どもを描いている。

私たちはそのへんからお花をたくさん集めて來てお供へしました。そして勇ましくせんしなされた兵たいさんたちにいく度もあたまを下げました。

その時、氣がついて見ますと、そばに支那の子どもが一人立ってゐました。島せんぶくゎんが、

「おう、これはおどろいた。」

といって、その子どもに話しかけました。支那のことばでいふのです。あとで聞きますと、この子どもも、このおはかにおまゐりに來てゐるといふことでした。

その子どもも手にお花を持ってゐました。だれにおまゐりするのでせう。

日本の兵たいさんにでありませうか。それでもありますが、その子のおとうさんにおまゐりしに來たのでした。

程子明といふのがその子の名前でありました。おとうさんは日本軍のつうやくだったのです。（中略）

程さんのおとうさんはこのちゅうこんひに名前は出てゐませんが、今年のはじめ、日本の兵たいさんと一しょにこの町でせんししたのであります。ですから、程さんは毎日かうしてこゝへおまゐりするといふのでありました。

今年十二ださうで、とてもかはいゝかほをしてゐました。おかあさんと二人で、今日本軍からいたゞいたお金で、くらしてゐるといふことでした。


「程子明」って、この名前はどこかで聞いたことのあるような気がする。それはそうである。易縣城壁の上で守備する臨時政府の兵士で一八歳の青年高史明、それをモデルにした「易縣の兄弟」の少年高士明、また、「黄河の鯉」にいる「親日」老華僑の高士明と、譲治の作品に何度も登場した毎度お馴染みの名前ではあるまいか。名字だけが違って、下の「史明」「士明」「子明」は日本語で読むと、どれもこれも「しめい」と発音するのに気づく。偶然の一致とは思えないが、〈言葉も解らず、一ところに止つてゐること

もなく、子供達と親しい接し方をしなかつた〉（「支那の子供　二」前掲）とあったように、彼は中国の子どもの実情が何も分かっていない。したがって中国の子どもを扱った彼の作品は意図的に作り上げられた「虚構のイメージ」ばかりなので、その信憑性は疑わざるを得ない。結末はこう結ばれる。

突然、周りに銃声がひびき、中国側のゲリラ五〇人ぐらいが攻撃してきた。程少年は自ら願い出てその潜伏場所を探り、日本軍に怯える中国兵を炭鉱に誘導する。そのおかげで、日本軍は炭鉱の穴に潜り込んだ中国兵全員を捕虜にしたというのである。

門頭溝小学校で、譲治らは〈村長まで参列〉させられて〈大變な歡待を受けた〉のである。

宣撫官と共に東京からの客人來るといふので、小學生は直ぐ家に歸り、みんな少年團の服装をして來る。聯隊旗のやうな旗を三本立て、樂隊を先頭にして、運動場に並ぶ。島氏と私が出て行くと、奏樂、行進、頭右つといふやうな始末である。それから唱歌と遊戯、武藝體操といふやうなことが始まり、（中略）唱歌も、君が代に始つて、愛國行進曲から日の丸行進曲、桃から生れた桃太郎、もしもし龜よ龜さんよ、など五つも六つも聞かされ、私は支那にゐるやうな氣がしなかつた。

（「支那の子供　二」前掲）

子どもたちはそこを焼けるような陽光に責めつけられながら、東京からの客人のために、どんな気持ちで「親日」の唱歌や舞踊を披露していたのか。また、彼らは普段どれだけ厳しい練習を強要されたのか、当然、譲治は知る由もなかった。彼は〈私は支那にゐるやうな氣がしなかつた。〉と満足げに語っただけであった。ちなみにこのような光景は日本軍占領地区（とくに華北）においては日常茶飯事というほどよく見られるもので、植民地教育の一端がうかがえる。

それから、譲治は一つの炭坑を見に行って、〈何ともいたましい氣持にさせられた〉（同右）のである。

そこは普通の家のやうに屋根があつてカンカンが備へてあつた。坑は下へ丸太木の階段が急な勾配で下りてゐた。素よりそこは眞暗である。入る氣などになれない。下を見てゐると、カンテラの灯が見え出した。鉢巻のやうにして、カンテラの裸火を頭につけてゐる坑夫が、背中に負うた袋に一杯石炭を入れて、階段を這ふやうにして登つて來る。カンカンのところに來ると、そこに上つて、目方をはかる。机をすゑた事務員がそれを帳面に書き入れる。坑夫は殆ど裸で、顔も身體も石炭の粉で眞黒によごれてゐる。はかり終ると、それらは外に出て、石炭の山に登り、そこに背中のものをぶちまける。ぶちまけると、茶を一杯飲み、また坑内に入つてゆく。四五分ごとに、このやうな男が一人づつ、坑口を出たり入つたりする。

戦争のため、生活基盤も破壊され、まるで人間地獄のように過酷な労働を余儀なくされた坑夫（苦力）たちの悲惨な状況を目の当たりにしたが、譲治は〈私はこれらのものが、この世のものではないやうな氣がして來た。〉というのにとどまる。そこで彼は一人の少年坑夫に出会う。

まもなく一人の子供がやはりさうして、坑内から登つて來たからである。聞けば、その子は歳が十一であるといふ。然し七八つにしか見えなかつた。激しい勞働に發育が止つたのでもあらうか。背中に石油罐を負ひ、中に一杯石炭を入れてゐる。坑底は二百尺の下にある。恐らく丸ビルよりもまだ高い、それを這ひ上つて來るのである。頭にカンテラをつけて前屈みになつて、つつつと上つて來る姿は一匹の動物、猿のやうにしか見えなかつた。それもこんなのが一人ではない後から後から幾人もゾロ〳〵登つて來たのである。

日中戦争は中国の子どもの身体的、精神的、情緒的発達のあらゆる側面に影響を与えたのであった。戦火のもとで暮らした多くの中国の子どもたちにとって、子ども時代の暮らしは戸惑い、悲しみ、恐怖の連鎖で悪夢のようなものであった。戦争は家庭を破壊し、家族を離散させ、コミュニティを崩壊させ、信頼関係を崩し、保健・教育機関を閉鎖に追い込み、子どもの暮らしの基礎そのものを揺さぶったのである。そのため、彼らは多く大人同様の激しい労働を強いられ、搾取や虐待などあらゆる形態の残虐な非人道的な取り扱いを受けていた。しかし、譲治はこうした中国の子どもたちの苦しい生活を理解しておらず、同情するどころか、かえって〈彼等は多くこんなに生活に酷使され〉、〈生活のために、彼等は早く成人になる〉（同右）のは、あくまでも中国の不誠のせいだと考え、〈これを、他國に對する誠心を以てせず、以夷制夷の攻略を傳統とした、國の不誠に歸する〉（「子供の支那」前掲）のだと決めつけたのである。

## 五．戦地視察のもたらしたもの

北京視察を終えて、七月五日に天津を経由し船で日本に帰ってきた譲治は、故里岡山に立ち寄った際、地元紙『合同新聞』の取材に応じ、中国戦地視察を振り返って次のような感想を述べている。

約五十日の大陸旅行から歸つて來ました。船で上海に上陸、蘇州、杭州を經て南京に出で、津浦線で北上、北京から京包線で包頭までいつて蒙古氣分を味ひ更に京漢線で南下、易水寒しの易縣までゆき保定へも寄つて歸つて來ました。全く慌しい旅でした。支那の子供は大へんみんな利口さうな顔をしてゐます。北京の小學校などは日本語の時間は一週一時間ですが、興亞院文化部から日本語の教科書が與へられてをり、みんな日本語の歌を上手に歌つてゐます。

（「利口さうな新支那の子供」昭一四・七・七）

おしなべて、昭和一四年（一九三九）五月から七月にかけての中国戦地視察は、譲治にとってきわめて意義深いことであった。帰国後、彼は、〈私の出來ることをしたいと思ひつゞけ〉、大陸での感銘をモチーフにした作品の創作や〈勇士子弟の綴方〉（「家を守る子」『日本評論』、昭一五・四）の編纂・出版、さらに戦場体験者による講演会の参加など、中国での体験を国策宣伝の材料に仕立てたことによって、戦争色一色の文壇における発言力を一層増幅させたことになる。

最後に、新たに入手した資料を一つ付記してこの章を終えたいと思う。

昭和十四年か十五年だったと思う、日中戦争が深みに落ち込んだ頃、私は坪田さんと神戸から太洋丸（大洋丸の誤り＝劉注）で上海に渡った。この旅行は蘇州・光州（杭州の誤り＝劉注）・南京それから長い長い鉄道の旅での北京、更に張家口、更にまた長い山西省からオルドス砂漠を前にした包頭までの日本軍占領下の中国を見て回った。この旅の印象は私には強烈なものがあったが、坪田さんにも無論深い何物かを与えただろう。しかし坪田さんの文学には、はっきりした形をとっては現れていないようである。戦争という生々しい人間の本源的な性情が荒々しく現れるような場面をそのまま描き出す事は好きではないという人もある。坪田さんの文学は調和の文学であり、人間の心のあたたかさにふれ、それに触発され、それを触発する文学である。いわば、肯定の文学である。この旅行中でも蘇州の寒山寺から羅漢寺へ行った時、小さい少女が話しかけてくれた時、山西省で人力車をひいてくれた仲のよい兄弟等を目にした時、坪田さんは大変楽しそうであった。…

（小山東一「坪田さんをしのぶ」『びわの実学校／坪田譲治文学特集』一一六号、昭五八・三）

小山東一（一九〇一〜一九八五）は広島県福山市出身の英文学者で、戦前、『中外商業新報』の学芸部長をしていた人物である。右記の内容については特に論評をするつもりはないが、読者の判断に委ねる。

参考文献


（1）「特集／坪田譲治の世界」『日本児童文学』二九巻二号、昭五八・二
（2）「特集／戦時下の児童文学」『日本児童文学』一七巻一二号、昭四六・一二
（3）「特集／児童文学の戦争責任を考える」『日本児童文学』四一巻八号、平七・八
（4）『坪田譲治童話全集一四巻・坪田譲治童話研究』岩崎書店、一九八六・一〇
（5）『北支進出案内』實業之日本社、昭一三・一
（6）中村隆英『戦時日本の華北経済支配』近代日本研究双書、山川出版社、一九八三・八
（7）本庄比佐子・内山雅生・久保亨編『興亜院と戦時中国調査』岩波書店、二〇〇二・一一
（8）河野省三『日本民族の信念』青年教育普及會、昭九・九
（9）大日本學術協會編『興亞の大陸教育』モナス、昭一四・一〇
（10）川村湊『海を渡った日本語―植民地の国語の時間―（新装版）』青土社、二〇〇四・四
（11）河路由佳『日本語教育と戦争―「国際文化事業」の理想と変容―』新曜社、二〇一一・一一
（12）水上勲『阿部知二研究』双文社出版、一九九五・三

(13) 伊東昭雄他『人鬼雑居—日本軍占領下の北京—』社会評論社、二〇〇一・一
(14) 山崎朋子『朝陽門外の虹—崇貞女学校の人びと—』岩波書店、二〇〇三・七
(15) 李紅衛『清水安三と北京崇貞学園—近代における日中教育文化交流史の一断面—』不二出版、二〇〇九・二
(16) 木山英雄『周作人「対日協力」の顛末』岩波書店、二〇〇四・七
(17) 劉岸偉『周作人伝』ミネルヴァ書房、二〇一一・一〇
(18) 伊藤徳也『「生活の芸術」と周作人—中国のデカダンス・モダニティー』勉誠出版、二〇一二・四
(19) 小林英夫『日中戦争—殲滅戦から消耗戦へ—』講談社現代新書、講談社、二〇〇七・七
(20) 中内敏夫『軍国美談と教科書』岩波新書三五、岩波書店、一九八八・八
(21) 小柴昌子『戦争と教科書—国民総マインド・コントロールの謎—』かもがわブックレット一三一、かもがわ出版、二〇一一・七
(22) 石島紀之『中国民衆にとっての日中戦争—飢え、社会改革、ナショナリズム—』研文選書一二〇、研文出版、二〇一四・七

# 第六章　銃後のつとめ

## ――三つの「綴方集」から――

### 一・戦争綴方とのかかわり

文学の敗北を挽回しようとして、昭和一四年（一九三九）年五月から七月にかけて二カ月ぐらいの中国戦地視察を終えて帰ってきた譲治は、「易縣の兄弟」（『大阪朝日新聞』昭一四・八～九）、「包頭の少女」（『令女界』昭一四・一二）、「黄河の鯉」（『月刊文章』昭一五・九）、「七人の子供」（『小學四年生』、のちに『國民四年生』と改題。昭一五・一〇～昭一六・六）、「虎彦龍彦」（『都新聞』昭一六・九～昭一七・一）などの作品を矢継ぎ早に発表して戦争色一色の文壇における発言力を一層増幅させたことになる。しかし、その内容はいずれも意図的に作り上げられた「虚構のイメージ」であり、そして戦争を美化し、日本兵を謳歌する上擦った言葉を書き並べるばかりであった。そこからは戦争に対する批判や反省はもちろん、悲壮感も芸術的価値も読み取ることはできない。

また、この時期に、譲治は戦争綴方にも大きな関心を寄せていた。彼は、お国のために〈私の出來ることをしたいと思ひつゞけ〉、自分の果たすべき役割を必死に考えていたのであった。そこで思いついたのが、〈勇士子弟の綴方〉（「家を守る子―勇士子弟の綴方―」（『日本評論』昭一五・四）の編集・出版であった。昭和一二年から昭和一九年（一九三七～一九四四）までの間に、譲治は「綴方」に関する論評を数多く発表するほか、『綴方先生』（鈴木三重吉著、春陽堂書店、昭一四・八）、『銃後綴方集　父は戦に』（新潮社、昭一五・九）、『戦争と子供と綴方』（林進治編、婦女界社、昭一七・四）、『綴方子供風土記』（實業之日本社、昭一七・七）、『町の子村の子』（天佑書房、昭一八・一）、『綴方　家のほまれ』（西村書店、昭一九・五）などの綴方集を編集・監修したりして、戦時下における作文教育の一端を担うこととなった。
本章では、その中から戦争関連のものを抽出して、譲治の綴方観を明らかにしたうえ、戦争綴方を編集した譲治の狙いは何だったのかについて、『銃後綴方集　父は戰に』、『綴方子供風土記』、『綴方　家のほまれ』の三つの綴方集を中心に検討してみたい。

## 二．譲治の綴方観

譲治の綴方に関する見識は、師匠である鈴木三重吉（一八八二～一九三六）から並々ならぬ影響を受けたと考えられる。周知のとおり、三重吉は大正七年（一九一八）七月に、〈下劣なる流俗に對抗し、兒童の純性の護育と、藝術教育の進展とに不斷の努力を捧げ〉、〈子供のための純麗な讀物〉の芸術性を追求することを標榜する（『赤い鳥』一巻一号、大七・七）児童雑誌『赤い鳥』を創刊し、童話・童謡などの児童文化の刷新を目指すと同時に、その投書欄に拠って「綴方」運動を始め、国語・作文教育に画期的な影響を与えるなど、日本児童文化史上に多大な業績を残した。三重吉は「綴方」革新の構想を、『赤い鳥』創刊に際してのプリント「童話と童謡を創作する最初の文學的運動」にこう述べている。

巻末の募集作文は、これも私の雑誌の著しい特徴の一つにしたいと思ひます。世間の少年少女雑誌の投書欄の多くは、厭にこましやくれた、虫づの走るやうな人工的な文章ばかりで埋まつてゐます。私たちは、こんな文章を見るくらゐ厭なことはありません。私は少しも虚飾のない、眞の意味で無邪氣な純朴な文章ばかりを載せたいと思ひます。

（『赤い鳥』復刊一二巻三号、昭一一・一〇）

三重吉の綴方に対する考えはこの一文で十分理解できるはずである。三重吉は従来の人工的な文章を排斥すべきであるとし、虚飾のない、純朴な言葉を使って文章全体の香味と深みを醸成せよと主張した。彼は、「綴方」は〈生活の記録〉であると強調し、繰り返し子どもに〈いきた實際生活の上の、直接の經驗、直接に見たこと聞いたこと、事實について感じたこと〉を〈見た儘、聞いた儘、考へた儘〉で素直に書くことを求めている。彼にしてみれば、綴方教育の目的は、製作の収穫それ自体に終わっているのではなく、〈作品の藝術的價値は第二として、さういふ價値ある製作品を作り出すに至るまでの錬磨によつて、物の批判の正確さと、感情の細化と、感覺の敏性とを得るその効果と…に第一の重点をお〉くべく、子どもの〈人間性の向上を企圖する〉ものでなければならないと考えるのである（鈴木三重吉『綴方讀本』中央公論社、昭一〇・一二）。

一方、三重吉のこうした考えを汲んだ譲治は、「綴方」を〈子供の文學〉と捉え、そこには〈眞實がこもつてゐ〉て、〈生命が自らなる流露をなしてゐる〉ことから、子どもは〈童話と同じに、人生の眞實を掴むことと、これを感じ味ふことを學ばなければならない。それは生命のこもつた綴方を書くことと二にして一なるものである。〉（「童話の教育面」『都新聞』、昭一二・四・九〜一二）と述べている。

さらに彼は、〈綴方を書くといふことも、この人生を正しく認識する習練であ〉り、〈この人生を言葉に變へる練習である〉と述べて、〈子供は綴方を書くために、自分の經驗を再認識し、再構成するが、言葉によつてするのである。…この再認識と再構成とから、子供の心に、内なる世界、観念の人生が生れる。

そしてそこから精神生活が始まる。〉と主張したのである。

綴方といふものは、子供が殆ど無意識に經驗を言葉に變へるものではあるけれども、さうしてゐる間に、彼等は心中に一つの世界を創り上げる。それは外なる現實の世界を批判すると共に、それを消化して、自分の生命に變へ、ついで外から來る激動をそこに喰ひとめ緩和するブールの役目をつとめる。それは私達作家の有つた思想の世界である。このやうに人を思想人に高めることに於て、綴方以上に効果あるものはない。

（「綴方の再考察」『都新聞』、昭一五・九・二二～二四）

すなわち、「綴方」を書くことは、日常生活の中で書き手の子どもがかかわる自然や出来事の「対象化」と「構成」を行うことであり、書き手に意識主体としての自己の確立をもたらすのである。譲治にとって、「綴方」による文章表現は、子どもの心に大きな効果を及ぼす〈自分の經驗を再認識し再構成する努力〉（「綴方の中の子供」『報知新聞』、昭一二・五・一三～一五）であり、よりよき認識主体をつくる人間教育そのものである。

戦争が始まると、譲治は国策へ傾いていき、「綴方」が〈國民的思考、感動ヲ通ジテ國民精神ヲ涵養スルコト〉として意識されるようになり、〈國民精神、これが綴方の指標である〉（「綴方の再考察」前掲）といった国策に沿ったような発言をしたのであった。この時期には、彼は時局的綴方論を積極的に発表するが、昭和一五年（一九四〇）に限ってみても、「綴方、童話、小説」（『訓導生活』昭一五・一）、「家を守る子―勇士子弟の綴方―」（前掲）、「綴方の再考察」（前掲）、「勇士子弟の綴方」（『大阪朝日新聞』昭一五・九・二六）、「出征軍人を父に持つ子供の綴方」（『ラヂオ講演講座』昭一五・一二）などがあるほか、前述したように多くの戦争綴方集（前掲）の編集・監修に携わることとなった。

## 三、『父は戰に』―童話集から綴方集へ―

「銃後綴方集」と銘打たれている譲治の編集による『父は戰に』は、昭和一五年（一九四〇）九月に新潮社より刊行されている。

この本はもともと譲治自身による創作集であって、「新日本兒童文庫」（アルス、計三一冊。一九三九・一一〜一九四三・八）の一冊として刊行される予定であった。アルスの「新日本兒童文庫」はかつての同社の「日本兒童文庫」（全七六冊。一九二七・五〜一九三〇・一一）に対する「新」として、〈今や、興亜の一大發展期に際し〉、児童書は〈根本から再吟味の必要〉があるとし、〈絶好無二の兒童課外讀本〉を目指したものである（アルスの広告より）。このシリーズは小川未明の『夜の進軍喇叭』（昭一五・四）、北原白秋の『少國民詩集　港の旗』（昭一六・四）、宇野浩二の『向かふの山』（昭一六・五）、豊島與志雄の『金の目・銀の目』（昭一七・一）、百田宗治編の『少國民の愛國詩と愛國綴方　鉛筆部隊』（昭一七・七）など当時の児童文学界を代表する作家の戦争文学が出揃うことで世間に注目されていた。その広告欄には譲治の童話集のはずだった『父は戰に』（少年少女讀物）の内容が次のように予告されている。

『風の中の子供』や『子供の四季』で、皆さんが、よく御存知の少年、善太君と三平君が主人公です。銃後の日本で、二人は今どんな覺悟で以てどんな毎日を送り、さうして、どんな愉快な事件が起つて來ることでせうか。坪田先生の面白いお話はどこまでもつづきます。

この一文からも分かるように、この「幻」の童話集には、お馴染みの「善太」「三平」が登場し、出征した父兄を持つ子どもたちの銃後生活を描いた作品を収録する予定であった。しかし、その創作は実現しなかった。譲治がそれを断念した理由を、戦争児童文学研究者の長谷川潮は次のように述べている。

中国で日中戦争の実態を知った結果だと考えることもできる。実態を知ってみれば、父は戦争で勇ましく戦い、子どもはしっかり銃後を守っているなどというきれいごとは書けない。かといって、戦争の真実を書くわけにはいかないのだから、これで創作を断念するしかないだろう。以上は推定だが、作文集への題名の転用、その作文集が出版弾圧ぎりぎりのところで真実を追求するものになっている、というのがその根拠である。

（『日本の戦争児童文学―戦前・戦中・戦後―』日本児童文化史叢書一、久山社、一九九五・七）

さらに長谷川は、小川未明の戦争協力の発言を引き出してそれと比較し、〈作文集『父は戦に』を編集したことにおいて、これは坪田譲治にとって最大限の戦争への抵抗だった〉という結論にたどり着き、〈坪田譲治の姿勢は肯定的に評価していい。〉（『日本の戦争児童文学―戦前・戦中・戦後―』前掲）と、戦時下の譲治の姿勢を擁

アルスの広告（一九四〇年）

護したのである。

果たしてそうだったのだろうか。どうやら長谷川が勘違いをしたようである。私は長谷川の誤認を次の三点から指摘しておきたい。

まずは、『父は戰に』の性格や内容についてであるが、長谷川は、〈題名からして当然父は出征中ということになるから、戦跡めぐりはその材料収集の役割を持っていただろう。〉(『日本の戦争児童文学─戦前・戦中・戦後─』前掲)と言って、あたかも中国戦地視察する前、譲治にはすでに創作を書く構想があったかのような発言をしたのである。たしかに譲治はその前年(昭和一四年五月から七月にかけて)、〈支那に渡り、上海から包頭の方まで戦跡をたづねて廻つた〉(「あとがき」『銃後綴方集　父は戰に』前掲)という旅が契機となって綴方集の編集を思い立って、その編集方針に対する影響が認められるものの、「幻」の童話集にしても銃後綴方集にしても、あくまでも出征した父兄を持つ子どもたちの「銃後」生活を描くことが目的であり、銃後綴方集を読む限り、そこには長谷川の言われた〈中国での戦跡めぐりによる材料収集〉がほとんど反映されていないことは明白である。

二つ目は、譲治の編集姿勢に関する長谷川の発言に対し、私は反論したい。長谷川は、譲治は〈中国で日中戦争の実態を知った〉から、〈父は戦地で勇ましく戦い、子どもはしっかり銃後を守っているなどというきれいごとは書けない〉(『日本の戦争児童文学─戦前・戦中・戦後─』前掲)と言っているが、しかし、冒頭にも書いたように、帰国後の譲治は、中国での戦跡めぐりを題材にした作品を矢継ぎ早に発表しているし、また、〈前線の勇士を安心させ、銃後の精神を振起させるに足る〉「綴方」(「あとがき」『銃後綴方集　父は戰に』前掲)をも数多く手がけたのである。たとえば、童話「易縣の兄弟」(前掲)、「支那の子ども」(『森のてじなし』新潮社、昭一五・八)、「包頭の少女」(前掲)、「黄河の鯉」(前掲)などといった「戦跡めぐりもの」では、譲治は、〈中国で日中戦争の実態を知っ〉ていながらも、日本軍に不都合なことには一切触れず、優しい日本兵に可愛がられた中国の子どもたちが日本軍に感謝し協力したという「虚構のイメージ」を意図的に作り上げていた。それでいて銃後の日本の子どもたちへ向けて送ったメッセージは、明らかに「夢」であり、偽りであった。

また、「銃後もの」にも同じような展開を見せており、童話「善太と三平」（『善太と三平』童話春秋社、昭一五・一）、「天の秘密 地の秘密」（『大陸』昭一四・四）、「ガマやイタチ」（同右）、「太郎のゆめ」（同右）、「タロウノフネ」（『幼年知識』昭一五・三）、「ハタトタイシヨウ」（『森のてじなし』前掲）、「七人の子供」（前掲）などは、銃後の子どもたちの「健気な奮闘」と「明るい童心」の世界を描き、山中恒が指摘したように、〈汚れなき童心を讃えることで、おとなを国策にそわせるべく叱咤激励の材料にした〉（『戦中教育の裏窓―子どもが「少国民」といわれたころ―』朝日選書二一八、朝日新聞社出版局、一九八二・一二）のである。こうしてみると、譲治は結構「きれいごと」を書いたのではないか。

そして三つ目は、前述した二点を踏まえて長谷川が出した結論についてである。長谷川は〈作文集『父は戦に』を編集したことにおいて、これは坪田譲治にとって最大限の戦争への抵抗だったと考える。…坪田譲治の姿勢は肯定的に評価していい。〉（『日本の戦争児童文学―戦前・戦中・戦後―』前掲）と言っているが、これはいかがなものかと思う。以上に述べたとおり、『銃後綴方集　父は戰に』は、譲治が〈國民一致團結、戰爭の目的を貫く〉という国策に沿って、〈前線の勇士を安心させ、銃後の精神を振起させるに足る〉ものとして作られ、〈この本を以て、銃後精神の自粛自戒の力としたかった〉というのである。その主旨は昭和一五年（一九四〇）六月に文部省がおこなった、〈支那事變三周年にのぞんで學校行事を行うべきこと、兒童生徒に對し戰爭に邁進する精神力を養ふべきこと〉の注意と合致している。そのため、どうしても、譲治はこの綴方集を「反戦」や「抵抗」の姿勢で編集したとは思えないのである。それを反戦作品としてでっち上げた長谷川の歴史認識は疑われざるを得ない。

ともかく、童話集から綴方集への題名転用の経緯が定かではないものの、『銃後綴方集　父は戰に』は、譲治にとって文学創作の一つであり、〈事變外史とでも言ふ厖大な一篇の叙事詩のやうな〉「銃後の記録」（「あとがき」『銃後綴方集　父は戰に』、前掲）でもあったことは間違いないであろう。

## 四．『銃後綴方集　父は戰に』の綴方とその評価

譲治が編集した『銃後綴方集　父は戦に』は、新潮社の広告では、〈聖戰の勇士を父や兄に持つ小學兒童が、その出征、戰死、歸還、その他銃後生活等に就いて幼き筆を揮つた綴方集。父兄が如何に赴き、その妻や、母、子供たちが如何に過せるかがまざまざと見られ、偽らざる、飾らざる事變の記録として深い感動をうける書〉と紹介されているように、主として父や兄などが中国戦線に出征した、小学一年生から高等科二年までの子どもの三四編の作文と、それを指導する教師または譲治の感想や解説からなるものである。そのうち、譲治の批評が付されたのは、「オトウサン大山秋之助」（小学校一年・大山幸雄）、「かはいいトシちやん」（小学校尋三・渡邊濱子）、「宮参り」（尋常高等小学校尋六・唐一二）と「乾草刈り」（尋常高等小学校尋六・鈴木喜美子）の四編であるが、いずれも指導教師の名前が分からなくて、あるいは記録がないということから、譲治は〈私が感想を書くことに致しました〉のである。

では、譲治はどのような批評をしたのかを、理解するために具体例を一編示すことにする。

かはいいトシちやん

新潟市豊照尋常小學校尋三　渡邊濱子

兄さんは、やさしい人でした。いつも、にこく笑つてゐらつしやいましたが、ついに、徐州の戰で敵のたまにあたつて、めいよの戰死をしてしまひました。家にはかはいゝあかちやんがゐます。兄さんが戰死して知らせがきた時、お父さんは、ぶつだんの前で、兄さんにいふやうに、「益司郎よくやつてくれた。えらいぞく。」といつて、泣いてゐらつしやいました。思へばきよ年の出征の時あんなにいさんでいつたのに。そのすがたが、はつきり目に見えます。ぶつだんにはおせんかうがとぼしてあります。白いろうそくの光が、きらくと光つてゐます。

私はその夜、兄さんのゆめをみました。兄さんがぶつだんのところからあらはれて、

「一しやうけんめいに勉強しれ、しつかりとな。」

とおつしやつたゆめでした。めがさめてから、

「にいさんは今ごろおかあさんの所へ、いつてゐるだらう。」と思ひました。さうしてにいさんが「一しやうけんめいに勉強しれ。」といつたことを思ひ出して、一しやうけんめいに勉強してゐます。さうして、りつぱな日本人にならうと思ひます。それから何十日もたつて、おゐこつを見た時なみだが出て、しやうがありませんでした。兄さんはやさしくて強い日本の兵たいさんになつたのです。お父さんがゐなくなつたとし子ちやんが、かわいさうでたまりません。

これは徐州戦で戦死した兄のことをつづった渡邊濱子の綴方である。去年出征して「名誉の戦死」をした兄は、「ゐこつ」となって「銃後」に帰って来た。父は〈えらいぞく〉と言い、私も〈兄さんはやさしくて強い日本の兵たいさんになつた〉と思って誇りを持っている。夢の中で兄から〈一しやうけんめいに勉強しれ。〉と励まされた私は、〈りつぱな日本人にならう〉と思う。しかし、残された兄の幼き子「とし子ちゃん」が可哀想でたまらない、というのである。

戦前は、立派な軍人になって、武勲をたて、名誉の戦死を遂げること、それが軍国少年の一般的な考え方であった。この綴方集には、戦死の題材が最も多く一二編収録したことは、子どもたちの肉親が「戦死」することがあり得る現実が、事実として日常化されたということであろう。出征や戦死を「名誉」に結びつけたのは、いわば常套的な書き方であり、特に新鮮味も感動も感じることはないが、最後に〈お父さんがゐなくなつたとし子ちやんが、かわいさうでたまりません。〉というのを書いたことが注目される。それが現実をそのまま反映したものであり、叫び続けているせつなく苦しい少女の心の声が聞こえてくるようなものであった。しかし、少女の胸の苦しみを、譲治はそのまま受け止めることはなかった。

「かはいいトシちやん」の讀後

坪田譲治

このやうな綴方にこそ、作者についての先生の記録的一文が欲しかつたのですが、何の行き違ひからか、遂にそれが得られませんで、残念でなりません。

この綴方にあるやうな事實は現在吾國の至るところにあるだらうと思はれます。それにしても、何と慰問の言葉をさゝげていゝか解らないやうな氣がします。然しトシちやんのおぢいさんが、そのお父さんの戰死のしらせの來た時、ぶつだんの前で、

「益司郎よくやつてくれた。えらいぞ〳〵。」

と言つて泣かれたといふ記述は、吾國古代武士の傳統の今に殘つて、消ゆることなき光彩を發揮してゐることを思はせます。そしてまたこれだけの記録を描きながら、この一文に一點暗影のさしてゐないことは如何でせうか。以て吾國の誇りとするに足る童心の明るさ、その健康さを思はせるものがあるのではないでせうか。今頃、買ひだめだの闇取引だの、色々商人の利己的行為を聞くにつけ、吾國民性に

暗い感じを抱いたのでありますが、またこのやうな文章を讀むと、田舎に、そして子供達の間に、吾國の健全なる國民精神はあると固く信じられるに至りました。

（『銃後綴方集　父は戰に』新潮社、前掲）

戦死による家族の死別、そして悲しく寂しい思いにさせられている遺族（子ども）のことを、〈現在吾國の至るところにある〉日常的「事實」として認めているものの、〈この一文に一點暗影のさしてゐない〉と言った譲治は、戦争に強いられた遺族（子ども）の「がまん」と「涙」を本心に理解しようとはしなかった。彼は〈吾國古代武士の傳統の今に殘つて、消ゆることなき光彩を發揮してゐ〉て、〈吾國の誇りとするに足る童心の明るさ、その健康さを思はせるものがある〉などと教育勅語みたいな言い方をして、国策である〈健全なる國民精神〉を強調した。

ほかの三編に対する譲治の論評は、どれをとってもこれと大同小異の語られ方をしていて、国策に近い内容であり、銃後の国民（子ども）を鼓舞するものであった。

## 五.『綴方子供風土記』編集の動機と真意

昭和一七年（一九四二）七月に實業之日本社刊の『綴方子供風土記』は、『銃後綴方集　父は戰に』が成功したことを受けて、〈日本の、現代の子供の生活〉の記録として編集されたもので、もう一つの側面から戦時下における子どもの姿を捉えようとしたのである。編集の動機や主旨について、譲治は「この本のはじめに」に、次のように記している。

この大いなる時代の子供の生活を記録しておきたいといふのは、こゝ數年來の私の念願であつた。然しそのやうなことが私一人の手で出來るものでなく、そこで思ひついたのが、兒童の綴方である。綴方といふものは大抵の場合その作者の生活記録である。それでまづ最初に私は「父は戰に」といふ出征勇士子弟の綴方集を編纂した。これは私の期待にそむかず、實に立派な綴方ばかり集り、涙と共に編纂する思ひであつた。勇士の家の子弟は立派な心掛けで、その名譽の家に恥ぢざる生活をし、輝く記録を綴つてゐた。

次に思ひついたのがこの文集である。今度は吾國の、日本の、現代の子供の生活を記録しておきたい。さう私は考へた。然し吾國の日本の子供の生活であるためには、昔から吾國の子供の生活の中に傳はつてゐる色々の行事や傳説などが記録されてゐなければならない。

以上のような理由によって編集されたこの本には、〈地方の特色を出〉すという趣旨で全国から募集した二四〇一篇の綴方を厳選し、子どもたちが実感した郷土のすばらしさ、郷土の行事や伝統に対する自信や誇りなどを書き綴った五三編を選び出して収録した。『銃後綴方集　父は戰に』とは違って、教師からの指導を受けていながらも、批評は書かれていなかった。

「郷土」にこだわった理由を、譲治は、〈わたしはこの書の中に自分の故郷を見るのである。汲めどもつきぬ幼少年の樂しい月日を見るのである。〉〈またそこから香煙のやうに、ほのかに立ち昇る永遠の感じを受けるのである〉（「あとがき」『綴方子供風土記』、前掲）と述べて、「郷土」への並々ならぬ愛着を示している。

それでは、譲治にとって「郷土」はいったい何を意味するのか。〈現實の私の故郷は岡山市郊外にある。

今でもある。この間も、私はそこに立寄り、そこの土をふみ、そこの空の風に吹かれ、肉眼でそこの姿を見た。〉（同右）と書いているように、彼はときどき故郷の岡山に立ち寄っていたが、しかし、その故郷と意識するものは、〈實在でない故郷、観念の故郷、いはゆる永遠の故郷〉（「野尻雑筆」『中外商業新報』、昭一五・六）ということである。このことについて彼は、次のように語っている。

私などは、意識的にはいつも故郷から離れたいと考へながら、書くもの、書くものが、凡て故郷についてのことばかりである。然し私にとり、故郷とは何ぞや、いづれの處ぞ。岡山縣御野郡石井村大字島田百二十五番地―そんなものは、實は現實にも今はないのである。（中略）

つまり私に於ては、故郷といふものは現實的なものではない。三十年も昔に失はれた幼少年時代と青春期の思出の世界であるばかりである。だから、それは再び歸ることの出來ないところで、それだけに望郷の思ひ切なるものもあるのである。

（「石井村島田」『新潮』三五巻七号、昭一三・七）

周知のとおり、譲治は長じて人生の道で挫折し、文学に専念することが出来ず、生活の糧を得るために東京に妻子を残したまま岡山の家業である島田製織所に勤務するようになる。その間、会社をめぐる同族の内紛に巻き込まれて心身とも疲れ切ったが、兄と母に死なれたため、会社の専務取締役に就任、そして解雇と、実生活上での波乱が多く、かなりの辛酸をなめていたことが、こうした心情を生んだ直接の原因だと思われる。彼は、〈郷里の家と絶家して、生きて再び生家の門をくぐら〉ず、〈郷土を捨てゝ、初めて獨立の確信あり〉（「故園の情」『都新聞』、昭九・四）と決心して、故郷に対する「憎悪」の念を持ち始めていた。しかし、〈現實の郷土を捨てゝ、私には一層幼時の郷土が美しい光を持つて浮び上〉り（同右）、

〈書くものといふ書くものが、そこを舞台にしないと生きて來ないやうな有様〉（同右）であると言って、故郷を「憧憬する」自己の心情をも示している。してみると、彼は故郷に対して「憎悪」と「憧憬」という複雑な感情を持っていると言えよう。

彼は、故郷を「心の故郷」と「現実の故郷」に二分して、その取り扱いを区別することとなる。

ホンタウの故郷は心の中にあるのである。私はそれを心の奥深くにしまい込み、生命と共に大切にしてゐる。そこで日光が煤煙にけがされずに温く澄んでゐる。松風の音が工場から遠ざかつてゐて、何か昔の物語をしてゐる。花も咲けば、雲も飛んでゐる。静かなる田園の姿である。その故郷は現實に失はれてからもう四十幾年になる。然し私の心中では一日として失はれたことはない。私は實に精細に、そして鮮明に、心中にその有様を藏してゐる。どこの家の窓の下の石垣にどんな小さい草が生へてゐて、それにどんな小さい花が咲いてゐて、そしてその下を流れてゐる小川にその花がどんなに映つてゐるか、さへ私は今も心中に見ることが出來る。つまり私の心中に於て、私の故郷は消ゆることなき姿となつて生きてゐる。いや、その故郷の中に、私は永遠を感じてゐる。

（「あとがき」『綴方子供風土記』、前掲）

このように、彼はいつも「心の故郷」を求めて生きていき、辛くて味気ない現実を、「心の故郷」への希求という新たな快楽によって脱しようとしたのであった。やがて、自然の玄理と自由精神とを弁証した老荘の「無為」に感得した彼は、自然随順の悟境、いわゆる達観の境界に踏み切り、安心立命的な自覚を展開していくこととなった。その結果、彼は、〈人々にとつて故郷といふものは家や土地にあるのでなく、幼年少年の生活に、その思出の中にあるのだ〉（「故園の情」前掲）といったような有形無形の差別相を超越する「汎故郷観」を獲得したことになる。この本は、まさしく譲治がこうした思いで編集されたと思われる。
この本に収録された綴方は、たしかに戦時下の行事に直接触れた「義勇軍」「興亜奉公日」「出征の見送り」などを除き、ほとんどのものが〈昔から吾國の子供の生活の中に傳はつてゐる色々の行事や傳説など〉を記録したりして、一見戦時色のなかったかのように見えるが、「深津の製縄」や「お茶飲み」などを見てわかるように、満篇には「愛国心」やら「国家観念」やらが吹聴されているのである。譲治はこう述べている。

然し幼少の頃を過す周圍の自然も、またこの家の延長となり、そこから郷土の感じが生まれて來て、郷土感が母の感じ、即ち母胎の感じとなるのでありませう。ついで、郷土感が國家観念を生むこととなり、つまり吾が國體の精華はこの家族制度に自然發生的根據を持つて居るのではありますまいか。されば、吾が國體をいよく堅固にするためには、國家観念を養成しなければなりません。國家観念を養成するためには、郷土を愛する思想を強めなくてはなりません。愛郷思想を強めるためには、家族制度の美風を養成保存しなければなりません。家なきものには郷土もなく、自然國家観念もうすらぐといふことになりませう。識者の深憂すべき問題でありませう。

（「家の話」『故園随筆』、十一組出版部、昭一八・七）

つまり譲治は、郷土は〈國體の精華〉を根底に、国家観念の養成に向けて児童を教化するための〈母胎〉でなければならないと主張したのである。〈この中にある日本、吾國の古い姿が子供の生活に生きて、それが故郷の感じを抱かせる〉（「あとがき」『綴方子供風土記』、前掲）ことによって、子どもたちに愛国心を培わせようとする譲治の意図が浮かびあがってくる。

## 六．『綴方　家のほまれ』に見られる虚実

この意図が明確化されたのは、『綴方　家のほまれ』（西村書店、昭一九・五）であり、その中には〈聖代の子供の記録〉としての〈自分の家系〉や〈家の誇り〉などを綴った四〇編の綴方を収録した。「父のこと」「祖父・曽祖父」「祖先のこと」「雑篇」の四部構成となっており、〈いづれも未曾有の大戰下に於ける吾が國兒童の姿を、微笑を以て眺められるやうな作品ばかりであります。〉（「あとがき」『綴方　家のほまれ』、前掲）というのである。その募集趣意には次のような題目が記されている。

先祖が何の戰さでどのやうな手柄を立てたといふ話、又はその昔何の殿様に仕へ、何百石何千石の武士であつたといふ話、或は庄屋として、どこの田圃何百町歩を開拓したとか、何の年の大洪水にも崩れなくて、その堤一つが何ケ村の浸水を救つた、その堤こそは吾が先祖の築いたものであつたとか、そのやうな話が地方々々の兒童の心に、傳承されて殘つてゐないでありませうか。然し右のやうでなくても、家に傳はる刀とか、掛軸の名畫とか、或は土藏とか、大松の木とか、大楠の木とか、そのやうなものも家の誇り、祖先の手柄を示すものであります。

その理由として、譲治は、〈個人主義やデモクラシー思想のため消滅し盡してゐる〉または〈名譽ある歴史を持つてゐない〉〈他國〉（欧米のことを指す＝劉注）に比べ、日本は〈世界無比の國體と共に、歴史

は二千六百餘年、光輝燦然たるものがあるのであります。従つて、誰に問うても『吾が祖先は』と言つて、語り出される一くさりの話を持ち合はせないものはないのであります。〉と挙げ、〈これこそ吾々日本人として、第一の誇りであるからです。しかしそのやうな誇りは誇りとして、第二の、歴史的な埋れた郷土史の材料にもなるやうな誇りがないものか、それによつて兒童の心に今も息づき脈打つてゐる歴史を知り、これを多くの人にわかちたいといふのが、この書の願でもありました。〉（「あとがき」『綴方　家のほまれ』、前掲）と述べている。

また、題目の着想をするに当たって、〈現實の郷土を捨てゝ、私には一層幼時の郷土が美しい光を持つて浮び上〉がる（「故園の情」前掲）と譲治が言ったように、ノスタルジアの要素がかなり大きなウエイトを占めていると言える。というのはつまり、どれもこれも坪田文学には欠かせない材料であり、しかもその故郷でよく見るものであるが、それが少年時代を過ごした時の自分の記憶と重なり、さらに作品と結びついた固有のイメージとして彼の記憶に刻まれているのであろう。

では、譲治は自分の祖先や家系をどのように書き記していたのであろうか。小品「土から出た船―田園小景―」（『報知新聞』昭五・二・二〇）には、次のような一節が見られる。

…そのやうな平野の中の一つの村、島田は私の祖先坪田長門守が開拓者であると信じられてゐる。但しこの名は一寸滑稽に聞えるので、眞偽の點は保証し難い、が、傳ふる處彼は初め齋藤龍興の臣であつた。が、龍興が亡されると、秀吉の家來になつた。秀吉が中國遠征の途につくと、彼も従つてやつて來た。そして高松城落城の後、そこから一里半ばかり東方江ケ崎といふ處に居を構へて歸農した。時、天正十年、島田村を開拓して移つたのは、その十年後のことである。

私の家には古い松の樹があるがこれは今七十になる私の老母のその祖母の時から變わらない姿をして

そびえてゐるといふことである。そこで私はそれを坪田長門守がこの村開拓に際し、前住江ケ崎の水晶のでるといふ丘山邊からでも移し植ゑたものと想像した。

（＊罫線劉。以下は同様。）

（『晩春懐郷』竹村書房、昭一〇・一〇）

この〈眞偽の點は保証し難い〉坪田家年代記のようなものが、のちに讓治の手によって肉づけられて、いくつかの作品に織り込まれたことになる。なかでも特に、小説「せみと蓮の花」（『新潮』昭二七・一〇）での記述がもっとも詳細でまとまっている。

坪田家はもと美濃の斎藤竜興の家臣であつたと、本家にあった古い書類で読んだことがある。四百年も昔の、永禄何年という頃のことだから、美濃のどこに住んで、どんな暮しをしていたか、少しも解つていない。何でもエライサムライだつたと、明治時代の一族のものは伝説のように言い伝えていた。竜興が織田信長にほろぼされると、坪田家の先祖はうまく立ち廻つたと見えて、羽柴秀吉の家来になつた。

秀吉は天正五年十月、信長の命を受けて、中国地方の討伐に向うのであるが、坪田ナガトもこれに従う。同十年五月、秀吉はいよいよ備中高松城を水攻にしていた。すると六月二日が本能寺の変である。三日、これを知ると、秀吉は四日に毛利と和睦し、五日にはその高松城を発ち、六日にはもう姫路城に入つた。十三日には京都近くの山崎で光秀を破つていた。備中高松から鉄道線路を辿つても、姫路まで百キロ二十五里である。馬で飛ばしたか、カゴで走つたか知らないが、恐らく其頃でもこれは余り類のない強行軍である。然し秀吉にとつては一世一代の檜舞台、日本の主権者になれるか、なれないかの一戦だから、気おい方が違う。

ところが坪田ナガトである。どうした訳か、姫路でへばつてしまつた。病気になつたとしか、書きものには書かれていないが、どんな大病であつたにせよ、主人のそんな大切な戦争に出られなくては、面目次第もあるまい。それで遂にサムライ稼業を思い切つて、百姓になつた。それも、故郷の美濃よりも、高松城に近いところに良い耕地を見附けたのか、まず伊島村江ヶ崎という村にいついた。それは今は岡山市になつているが、その西北隅の山裾になつている。そこにいつ迄住んでいたか解らないが、後に現在の島田というところに移つた。

坪田一族が島田に住みそめてから何年になるのか。私は知らない。先年、本家の松の大木が折れたので切つて見たが、ずい分上までホラ穴になつていて、年輪を見ることも出来なかつた。ただ根元の辺が二抱えくらいの太さに思われた。専門家でないので、これで年代をはかることも知らないけれども、村に十数本あるなかの、まず一番の大木で、何百年かを経たものと想像された。それに、坪田本家というのは、（私の家は三つの分家のうちの一つであるが、）村の中心にあつて、そのまわりを自分の田圃で囲んでいた。尤も、明治以来、本家も分家も土地を売り喰いして、五段と土地の残つている家はないらしいが、これは余計な話である。

（『せみと蓮の花』筑摩書房　昭三二・五）

一読して分かるように、前の小品に歴史的資料を適当に付け加えただけで作られたこの小説の中身は何も変わっていない。その共通点を以下にまとめれば、（1）坪田家の先祖である坪田ナガトは美濃の斎藤竜興の家臣であったが、竜興が亡ぼされると、豊臣秀吉の家来になった。（2）坪田ナガトは豊臣秀吉の中国地方遠征に加わり、高松城落城の後、岡山の伊島村江ケ崎という村に帰農した。（3）坪田ナガトは島田村を開拓した（天正一〇年＝一五八二年）。との三点であるが、異なったところが一つ認められる。それは、〈眞偽の點は保証し難い〉〈傳ふる處〉という曖昧な表現から、〈本家にあった古い書類〉という確かな記述へと変わったということである。

ところが、私は譲治が亡くなるまで大事に持っていた資料の中から、〈本家にあった古い書類〉と思われるものを見つけた。それは安政六年（一八五九）一二月、坪田俊蔵という人が作成し、池田藩へ提出した『先祖並御奉公之品書上』の写しである。坪田俊蔵については、その人物像が明らかではないが、坪田家分家の人だと思われる。彼は明治初期頃まで岡山藩医として池田藩主に仕えていたが、明治三年（一八七〇年）、廃藩置県にともなう岡山医学館（岡山大学医学部の前身＝劉注）が設立されると、二等教授に任命された（中山沃『岡山の医学』岡山文庫四二、日本文教出版株式会社、一九九三・五）のである。

紙幅の関係で坪田家系に関する詳しい検討は別稿に譲るとして、結論だけを言えば、その中に記された「坪田長門」は譲治のそれとは大きなひらきがあり、坪田一族が誇らしげに語って自慢した「伝説」とも程遠いものであった。

そもそも坪田長門の長門（守）は名前ではなく役職名の一つである。『先祖並御奉公之品書上』によれば、その本名は坪田清秀だという。しかも坪田長門の名前は一カ所しか出ておらず、その「武勇伝」や「島田村開拓」などの話はどこにも書いていない。それにしても、その「事実」を知っていながら、敢えてああいう作品を書いてしまった譲治の本心が読み取れない。

こうして考えると、『綴方　家のほまれ』に収録された四〇編の綴方にも同じような傾向が認められる。つまりその最後のところには指導教師の名前が付記されており、評言は書かれていないものの、教師がもとの綴方に添削を施しているので、これらは国策教育の一環として書かされる受身の文章表現であり、自発的なものとは言いがたく、「お国」の意向が十分に反映されたことは明白である。果たしてこのように作り上げられた〈吾が先祖〉〈吾が郷土〉〈吾が家〉を、子どもたちは、〈大音聲に名乗りをあげて〉（「あとがき」『綴方　家のほまれ』、前掲）誇ることができたのだろうか。

要するに、『綴方　家のほまれ』は、「国と家との不可分的相関性」、すなわち「国と家＝忠孝一本」（国と家とが真に一つになり、その家の基づくところは天皇が本になっている＝劉注）という明治の国体理念に成り立っている。〈故郷は大きく言へば即ち國であります。〉とか〈國に誇るべき歴史がなければ、家に名乗るべきほまれのあらう筈がありません。〉という言葉があるように、譲治は、「国」に隷属する「家」であり、「国」が「家」に存在の根拠を提供し、発展の方向を指し示すことを強調して、〈ここに光輝ある國の歴史を見ることが出來、國體の尊さを思はずにはいられないのであります。〉（「あとがき」『綴方　家のほまれ』、前掲）などと結論づけたのである。これはいうまでもなく国体原理主義者の典型的表現と言えよう。

このように、戦時下における譲治は創作のみならず、綴方においても国策に寄り添って戦争へと銃後の子どもたちを駆りだす役割を演じたと思われる。

参考文献


（1）「特集／坪田譲治の世界」『日本児童文学』二九巻二号、昭五八・二
（2）「特集／戦時下の児童文学」『日本児童文学』一七巻一二号、昭四六・一二
（3）小田嶽夫『小説　坪田譲治』東都書房、昭四五・八
（4）坪田理基男『坪田譲治作品の背景—ランプ芯会社にまつわる話—』理論社、一九八四・四
（5）山中恒『戦時児童文学論—小川未明・浜田広介・坪田譲治に沿って—』大月書店、二〇一〇・一一
（6）鈴木三重吉『綴方讀本』中央公論社、昭一〇・一二
（7）根本正義『鈴木三重吉と「赤い鳥」』鳩の森書房、一九七三・一
（8）桑原三郎『「赤い鳥」—大正の児童文学—』慶応通信、昭五〇・一〇

（9）百田宗治『綴方の世界』新潮社、昭一四・二
（10）百田宗治『子供のための教師のための綴方讀本㊤』第一書房、昭一三・三
（11）滑川道夫『日本作文綴方教育史三　昭和篇一』国土社、一九八三・二
（12）野名龍二『綴方教育論』あゆみ出版、一九八三・七
（13）根本正義『子ども文化にみる綴方と作文―昭和をふりかえるもうひとつの歴史―』中央出版、二〇〇四・五
（14）長谷川潮『日本の戦争児童文学―戦前・戦中・戦後―』日本児童文化史叢書一、久山社、一九九五・七
（15）長谷川潮『児童戦争読み物の近代』日本児童文化史叢書二一、久山社、一九九九・三
（16）相川美恵子『児童読物の軌跡―戦争と子どもをつないだ表現―』龍谷学会、平二四・八
（17）続橋達雄『日本児童文学の《近代》』大日本図書、一九九〇・六
（18）鳥越信『たのしく読める　日本児童文学［戦前編］』ミネルヴァ書房、二〇〇四・四
（19）服部裕子「戦時下の子どもの読書―＜児童読物ニ関スル指示要綱＞の影響―」『愛知教育大学大学院国語研究』一七号、二〇〇九・三
（20）井上司朗『証言・戦時文壇史』シリーズ昭和裏面史二、人間の科学社、一九八四・六
（21）山中恒『戦中教育の裏窓―子どもが「少国民」といわれたころ―』朝日選書二一八、朝日新聞社出版局、一九八二・一一
（22）長浜功『増補　教育の戦争責任』明石書店、一九八四・七
（23）寺崎昌男編『総力戦体制と教育―皇国民「錬成」の理念と実践―』東京大学出版会、一九八七・二
（24）柿沼肇『国民の「戦争体験」と教育の「戦争責任」―学習・研究のための序説―』近代文芸社、二〇〇五・七
（25）唐澤富太郎『図説近代百年の教育』日本図書センター、二〇一一・二
（26）石川巧・川口隆行編『戦争を「読む」』ひつじ書房、二〇一三・三
（27）山中恒『少国民戦争文化史』辺境社、二〇一三・一〇

(28) 紀平正美『我が邦に於ける家と國』国体の本義解説叢書一〇、文部省教学局、昭一七・一
(29) 秋山正美編『小学生新聞に見る戦時下の子供たち』全三巻、日本図書センター、一九九一・三
(30) 秋山正美編『「戦争と平和」少年少女の記録』全一〇巻、日本図書センター一九九三・六

# 補　章　坪田文学における中国人の子ども像
## ―小説「善太の四季」をめぐって―

## 一．はじめに

私はかつて坪田文学における中国漢詩文の受容について、『唐詩選』を中心に検討してきた（「坪田譲治と中国文学―漢詩文受容の諸相―」（『岡山大学大学院文化科学研究科紀要』第一二号、二〇〇一・一一）のであるが、昭和期の坪田文学と中国とのかかわりには、もう一つの側面が認められる。それは、中国人（作品の中では「支那人」とされている）の子どもがしばしば登場しているという事実であるが、いわば差別的に描かれ、日本人の子どもとは対蹠するという形で意識的に造型されていたのであった。

本章では、昭和初期の坪田文学に登場する中国人の子ども像を検証してみたい。ただし、日中戦争（一九三七）勃発後の坪田文学については本書の第一章から第六章を参照されたい。ここは昭和六年から同九年（一九三一～一九三四）に至るまでに作られた一連の作品群のみを対象とし、小説「善太の四季」およびそれに関連したいくつかの作品を取り上げて、これらの中国人の子ども像の造型、構成および表現について、昭和初期の坪田文学がどのように扱ってきたか、また、それを集中的にとり上げた譲治のねらいはいったい何なのかを、時代の背景に照合しつつ究明を試みる。

## 二、「善太の四季」の成立の背景と雑誌『赤い鳥』

小説「善太の四季」は、昭和九年（一九三四）六月、雑誌『文學界』に発表された。性質上は譲治の初期に属するものの、それが〈社會的存在〉としての子ども（波多野完治「解説」『風の中の子供』新潮文庫、新潮社、昭二四・五）を描いた小説「お化けの世界」「風の中の子供」よりわずか前の作であり、また、〈子供の心情から大人社會にとどく、子供の心情からみれば大人の社會の歪みを反映するという試みの先駆的仕事〉（瀬沼茂樹「解説」『田村俊子・小川未明・武林無想庵・坪田譲治集』現代日本文學全集七〇、筑摩書房、昭三二・二）として、以後の諸作に通ずる多くのものを持っていることから、坪田文学の研究上、逸することのできない作品になっている。

「善太の四季」の成立のいきさつについて、昭和一四年（一九三九）五月に刊行された短編集『風の中の子供』（昭和名作選集五、新潮社）の巻頭に据えた「作品の思出」の中で、譲治は、

初め童話の形で「赤い鳥」に發表した。それを小説に直して、一章を書き添へ、昭和九年六月の「文學界」に載せて貰つた。歳四十五であつた。

と書いている。この言葉でも明らかなように、それは、一気に完成したものではなく、さきに児童雑誌『赤い鳥』に発表した「ススメトカニ」（昭九・二）、「支那手品」（昭八・一〇）、「鯉」（昭八・一二）の童話三編を、それぞれ「秋」「冬」「晩春」としてつなぎ合わせ、最後に「夏」と題する部分と母親の追憶シーンを加えて一つの小説にまとめ上げた、いわゆる短編連作小説のような作品である。発表後、非常に好評

を博し、翌昭和一〇年（一九三五）四月に竹村書房から発行された短篇集『お化けの世界』に収録された。その短篇集の「序文」に、

焦慮の日夜であつた。運命の窮迫が感じられた。然しそんな間に、私が愛情を以て眺めたのは、子供達と、そしてその生活とであつた。金があるものには、この氣持は解るまいと考へられた。その子供に對する愛情を書いたものが、この『お化けの世界』一巻である。いはば、子供によつて、私の生活と文學は救はれたといふことが出來るかも知れない。

と、譲治は書き、やがて坪田文学における「死」への憧憬から「生」への希求に転換する機運が訪れることを示唆してくれたのである。代表作といわれた「お化けの世界」（『改造』昭一〇・三）、「風の中の子供」（『東京朝日新聞』昭一一・九〜一一）、「子供の四季」（『都新聞』昭一三・一〜五）などの長編小説への橋渡しの役割を果たしていると思われるこの「善太の四季」という作品に、譲治が特別の愛着を抱いていたということは、坪田文学を考える際、注目すべき重要なことである。

まず童話を書き、それが改作されて小説となったというケースは、この時期の坪田文学の中によく見られ、しかも善太という子どもを主人公とするいわゆる「善太もの」に集中している。短篇集『お化けの世界』に収録された一〇編の作品のうち、「善太の四季」のほか、「笛」（『兒童』昭九・九）、「けしの花」（『經濟往來』昭九・一二）、「蟹」（『若草』昭一〇・三）、「かたつむり」（『作品』昭一〇・四）の四編もこの系列に属するもので、それぞれ同じ題材を描いた童話が存在しているのである。

ところが、童話を小説に書きかえる時、小説のテーマは必ずストーリーや構成を変化させることになる。これらの作品に見られるように、童話の中での明るい場面やエピソードは、全部カットされ、暗い雰囲気

や不安や死の影が作品の全体を覆っている。「善太の四季」では、小説に組み入れられた三つの童話の最後を、すべて〈なかなか帰ってこない善太〉や〈善太を待ちこがれている母の姿〉に書きかえるとともに、その結末は、主人公の善太の死によって終わる。善太は幼い弟の三平の淋しい気持ちを慰めるために、板橋の上で芸当をはじめ、川に落ちて流されてしまうのである。

秋になると、善太のお母さんは、村の何處かで三平を呼んでゐる善太の聲を聞いた。

冬は、遠い山の中の見知らぬ村道を、善太は支那手品の先に立つて、赤い帽子を冠つて、銅鑼をならして歩いてゐた。

春は、彼方の山の谷間に虹が立つと、お母さんには、その虹の下の山裾を善太が竿をかついで登つて行く姿が眼に見えた。

夏には、白い光の中で、善太は板橋の上で兩足をそろへて跳ね上つてゐた。

これは最終章の一節で、名場面として名高い。坪田文学における、子どもの死が結末で語られるパターンに対し、児童文学界では賛否両論の意見がある。気鋭の児童文学研究者の瀬田貞二は、「善太の四季」を例に挙げて、この作品は〈子供向きの文学〉ではないと強調し、坪田文学をきびしく批判して、次のように指摘している。

譲治の子どものための小説は、たいてい、死による結びをさけています。それに反して、大人のための小説では、死ぬ結末が多いのです。たとえば「善太の四季」です。（中略）大人のための小説で、死という結びがどんなにこの作家にとってたいせつだったかが、これでよくわかります。子どもはあくまで無邪気にふるまって、そのいじらしさのあまり、大人は死の予感におびえます。死は、さながら無邪気な者の無邪気さを宝石のようにみがきたてるばかりでなく、そのいじらしい者が永遠に失われることによって、大人のつきない悲しみを招き、はるばるとした情感を与えています。これが、譲治の初期の大人向きの小説の、ほとんどきまった型になります。

（「坪田譲治」『子どもと文学』石井桃子他編、中央公論社、一九六〇・五）

これに対し、西田良子は、〈童話といふものは、小説などと違つて、訴へる藝術ではない。與へる藝術である〉（「與へる藝術」『兒童文學論』、日月書院、昭一三・九）という譲治の発言を踏まえつつ、譲治の、小説を書く時の態度と童話を書く時の態度の違いに注目して、

坪田文学における小説と童話は決して同じ態度では書かれていない。小説は人生の真実を追求し、訴える態度で書かれているし、童話は人生を愛し、強く生きぬくことを教える態度で書かれている。この「作家主体の創作態度の違い」こそ、坪田文学における小説と童話の根本的な違いであって、今まで多くの人が指摘して来た表現の違いやストーリーの違いなどは、すべてこの「創作態度の違い」から生じた副次的なもので、「二次的現象」ともいうべきものである。

（「坪田譲治論―坪田文学における〈小説〉と〈童話〉―」『現代日本児童文学論―研究と提言―』、桜楓社、昭五五・一〇）

と述べている。二人の主張はどちらも坪田文学の要所をある程度言い当てたものであるが、坪田文学全体を通して「生と死」という独自のテーマがあったことを考慮に入れていないところに問題があり、私は

こうした大きな枠組みからの発言に違和感を覚える。死という結末を持つか持たないかで、坪田文学における小説と童話の区別を細部まできれいに割り切ることができるであろうか。もう少し角度を変えて、死という結末が子ども像の造型にどのように投影したかについて追究する必要があるのではないかと思う。

実は、坪田文学において、子どもの死が結末で語られるパターンは、最初期の作品群、即ち正太という子どもを描いた、いわゆる「正太もの」にその起源を置いて、「コマ」（『文藝日本』大一四・六）や「正太樹をめぐる」（『新小説』大一五・八）や「枝にかかった金輪」（『新小説』大一五・九）などの代表作が作られていることを忘れてはならない。これらは、「死の世界」に憧憬し、「生死一如」というユニークな人生哲学を底流とした当時の譲治の神秘的思想を充分に体現した作品であり、その世界は、恵まれた自然とやさしい母の庇護のもと、想像の世界で遊びほうける正太が、ある日、突然この世界から姿を消してしまうという常套的な手法で展開されている。正太の死は悲劇としてではなく、「自然と人生」という摂理にもとづき、〈草の葉が散り、木の葉が枯れるやうに、子供が自然の中に再び返つていく姿〉（「童心馬鹿」『月刊文章』、昭一一・一〇）として描かれているところに大きな特徴がある。だからこそ、子どもはフェニックスのように姿を消してはよみがえり、いつでも命の輝かしさを煥発している。このことについて、砂田弘は次のように分析している。

　その世界観ないし人生観が文学作品として形象化されるとき、「子ども」と「死」との接点が「子どもの死」に求められたのは必然であったといえる。子どもはやがて成人し、想像力を失うことにつれて遊び心を忘れ、エゴイズムの権化となることだろう。子どもの至福期が時間的に限定されたものであるのに対し、死が永遠の時間を持つ世界だとすれば、子どもは至福期まるごと密閉されて永遠の世界に預けられなければならない。

（「坪田譲治論―その生涯と文学―」『日本児童文学』三六巻六号、平二・六）

このように「正太もの」において、主人公の正太にはバイタリティに富む行動力の持ち主というイメージは乏しく、むしろ「温室の中で育てられた」（浅見淵「『子供の四季』論」『坪田譲治童話全集巻一四・坪田譲治童話研究』、岩崎書店、一九八六・一〇）といったような弱々しいイメージがあり、理想的・芸術的な子ども像として描かれていると思う。

しかし、昭和期の初め頃から「正太もの」が退潮して、そのかわりに主役の座を善太に譲ることになる。「善太もの」における「善太の死」も、明らかに「正太もの」を引き継いだもので、その延長線上に位置しているのだが、善太の登場によって、作品の物語性がぐっと増してくるばかりでなく、その完成度も、一連の「正太もの」よりはるかに高い地点において開花結実したものであった。これまで「子どもの死」に固執しつづけた譲治であったが、大きく転換して、「死」の主題を捨てて「生」を見つめるようになり、背後に死をひそませる不安と怖れに立ち向かう新しい子ども像を生み出している。この意味で、現実生活を正視し、社会的存在として生活に立ち向かう子どもの造型によって、譲治の生活と文学が救われたと言ってよかろう。

岩崎書店版『坪田譲治童話全集』巻一二（一九八六・一〇）所収の「坪田譲治年譜」（水藤春夫・前川康男・坪田理基男編）からでも分かるように、昭和四年（一九二九）六月、譲治は生活が思うにまかせず、妻子を東京に残して二回目の在郷生活を余儀なくされる。その間、会社の内紛のため、兄と母を相ついで失い、一族の年長者として会社の専務取締役に就任したのである。昭和五年（一九三〇）九月二六日付の前田晁宛の手紙の中に、彼は〈今年は何といふ譯でありましたか、私には變事の多い年でありました。四月に一日おいて兄と母を失ひ、それ以来、當地（岡山のこと＝劉注）に用事が増しまして、東京と當地を忙しく駆け廻るやうなことになつてしまひました。尤も私の生活の不如意に寄ることもいつもの通りで御座います。〉と書いている。しかし、昭和八年（一九三三）七月、株主総会で突如排斥されたため、即日上京、それから三年にわたる生活の苦闘が始まる。経済的に窮したばかりでなく、文学的にも行き詰まり、大きな危機に直面したのである。〈その頃が私の一生のピンチの頂点で、全く危急存亡の時でした。〉（「あとがき」『坪田譲治全集』〈一二巻本〉巻三、新潮社、昭五二・九）と彼は回想している。その中で、彼はこれまでの自分の文学を深く反省し、〈窮鼠猫を噛む〉（「あとがき」『坪田譲治全集』〈一二巻本〉巻四、新潮社、昭五二・一二）思いで執筆に励み、〈今後私は、子供に反映する成人の世界を書かうと考へて居ります。それが子供を通して成人の世界の批評となると考へるからであります。プリミティヴなる鏡に映じて、今の社會を眺めようといふ企てであります。〉（「童話作家の感想」『帝國大学新聞』、昭一〇・五・二〇）と決意するようになり、子どもの精神的成長と自立に着目しつつ新しい文学への出発を踏み出したのである。

譲治の作品におけるこうした転換は、まさしく「善太の四季」が発表された昭和九年（一九三四）に始まると考えられる。

「善太の四季」の特徴について言えることは、次の通りである。まず第一は、短編連作という形式を通じて子どもが精神的に成長することをめざす第一作である。主人公はいうまでもなく少年善太であるが、弟の三平とともに出場し、そしてこの作品の冒頭に〈善太は十、三平は五つ、二人は兄弟であつた〉とあるように、善太は、年上の兄として思慮と知恵で三平より前進しており、三平を前にしては大人ぶった態度をとる。こういうことが一連の「善太もの」では象徴的といっていいほど巧みに表現されている。このように善太と三平はすでに「固有名詞」のような存在となり、譲治は、兄らしい思いやりと知恵にあふれた善太、やんちゃで甘ったれの弟三平、この二人の子どもらしい心理や行動を通して、生き生きとしたイメージの児童像を作り出している。

第二は、作中人物がさまざまな事件や障害に遭遇し、それらを乗り越えていく起伏ある姿や振る舞いにつきまとう雰囲気が成長物語には欠かせないものだとすれば、「善太の四季」は、こうした事件の連続と主人公善太の動きに力点が置かれ、それによって読者の想像力を喚起する作品であると言えるであろう。この点については、佐藤宗子が、〈「善太の四季」が、各章で出来する「事件」をつみかさねていくことを許しているのは読者に対してであり、登場人物に対してではない。（中略）この作品は「成長物語」ではなく、「遍歴物語」ということになる〉（「〈遍歴〉世界と完結―短編連作としての〈善太の四季〉―（特集／坪田譲治―生誕百年―）」『日本児童文学』三六巻六号、平二・六）と指摘していることに私はやや疑問がある。つまり人生にたとえれば、遍歴物語は人生の横の部分を写しとり、成長物語は人生の縦の部分を写し取るということになる。むしろその縦横交錯するところにこそ、譲治の文学が成立しており、単なる一個の作品「善太の四季」だけを取り上げ、個別的・一方的に判断するというようなやり方は取るべきではなく、坪田文学全作品を通して子ども像の変遷およびその連続性を十分に考慮していかねばならないと私は思う。

第三は、「秋」「冬」「晩春」「夏」といった季節をまず設定した上で、それぞれに似合うような「事件」を取り上げ、その「事件」を積み重ねていく中で、主人公の善太が、少しずつ精神的に成長していくことが指摘できる。もちろん、前の章における「事件」が、次の章まで持ち越されるのではなく、それぞれの章において解決されているのは、一見安堵感が得られるようであるが、これだけのスペースに、四季おりおりの子どもの心理的波動を主人公の日常生活を通して描こうとした点に、いくらかの無理が感じられる。

要するに、この小説のよさは、現実社会を生きる子どもの生活を、善太と三平の視点から描き、当時の子どもにとってもっとも切実な主題をあつかっており、しかもその主題をドラマとして完全に燃焼させきっ

ていることから来ていると思う。むろん、その根底を支える理念は、

文学は生物である。文学の志すところは人生の真にあるのであります。（中略）子供はそれを読んで、一人や二人では何百年を費やしても味わうことの出来ない人生を味わい、また凡庸なものでは到達することの出来ない人生の高き深き、或は広き鋭き境地にも達することが出来るのであります。
（「児童文学」『児童文学入門―童話と人生―』、朝日文化手帖一四、朝日新聞社、昭二九・一）

というものである。こういう作者の姿勢から当然のことながら、作中の主人公善太は、さまざまな人生の試練―「事件」―を経験するわけであるが、そのうち何といっても「支那人」（中国人）の手品師や「支那人」の子どもが登場する二章「冬」は、最も「精彩」を放つもので、完成度が高く、その表現技術も主題を十分に燃焼させきっているのである。

「善太の四季」の二章は童話「支那手品」が原話であるとよく言われているが、私の調査によれば、実はそれよりずっと前に同じ内容を扱ったものとして、昭和六年（一九三一）一〇月に発表された「幻想と、昭和七年（一九三二）二月に発表された「蟹と遊ぶ」の二つの作品があり、その流れを汲んだ童話「支那手品」を経て、小説「善太の四季」が成立したと考えられる。むろんその間、幾度も改作されて、場面の設定や人物の構成においてさまざまな変化があり、かなりの相違点が認められるものの、「支那人」手品師に対して抱く子どもの好奇心や恐怖心などの描写と、童話・小説を問わず作品全体を覆っている暗い雰囲気や不安や死の影の描写とは全く一致しており、しかも、「支那人」手品師と「支那人」の子どもに対してあまり「好意的」ではない描き方がなされている。

では、譲治が、これまでにまったく見られなかった中国人および中国人の子どもを、突然この時期の作

品に集中的に取り入れていたのは何故だろうか。譲治における「中国」のイメージはどんなものだったのだろうか。時代的背景に照合しつつ検証していこうと思う。

そもそも近代日本における中国像は、明治二七年～同二八年（一八九四～一八九五）に勃発した「日清戦争」を境にして全く異なった展開を見せる。この戦争は、清朝の降伏で一応終わるが、その結末が後の「日露戦争」（一九〇四～一九〇五）、「満洲事変」（一九三一）、「日中戦争」（一九三七～一九四五）、そして「太平洋戦争」（一九四一～一九四五）を招くことになり、近代日本の「百年戦争の序幕」として世上重く見られてきたように思われる。ちなみに「日清戦争」での勝利は、日本にとって軍事上はもとより政治、経済、文化等あらゆる面での転機となる歴史上の大事件であった。

ことに文化の面への衝撃は大きく、長い伝統をもった中国尊重の流れは、「日清戦争」の影響を受け、急転して、知識人の間にも漢学を避け清朝人（中国人）を卑しむ風潮が一気に広がっていったのである。誕生後なお日浅く、まさにその黎明期にあった日本児童文学について見れば、当時刊行された『小国民』『少年園』『幼年雑誌』『少年世界』などの児童雑誌は、そうした風潮と歩調を一にし、戦意宣揚や戦争鼓吹の作品を積極的に誌面に掲載したのである。明治期児童文学界の頂点に立つ代表的な作家巌谷小波（一八七〇～一九三三）は、日清戦争を素材とした多くの作品を書いているが、中には当時の日本の国策、対清国（中国）感情の影響がはっきり出ている。例えば、児童雑誌『少年世界』に発表された彼の代表作「鳶ほりょ、りょ」（明二八・一）では、御殿に飼われて大切にされている鷹を羨む鳶が、鷹から武勇伝を聞いて自分もそれにあやかろうと飛び立ったが、一人の少年に捕まってしまう。〈鳶と云ゃァ豚尾漢で、支那坊主の事だから、生捕にするとは芽出度いく。〉と褒められた少年が、〈かう捕虜に仕たからにやァ、殺さうと生かさうと、日本軍の勝手だぞ。ちゃんと音無しくしてればよし、左も無ければ此の剣で、一ト突に突殺してしまふぞ。〉と脅かし、泣き出した鳶を〈アレ聞き給へ、鳶、捕虜、虜だ〉と笑ったところでこの小説は終わる。黄海々戦の開始直前に軍艦高千穂に鷹が飛来したという当時宣伝された実話に基づいたお伽噺であり、清国兵は「豚尾漢」と書かれ、捕まった清国の捕虜は少年に竹で突かれて虐められたという設定は、明らかに「高貴の日本＝鷹」と「下賤の清国＝鳶」といった蔑視や差別の意識によって生まれたものである。

同じような内容を持っている作品には、泉鏡花『海戦の余波』（幼年玉手函一二、博文館、明二八・一二）、中川霞城『少年の夢』（明二八・三）、落合直文『御代のほまれ』（大倉書店、明二八・四）などがあるが、いずれもその根底に中国人蔑視があり、日清戦争を肯定し称えるものに違いない。こうした意識は、のちに大正期・昭和前期の戦争にともなって、さらに強くなり、日本の子どもたちに中国へのいわれのない差別感・軽蔑感をもたせる直接的な誘因にもなったのである。

譲治も、中学時代、〈巌谷小波の雑誌『少年世界』を毎月買って〉〈中学四年まで愛読してい〉（「あとがき」『坪田譲治全集』〈一二巻本〉巻九、新潮社、昭五二・一一）たということから、その刺激を受けたであろうと考えられる。彼は随筆「わたしの外国観」の中で、少年時代を回想して次のように書いている。

表題のような文章を注文され、少々こまりました。仕方がないので、今から六〇年前、私の子供の頃を回想することにしました。一九〇〇年が私の十歳です。

日清戦争から五年たち、日露戦争まで四年というところです。軍国時代です。或は、軍国日本の、臥薪嘗胆時代と云うのかも知れません。とにかく大清国に勝ったと云うので、子供たちと、そのチャンチャンボーズを、バカにするったらありません。リコウショウ（李鴻章＝劉注）と云う、その頃清国の大政治家と云われた人の肖像、日本人には、間がぬけていて、弱そうに見える姿でした。それが両手を、前でつなぎ合わせて頭をさげ、お辞儀をするのですから、何も知らない子供たちは一層軽蔑するわけです。

その頃、はやった歌に、リコウショウの　はげあたま　というのがありました。カラ、テンジクなんかのは、昔の本にはそれは沢山出てくるし、日本は、それらの国から教えられた文化を、永い間もちつづけ、明治の頃も、それを大事にしていたと思うのですけれども、現実的には、田舎の子供たちは、日清戦争のなごりで、チャンチャンボーズ　クソボーズなんて、云っている有様でした。

（『児童問題研究』二号、昭四〇・四）

一方、それまでの〈下劣なる流俗に對抗し、兒童の純性の護育と、藝術教育の進展とに不斷の努力を捧げ〉るとともに、〈子供のための純麗な讀み物〉の「藝術」性を追求することを標榜する（鈴木三重吉「赤い鳥の標榜語」『赤い鳥』一巻一号、大七・七）児童雑誌『赤い鳥』（鈴木三重吉主宰）は、大正デモクラシーによる自由主義的な風潮に乗り、大正七年（一九一八）七月に創刊されたのであるが、やはり時代の波から免れることはできなかったのである。

しかし、日清戦争後の世相を反映して帝国主義的思想が強く感じられる巌谷小波の『少年世界』とは違って、『赤い鳥』掲載の作品では、帝国主義的な意識や中国などに対しての差別的な描写は見られるものの、表現上はやや収斂されて、赤裸々な戦争描写が見られなくなり、「清国兵」のかわりに、「手品師」や「商売人」や「強盗」などの「支那人」がしばしば登場し、そしてその人物像を日本人の日常生活に直結させて身近な「現象」の一つとして捉えようとする傾向があった。

『赤い鳥』掲載作品のうち、中国人像を差別的に描いた作品には二つの流れが認められる。一つは、「芸術的」作家たちによってつくられた一系列の作品であるが、そのうち注目すべきは、久米正雄の「支那船」、江口千代の「世界同盟」、新美南吉の「張紅倫」の三作品であろう。

まず久米の「支那船」（『赤い鳥』大一〇・一）は、第一次世界大戦で手柄を立てた海軍大尉竹岡新吉が、香港を経由して帰国する途中、〈人を殺して金品を奪ふ支那人〉を捕まえて懲らしめたという戦争挿話で、〈支那人は、自分が叶はないと思ふと、實に従順な人種でした。〉という植民地意識が中心となっている。江口の「世界同盟」（『赤い鳥』大八・三）では、子どもの遊びにも国の強弱の意識が強く反映しており、男の子は、アメリカ、イギリス、日本、ドイツといった強い国になるのに対して、女の子は、支那、西蔵、ベルギー、オランダなどの弱い国になってしまう、といった具合に意識的に中国などを差別の対象と捉えて、〈女も同盟國にして男が保護をしよう〉と強調され、強国支配の言動を正当化させたのである。

そして南吉の「張紅倫」（『赤い鳥』昭六・一一）になると、そうした民族差別の意識が象徴的に表現されている。「張紅倫」は南吉が半田中学の四年生だったころ書いた作品で、最初「少佐と支那人の話」という題名であった。のちに「古井戸に落ちた少年」と改題するが、『赤い鳥』掲載時、鈴木三重吉の手によって「張紅倫」と変えられた。日露戦争の奉天大会戦で古井戸の中に落ちた青木少佐を救った中国人少年張紅倫の話である。少佐は別れる際に懐中時計を張紅倫に与える。戦争が終わって一〇年後、少佐が退役して勤める会社に若い中国人の行商が現れる。商売の終わりに行商人が取り出した懐中時計を見て、少佐はやっと気がつく。〈きみ、張紅倫といふんじやないかい〉と聞くが、しかし、中国人は否定して帰っていく。次の日、少佐にあてた無名の手紙が届く。〈わたくしは紅倫です。（中略）わたくしはあなたとお話がしたい。けれど、お話ししたら、支那人のわたくしに、軍人だつたあなたが古井戸の中からすくはれたことがわかると、今の日本では、あなたのお名まえにかゝはるでせう。だから、わたくしはあなたにうそをつきました。…〉と。手紙の中の中国青年が日本軍人の名誉を重んずる処置をとったところに、作品の主題が明瞭に浮かび出ていて、他民族蔑視の思想が看取されるのである。

これに対して、子どもたちによる「童謡」や「綴方」は、もう一つの流れを成している。これらの作品は、児童自身が聞いたり見たりした「実話」をもとに書いたいわゆる「体験談」である。いずれも登場する中国人のイメージは、「汚い」「弱い」「信用がない」というふうに表現されている。例えば、帆足信子の綴方「上海」（『赤い鳥』大九・一）には、〈支那人はずゐぶん汚いことをしますが、上海は開けてゐるだけあつて、ここでは支那人も割合にきれいであります〉とあり、同様に西村ヒデ子の綴方「支那手品」（『赤い鳥』昭六・二）には、〈垢に染つた汚いぼろ〳〵の服を着た支那の子どもが二人ゐました。二三カ月も髪を刈らないのでせう、髪の毛の伸びた、素足のまゝの顔色の悪い子でした。〉とあり、また後藤よし子の綴方「支那人」（『赤い鳥』昭六・一二）は、日本人の店で旗と幕を縫ってもらったが、代金を払わなかったまったく信用のない「支那人」の話になっている。

さらに言えば、子どもの好奇心を煽るかのように、「支那手品」を描いた作品が多い。例えば、櫻根貴紅子の童謡「支那人」（『赤い鳥』大九・八）には、〈子取り、子取り、眼が光る。青い服着て袋をせよつて、泣く子はどこか、泣く子はどこか。子取り、子取り、眼が光る〉とあって、当時の日本人の間に「支那人＝子とり」（『赤い鳥』昭三・一二）というイメージが成り立っていることが分かるのである。また、木内高音の童話「支那人の子」（『赤い鳥』昭三・一二）では、親方に命じられて危険な芸当をしかけた「支那人」の男の子を不気味に思いながらも同情する少年、一郎の心理が細かく描き出されている。西村ヒデの綴方「支那手品」（前掲）では、「支那人」の子ども兄弟が生活のため、日本人の見物人たちに手をついて倒立して最後に足を首に巻きつけて歩く芸当を何度も何度も見せていたが、かえって不気味に思われたのか、誰もお金を払わないでみんな逃げてしまうのである。

このように、『赤い鳥』掲載作品に登場する中国人像を見わたしての第一印象は、「支那人」は悪役の敵対者であり、また「支那人の子供」も悪童役として描かれており、いわば「帝国主義のディスプレイ」というフォーマットの中で構造化されていることに気づかされる。

譲治が、童話の第一作といわれる「河童の話」を『赤い鳥』に発表したのは、昭和二年（一九二七）六月号であったが、実は、彼はずっと前から〈『赤い鳥』は買って読んで〉（「対談Ⅱ（菅忠道・坪田譲治）」『坪田譲治童話全集巻一四・坪田譲治童話研究』、岩崎書店、一九八六・一〇）いて強い関心を持っていたばかりでなく、『赤い鳥』が終刊となるまでに、後述する「支那手品」を含め四〇編を発表しており、いわば『赤い鳥』に育てられた作家といえる。『赤い鳥』掲載作品に登場する中国人像、ことに手品をする中国人の子ども像が、彼の脳裏に刻み付けられ、のちに彼の作品の材料となり、さらに形象化されたであろうことは想像に難くない。

こうした意識の流れの中で作られた譲治の作品においては、若干の違いが感じられるものの、中国または中国人（子どもを含めて）に対する蔑視の態度は基本的に変わることなく、時代の風潮に合流しようとする彼の姿勢が窺われる。つぎに、譲治の眼に中国人または中国人の子どもはどのように映っていたのかを、具体的な作品に即して考察してみたい。

## 三．「幻想」と「蟹と遊ぶ」に現れる中国人の子ども像

坪田文学の中に中国人の子どもが登場した初めての作品は、昭和六年（一九二一）一一月に発表した短篇「幻想」である。この作品は故郷の岡山で創刊された同人誌『三月派』一巻二号に載っている。目次でのタイトルは「随筆」となっているが、むしろ小品といったほうが適切な作品であった。

『三月派』という雑誌およびそれに掲載された譲治の両作品に関する記事は、彼のどの全集や年譜をとっても、まったく見ることができないし、さらに譲治自身も本誌について言及したことはなかった。そもそも『三月派』はどんな雑誌だったのだろうか。

『三月派』創刊号（昭六・一〇）の「編輯後記」によれば、〈今春三月、主として岡山市近郊に在住するわれわれに依つて三月會が出来上つた。こゝに創刊の「三月派」はその機関文藝雑誌である。〉ということになる。発行兼編輯人は昭和七年（一九三二）五月までは武田一郎。発行所は三月會。創刊号から四号までは関西中學校印刷部が印刷所になっている。会員はどれくらいいたのか、そして何号まで続刊されたのかは一切明らかではない。一巻二号の目次を見ると、小説には狩谷至宏「裸體の倒覺」と武田一郎「あとりえ喫茶店」、随筆には譲治「闇他一篇」、翻訳には村田道夫「詩六篇（アングトン・ヒユウズ）」と名和錬太郎「ア・ペンフル・ケース（ジエイムス・ジヨイス）」がある。表紙画は岡山出身の洋画家小林喜一郎によって描かれている。表紙や広告などを除き菊判四〇ページ、定価一〇錢。また岡山市長守屋松之助をはじめ数頁の広告もあり、派手な印象を与える。

『三月派』一巻二号（一九三一年）

同誌に譲治の名が初めて見えるのは、創刊号の「編輯後記」においてである。〈九月の例會を九月二十六日開く予定、期日會場は追て、—坪田譲二（ママ）名和兩氏の歸岡を待つて、新聞紙上に發表する。〉という記事から、譲治も雑誌の創刊に関わっていたものと推定される。

さて、「幻想」は、わずか四〇〇字くらいの超短篇である。全文を引用しておこう。

白壁の土藏があつた。その前に芥子の花が咲いてゐた。芥子の花は紅く、それに風が當つて、花びらに細かく震へてゐた。土藏の前で、黄ろい支那服を着た子供が支那手品をやつてゐた。三つの黒い碗を列べてその中にお手玉を入れてゐる。それをふせて、それを開けると、中のお手玉がなくなつてゐる。

それをまたふせてまた開けると、もう中に入つてゐる。「やつ、やつ」といふやうな掛聲をかけてそれをやつてゐる。

すると、土藏の窗が内から開いて、そこから一つの首が覗いた。それは黒いニグロの顔である。顔は段々せり出して、上から子供の手品を覗きかゝる。手品が進むにつれて、それは段々大きくなり、段々せり出して、終には一抱へもあるやうな大きな顔になる。子供がふと氣がついてそうつと上を見上げた時、不思議や、それは上からドシンと落ちて來た。—春の眞晝の幻想である。

この作品は具体的な農村を背景にした〈黄ろい支那服を着た子供〉と〈黒いニグロの顔〉の魔物との不思議な接触から成り立っている。〈白壁の土藏〉と風に当たって震える〈紅い芥子の花〉と、一見のどかではあるが、実際は内に不気味さをつねに孕んでいる春の田園風景のなかで、子どもは〈「やつ、やつ」といふやうな掛聲をかけて〉「支那」手品を夢中にやっている。魔物の突然の出現、変化、そして子どもを襲うこと、それは子どものいわれなき不安や恐怖の心理を描き出しているとともに、作者の少年時代の心理の暗部をふとかいまみせるものである。構図上は、子どもと魔物をめぐっての白昼夢を描いた短篇小説「七月の夢」（『六合雑誌』大五・八）と同じように展開されていて、坪田文学の最初期の作風に似通っているのである。この作品では、子どもは何よりも〈純眞にして邪氣なき心〉（「私の童話観」『學校童話』、昭一一・一二）である「童心」を象徴するのに対して、魔物は大人世界の醜悪さによる不安、恐怖、死の意識として形を変えて現れるものであるが、以後の作品から分かるように、それは明らかに冷酷かつ非情な「支那人手品師」のことを指すのであろう。

ここで注目したいのは、この「支那」服を着て「支那」手品をやっている子どもというのが、本当の中国人の子どもではなく、じつは「支那人」の手品師に連れ去られた日本人の子どもなのだということである。そのことは、次に引く小説「蟹と遊ぶ」における〈その子供が三平のお兄さんなのです。兄さんは幼い時に支那の手品師につれて行かれて、あんなに支那手品師になつてしまつてゐるのです。〉などの描写を通して明確化されることになる。

短篇小説「蟹と遊ぶ」は、雑誌『文科』第四輯（昭七・三）に発表され、のちに短篇集『村は晩春』（河出書房、昭一五・六）に収録された。一編の想意は、故郷岡山の風土自然に根ざした作者の心象スケッチを、夏の明るい自然の中に描いてみせながら、中国漢詩風の色調の感じを出したものである。しかし、そうした観念的な自然の中で、三平は不気味な風景を見るような一種病的な痛々しい存在に変わっている。

　處で、その桃の花の下に一人の支那の子供がしきりに何かやつてゐる様子であります。黒い服に黒いズボン、靴まで小さな黒い靴です。

　その子供はそこで手品をやつてゐるのです。茶碗を三つ列べて、その中にお手玉のやうなものを入れて、次々にパッパッと伏せて行きます。それを此度は端からパッパッと開けて行きます。すると、中にはもうお手玉も何もなくなつて居ります。するとまたその空の茶碗を端からパッパッと伏せて行きます。次に開けて行くと、もうその中にチヤンとお手玉が入つて居ります。何と不思議なことでせう。三平は暫くこれを眺めました。然し支那の子供は三平が見てゐるのに氣がついてるのか、ゐないのか、そんなことは少しも構はないやうにいつ迄もいつ迄も茶碗を開けたり伏せたり致しました。その度お手玉は出て來たり見えなくなつたり、時には一つ處へ二つも三つも入つてゐたり、不思議なことを、いつ迄もいつ迄も繰返しました。が、三平は何だかその子供が可哀想でならなくなりました。

　處が、どうしたことなんでせう。その子供が三平の兄さんなのです。兄さんは幼い時に支那の手品師につれて行かれて、あんなに支那手品師になつてしまつてゐるのです。さう考へついた時、見れば、桃の木の側に眞黑の支那服を著た大きな支那人が影のやうにぢつと立つて、恐ろしい様子をして、兄さんを見て居りました。兄さんはそれを知ってか、とても早くパツパツパツパツ茶碗を伏せたり開けたりしだしました。可哀想な兄さん——。

この作品は、小学生の三平の見た夢を描いている。「蒼い空」「青色の草」「黄色い鸚哥」「赤い五重の塔」「桃の花」そしてその背後に立っている「七色の虹」など、ふだん見かけた風景から、三平は何か不思議な別世界のような光景を予感している。彼はその中に陶酔し、〈支那といふ處ではないかしらん——〉と思うようになる。明るい野のひろがり、一人で野歩きに浮き浮きとした気分。川を遡っていくと、道は次第に奥へと入り込む。丘に五重の塔や水車があって、桃ばかりの林に出会う。そして、桃の枝から枝へ行き交う黄色の鳥。この辺の手法は、陶淵明の『桃花源の記』に通うものがあるように思える。これは、おそらく譲治の心の底にひそんでいる漢詩風な桃源境への憧憬と、陶淵明など中国詩人のように無為自然に身を委ねて迷いなく生きることへの願望の現れでもあろう。

しかし、舞台は時を経ずして急転する。「支那人」が登場して何もかもが変わってしまうのである。〈黒い服に黒いズボン、靴まで小さな黒い靴〉の身なりをしている「支那人」子どもと、その側に立っている〈眞黑の支那服を著た〉大きな「支那人」、そして大人の恐ろしい監視の下で、おそるおそる「支那」手品の稽古を素早くする「支那人」子どもの姿は、三平の前に陰険なたくらみを秘めたまま、不気味に黙りこくっているように見える。ここには、もう一つの不思議な「別世界」があったことが強調され、中国人と中国人子どもが不気味な存在に仕立てられている。これは厳しい現実のなかで歪められた子どもの心理の反映であろう。「明」と「暗」といった色彩の表現は特に印象的で、それは対照的な形式による相反する効果を追求するのではなく、互いに統一的に調和させようとしたのであり、のちに小説「お化けの世界」

(『改造』前掲)における自らの「内」と「外」に「お化け」を直視した三平の子ども像が作り出されることにつながっていくのである。田園風景の中にひそんでいる恐怖や心理的おびえを具象化させる、初期の坪田文学の特質は、ここでも存分に発揮されていると思う。

三平は、不思議な「支那」手品をいつ迄もいつ迄も繰り返している「支那」の子どもを不気味に思いながらも同情し、さらにその子どもが自分の兄さんなのだと幻想し、〈兄さんは幼い時に支那の手品師につれて行かれて、あんなに支那手品師になつてしまつてゐる〉という思いに陥ってしまう。ここでは、過酷な「支那」手品の稽古をさせられる「悲惨」で「可憐」な「支那人」子どもの姿と、「善良」で「天真爛漫」な三平(日本人の子ども)の姿が鮮やかに浮き彫りにされている。作者の意図するところは明らかであろう。

私は、三平の夢を通して、譲治の中に二つの中国像が存在していることを知った。一つは、陶淵明や王維や杜甫や李白などの中国詩人に対する無限の敬慕であり、もう一つは、「日清戦争」などがもたらした現実の中国および中国人に対する軽蔑の意識だったということである。こうしたまったく矛盾するかのように見える二つの「中国像」が、彼の作品の中に共存しており、その取り扱いが区別されている。「蟹と遊ぶ」という作品は、その典型と言えよう。

## 四.「支那手品」と「善太の四季」に現れる中国人の子ども像

「幻想」と「蟹と遊ぶ」に登場する中国人や中国人子どもの造型はあくまでも空想的・虚構的なものであり、いわば観念化されたものに過ぎない。具象的・現実的な中国人子ども像の出現は、童話「支那手品」

を待たなければならない。

童話「支那手品」は、児童雑誌『赤い鳥』復刊六巻五号（昭八・一一）に掲載された作品である。のちに「手品師と善太」と改題され、今でもその題名で通行している。発表直前の昭和八年（一九三三）九月二六日付の譲治あて手紙の中で、鈴木三重吉が、〈「支那手品」なぞは怖い目に會つたことをかいたものですが、あれなぞはユーモラスとも愉快とも申せます。〉（『鈴木三重吉全集別巻』岩波書店、一九八二・七）と述べているように、それ以前の作品に比べて見ると、物語の発端と結束がきちんと対応しており、登場人物の造型や表現においてもかなり高い完結性を持っていることが指摘できる。

夏休みのある日、善太は、〈支那手品の中に子とりがゐるんですよ〉と母にとめられたにもかかわらず、「支那」手品を見に行ってそれに気をとられる。そして、手品が終わっても、「支那」手品のあとについて支那人たちと仲良くなり、つい遠くの村まで行ってしまう。しかし、善太はチャルメラを壊したため「支那人」を怒らせて、弁償金として一円を請求される。ここに至って、「支那人」の恐ろしさにはいよいよ現実味が強まってくる。「支那人」は善太を懐から帯まで解いて着物のアゲまで調べたが、一銭もないと分かると、彼を置いてきぼりにして行ってしまった。最後は、向こうからさがしに来た父に保護され、〈何と言つても、お父さんのそばほど安神《ママ》なところはありませんでした。〉というところでこの童話は終わるのである。

この作品は半分以上にわたって実際の手品の場面を細かく描いている。登場する「支那人」子どもは二人である。

黒服、黒帽子の支那人が二人、ドンヂャラン、〳〵と、ドラをたゝいたり、太鼓を鳴らしたりしてゐました。その下では、かはいらしい支那の子供が三人、まるで王子のやうに赤い筋の入つた服を着、金モールのついた帽子をかぶつてならんでゐます。

一人はチャルメラを吹き、一人はハッ〱とかけ聲をしながら、もう茶碗をふせてその中からお手玉をぬきとる手品をやつてゐました。あとの一人は、きいろい聲を上げて、「あゝ、支那手品面白い。面白い、支那手品やりませ。やりませ。」と、どなつてゐました。

「支那人」子どもたちが全身上下の法術を尽くして芸をやっているのであるが、日本人の見物人たちは誰もお金を出してくれなかった。すると、今度は親方の「支那人」が茶碗の手品をやっている子どもを場所の真中に引っ張り出し、刀をその子どもの口の中に突き差そうとした。

親方は、今度はソロ〱と刀を子供の口の中へさし入れました。刀は一尺も入つたやうに見えました。ほんとは三寸ぐらゐ入つただけなのかも分りません。すると、その子供はそれまで下にたらしてゐる兩手を肩のところへ上げて、手頸を振つて苦しがり、目から涙をポロ〱出しました。

「いけない。いけない。みんな金出さない。金なければ、おまんま食べない。」

支那人はさう言つて首をふりました。その間にも子供二人は、「五錢。五錢。」と言ひ〱見物人の前をいそがしく廻りました。それと一しょにもう一人の支那人は、顔をしかめて、

「あゝ苦しい。あゝ苦しい。子供死ぬる。子供死ぬる。かはいさう。かはいさう。」と、節をつけて、謡ふやうに言ひました。

刀を突きさゝれた子供は、やはり手を振りながら、もう目を白黒させてゐました。

「何て、かはいさうなことをするもんだ。」

見物の一人が、堪らなくなつたと見えて、かう言ひ〱、懐から財布を出しました。そこでまた方々

に財布を出す人が出て來ました。

「あゝ、ありがとう。ありがとう。」

錢をなげ入れるたびに、刀をもつた支那人は見物の方へかるく頭を下げました。しかしまだたりないのか、中々刀をぬかうとしません。今度は自分でも、

「あゝ苦しい、あゝ苦しい。」とどなり出しました。

それでまた金を出す人が出て來ました。

何て永いこと、いじめるのでせう。善太は自分の、のどまで痛くなり、自分の息がつまるやうな氣がしました。

「あゝ苦しかつた。苦しかつた。錢もうけるつらい〱。」

さう云ふ親方の聲が聞えたと思ふと、そのときには、もう、口からぬいた刀を、布切れでふいてゐました。子供も涙を袖でこすつてゐました。

「あゝあ。」とみんなも息をつきました。善太も思はず息をはきました。

「支那手品」挿絵（鈴木淳／画）

お金を得るためにその一行の子どもをだしに使って危険な真似をしかけ、日本人の見物人に疎ましさと同情心とを起こさせる「支那人」手品師の冷酷さ、非情さを大げさに表現している。世の中にはこんなに自分の子どもをいじめる親がいるだろうか。ちなみに三人の子どもはおそらく手品師の実の子ではなく、どこからか連れて来られた子どもたちに違いない。出かけに母親が言った〈支那手品の中に子とりがゐるんですよ〉という不気味な警告は、いよいよ現実となって現れてくるのである。「支那人」子どもの苦し

い表情の描写があまりにも克明なので、善太は〈のどまで痛くなり、自分の息がつまる〉ような気がしていて、それを見るに忍びなかった。

その次には、大人の「支那人」たちが棒の先で大きな皿を廻したり、外套の色を繰り返し変えたりして、次々に面白い芸をやって見せたが、その最後の、蛇を鼻の穴から入れて口から出す芸は、『赤い鳥』に掲載された下村千秋の「蛇つかひ」（昭二・八）にも描かれている。

しかし、恐怖はただ他人のものだけではない。やがて恐ろしい現実の冷酷さが善太に投げかけられている。「支那人」手品師のあざとさにひかれてその後について歩いていく善太が、チャルメラを壊したため一円の賠償を要求される時、「支那人」手品師はもちろん、「支那人」子どもたちでさえも、善太を逃がさないように、〈みんな集まつて來て、善太のまはりをとりまきました〉。さきほど善太が多大な同情を寄せてあげた「支那人」子どもたちは、いきなり小さな悪魔に変わってしまい、「悪童」のイメージが形づくられることになる。作者は、これによって善太を含めた日本人の子どもたちの「善良」で「天真無垢」な姿を強調しようとしたのであろう。

前述したように、小説「善太の四季」の二章は童話「支那手品」を踏まえて作ったものであるが、ストーリーや構成においては、まるで異なる展開を見せてくれるのである。ということはつまり、「支那手品」に描かれた詳しい手品の場面はすべてカットされ、いったいどんな手品が演じられたのかは一切触れられていない。そのかわりにここでは、道を歩きながらの手品師たちとの会話が繰り返し描かれている。

「兄さん、支那手品面白いか、支那手品恐いあるか。」

道で支那人が聞くのであつた。

「面白いい、大變面白いあるよ。」

善太が答へると、支那人同士聲をあげて笑つてゐた。彼等は大人二人子供一人で、大人は黒い支那服、子供は赤筋の入つた服に金モールの帽子、まるでトルコの王子とでもいふやうな姿をして歩いてゐた。大人は槍や刀の手品道具を擔ぎ、子供は小さな黒い包みを背負つてゐた。その先に善太等三人が小學生の服に赤帽子で、先頭チヤルメラ、中鐃鈸、後に善太が銅鑼を鳴らせてねつてゐた。

「兄さん、支那手品中々好きあるかなあ。」

かう云はれて、三人は先を争うて答へた。

「好き〳〵、大變好きある。」

好きも好き、彼等は晝飯も食べずに、かうして村から半里もある處をふざけ散らして歩いて居るのだ。

「習ふ氣あるかあ。」

「習ふ氣ある！」

善太がかう云ふと、三人は益々嬉しく、ドンヂヤランを一層高く鳴り響かせた。

「日本の子供大變賢い。手品直ぐ上手覺える。お金直ぐ澤山まうける。支那日本上海東京澤山の處歩く。面白いこと澤山ある。みんな大きくなり、お金ドツサリ、ドツサリためて、綺麗美しいお嫁さん貰ふ。大變〳〵仕合せ。」

これで三人ワツと笑つた。お嫁さんといふのが恥しくをかしかつた。支那人も何か云ひ合ひ陽氣に笑ふのであつた。唯だ支那の子供だけが始終黙りこくつて歩きつづけた。善太等はそれから「お金まうけて、綺麗美しいお嫁さん貰ふ」と何度も眞似をして笑ひ合つた。すると、その時支那人の一人がポケツトをもぐ〳〵させて一箱のキヤラメルを取出してニコ〳〵しながらみんなに二粒づつ分けてくれた。が支那の子供には何もくれず、彼はやはり黙りこくつて歩いてゐた。善太はその子が可愛想で、よつぽどその子に一粒のキヤラメルを分けてやらうかと思ひ思ひした。處が、その時友達がワツ〳〵笑つてゐるので、見ると、支那人が面白い顔をしてふざけてゐる。

「兄さん達はほんたう手品習ふ氣あるかあ。」

支那人が先づ聞くのである。

「ほんたう〳〵習ふ氣ある！」

友達が答へてゐる。

「けれども、支那手品師みんな兒捕りあるよ。日本の子供捕つて、みなく〳〵支那上海送る。支那上海子供買ふところにある。二十圓三十圓、いいやいや、五十圓百圓賣れる。おおお、お恐い恐い。日本子供生れた處離れる時みんな泣く。お父さんーお母さんーあーんあん〳〵。」

支那人は片手で眼をかくし、子供の泣き眞似をして見せた。善太等三人はこれについで、ワツハハハと笑つたものの、實は心の中で恐くなつて來た。何だか顔が青ざめてくるのを笑ひでまぎらせた。

「恐くとも習ふ氣あるかあ。」

支那人が次に聞いた時、もうこれに答へるものはなかつた。三人とも互に顔を見合せたきりであつた。


長い引用になったが、一見軽快で単純にさえ見える会話運びのなかで、〈面白い〉〈好き好き〉〈習ふ氣がある〉から〈恐い〉〈顔が青ざめてくる〉に至るまでの変化に託されている心理の内奥の展開に、善太など日本人の子どもたちの好奇心を微妙にからみ合わせて進行させていく。「支那人」子どもについては、〈始終黙りこくつて歩きつづけた〉、手品師がキャラメルを〈支那の子供には何もくれず〉などといったように、きわめて短い描写であるにもかかわらず、かえってそこに虐められている「支那人」子どもの姿が強烈に看取され、「支那人＝子取り」という中国人のイメージが巧みに発揮されている。さらに〈支那手品師みんな兒捕りあるよ〉という「支那人」手品師の言葉に対し、善太の不気味な恐怖感はいっそうエスカレートしていくが、結局彼がつまずいて転んだところで「支那人」手品師に置き去りにされてしまう。

この作品では、死の恐怖に対すると同じように、「支那」手品の恐さに直面するのも、子どもの成長過程においては、避けて通れない「人生の試練」の一つであることを、譲治は言いたかったのであろう。このことは、後の代表作「お化けの世界」（『改造』前掲）、「風の中の子供」（『東京朝日新聞』前掲）、「子供の四季」（『都新聞』前掲）でも取り上げられ、ついには暗く厳しい現実の中にあっても、その現実に打ち負かされることなく、親（大人）をかえって勇気づけるような剛毅な性格、バイタリティーに富む行動力の持ち主である「善太・三平像」が作り出されるのである。

この時期に「子捕り」をテーマにした作品が多く作られた理由は、もう一つの時代背景があると思う。昭和五年（一九三〇）頃、世界恐慌のあおりでいわゆる昭和恐慌が始まり、経営の危機に陥った企業が次々に休業・倒産したため、失業者が大量に増加した。ことに農村の窮乏化が進行していく中で、人身売買や誘拐が盛行し、子どもがよく狙われていたのであった。このことについて、譲治は随筆「路傍の子供」の中で、〈誘拐は子供の死と同じに私には恐ろしく思はれる。いや、それ以上かも知れない。〉（『都新聞』昭九・一〇・五～八）と述べている。この誘拐の恐ろしさが「支那人＝子捕り」への恐怖感につながったのではないだろうか。これは当時の譲治の中国および中国人に対する偏見から生じたものと思われる。

## 五．おわりに

以上は、坪田文学に登場した中国人の子ども像を四つの作品に絞って比較分析しながら、譲治における中国および中国人のイメージについて私なりの考察を試みたのであるが、譲治の描こうとした意図は十分に察せられたであろう。

おしなべて、昭和初期の譲治の思想を規定するものとして、二つの「中国像」が内在している。つまり中国文学に対する見識と現実の中国に対する偏見が共存しており、その取り扱いが区別されているというべきであろう。

なお、参考のため、本章でとりあげた四つの作品の、「発表年月および掲載誌」、「季節」、「場所」、「主人公」、「中国人子ども像」を整理して、次の表にまとめてみた。

| 作品 | 発表年月及び掲載誌 | 季節 | 場所 | 主人公 |
|---|---|---|---|---|
| 「幻想」 | 昭六・一一『二月派』 | 春の真昼 | 土蔵の前 | 不明 |
| 「蟹と遊ぶ」 | 昭七・三『文科』 | 夏の真昼 | 夢の森の桃の花の下 | 三平 |
| 「支那手品」 | 昭八・一一『赤い鳥』 | 夏休みの終わり頃 | 村の土蔵の前 | 善太 |
| 「善太の四季」（二章） | 昭九・六『文學界』 | 冬休みも終りかけたある日の午後 | 村から村へと行く村道 | 善太 |

| | | | | |
|---|---|---|---|---|
| 中国人子ども像 | 黄色い「支那」服を着て茶碗手品の稽古をする。 | 黒い服に黒いズボンと小さな黒い靴の格好をして、大人「支那人」の監視で茶碗手品の稽古をする。 | 二人の子どもがまるで王子のように赤い筋の入った服を着、金モールのついた帽子を冠って手品などをする。その内の一人は、口に刀を入れる危険な真似をしかけられた。だが、善太がチャルメラを壊した時、みんな悪童に変身した。 | 赤筋の入った服に金モールの王子とでもいうような姿をして始終黙りこくって歩き続けた。「支那人」の親方がキャラメルを取り出したが、「支那」の子どもには一粒もくれなかった。 |

参考文献

（1）「特集／坪田譲治―生誕百年―」『日本児童文学』三六巻六号、平二・六
（2）「特集／坪田譲治・久保喬の世界」『国文学 解釈と鑑賞』六三巻四号、平一〇・四
（3）「特集／20世紀児童文学の児童像」『日本児童文学』一七巻三号、昭四六・三
（4）「特集／戦時下のアジアと児童文学」『日本児童文学』一九巻一一号、昭四八・九
（5）「特集／〈成長テーマ〉を問い直す」『日本児童文学』四一巻九号、平七・九
（6）「特集／女の子・男の子の描かれ方」『日本児童文学』四一巻一一号、平七・一一
（7）坪田理基男『坪田譲治作品の背景―ランプ芯会社にまつわる話―』理論社、一九八四・四
（8）木村小舟『少年文學史 明治篇 上・下』童話春秋社、昭一七・七～一〇
（9）藤本芳則『〈小波お伽〉の輪郭―巌谷小波の児童文学―』双文社、二〇一三・一〇
（10）高山毅『児童文学の世界』みかも書房、昭三三・七

(11) 菅忠道『日本の児童文学』大月書店、一九六六・五増補改定版
(12) 横谷輝『児童文学の思想と方法』啓隆閣、一九六九・六
(13) 関英雄『新編 児童文学論』新評論、一九六九・一二
(14) 岡田純也『近代日本児童文学史』大阪教育図書、昭四七・八
(15) 根本正義『鈴木三重吉と「赤い鳥」』鳩の森書房、一九七三・一
(16)『児童文学』日本文学研究資料叢書、有精堂、昭五二・一二
(17) 木村毅『私の文学回顧録』青蛙房、昭五四・九
(18) 西田良子『現代日本児童文学論—研究と提言—』桜楓社、昭五五・一〇
(19) 鳥越信『児童文学』鑑賞日本現代文学三五、角川書店、昭五七・七
(20) 高橋さやか『子どもの世界・物語の世界』言語文学教育と人格の形成Ⅱ、新読書社、一九八七・一〇
(21) 続橋達雄『日本児童文学の《近代》』大日本図書、一九九〇・六
(22) 長谷川潮『解説=戦争児童文学を読む』「戦争と平和」子ども文学館・別巻、日本図書センター、一九九五・二
(23) 河原和枝『子ども観の近代—「赤い鳥」と「童心」の理想—』中公新書一四〇三、中央公論社、一九九八・二
(24) 鳥越信『たのしく読める日本児童文学［戦前編］』ミネルヴァ書房、二〇〇四・四

# 【論文初出一覧】

序章

○書下ろし

第一章

○「坪田譲治文学における〈戦争〉(二)―上海視察をめぐって―」『岡山の記憶』第九号、岡山・十五年戦争資料センター、二〇〇七・三

○「坪田譲治文学における〈戦争〉(三)―杭州から南京へ―」『岡山の記憶』第一〇号、岡山・十五年戦争資料センター、二〇〇八・三

第二章

○「坪田譲治文学における〈戦争〉(四)―〈蒙疆〉旅行について―」『岡山の記憶』第一一号、岡山・十五年戦争資料センター、二〇〇九・七

第三章

○「坪田譲治文学における〈戦争〉―易縣での二日を中心に―」『岡山の記憶』第七号、岡山・十五年戦争資料センター、二〇〇五・三

第四章

○「坪田譲治文学における〈戦争〉(五)―〈北支〉の子どもをどう描いたか―」『岡山の記憶』第一四号、岡山・十五年戦争資料センター、二〇一二・七

○「坪田譲治文学における〈戦争〉(六)―〈北支〉の子どもをどう描いたか(続)―」『岡山の記憶』第一五号、岡山・十五年戦争資料センター、二〇一三・七

第五章

○「坪田譲治文学における〈戦争〉（七）―北京育成学校訪問記とその他―」『岡山の記憶』第一六号、岡山・十五年戦争資料センター、二〇一四・七

第六章

○「坪田譲治と戦争綴方―『銃後綴方集　父は戰に』に関する一考察―」『岡山の記憶』第一七号、岡山・十五年戦争資料センター、二〇一五・七

○「坪田譲治と戦争綴方（つづき）―『綴方子供風土記』と『綴方　家のほまれ』をめぐって―」『岡山の記憶』第一八号、岡山・十五年戦争資料センター、二〇一六・七

補　章

○「坪田文学における中国人の子ども像―小説『善太の四季』をめぐって―」『岡山大学大学院文化科学研究科紀要』第一三号、岡山大学大学院文化科学研究科、二〇〇二・三

# 附録／坪田譲治作品初出目録Ⅱ（1931年—1945年）

凡例

1. 本目録は、吉備路文学館に所蔵する坪田譲治の「創作ノート」の中の「執筆目録」を元に、日本国内の図書館・文学館・資料館および個人所蔵の資料を調査して作成したものである。
2. 旧字体や仮名遣いは原本のままとした。
3. 作品名は、掲載時の目次を基準とした。ただし、本文の表記と違う場合は、その都度訂正しておくこととした。
4. 作品の分類（類別）に関しては、作成者が作品の内容に基づいて判断した。
5. 掲載紙（誌）・巻号・発表月日は、掲載時に表示されているものをそのまま使用したが、初出は判明していないものについては、備考欄に「未見」を付記した。
6. なお、補足情報を最小限にとどめて備考欄に記載した。



昭和六年（一九三一）

| 作品名 | 類別 | 掲載紙・誌 | 巻号 | 発表月日 | 備考 |
|---|---|---|---|---|---|
| 人類未來記 | 随筆 | 山陽新報 | | 1月5日 | |
| 黒猫の家 | 童話 | 赤い鳥 | 復刊1巻4号 | 4月1日 | |
| 四郎とキヨ | 小説 | 大衆文藝 | 2次1巻4号 | 4月1日 | |
| 鯨 | 童話 | 赤い鳥 | 復刊1巻5号 | 5月1日 | |
| 白桃 | 小説 | 蠟人形 | 1次2巻5号 | 5月1日 | |

| 作品名 | 類別 | 掲載紙・誌 | 巻号 | 発表月日 | 備考 |
|---|---|---|---|---|---|
| 時代を忘れた文學 | 評論 | 新愛知 | | 6月22日 | |
| 合田忠是君 | 童話 | 赤い鳥 | 復刊2巻1号 | 7月1日 | |
| 白桃 | 小説 | 祖國 | 4巻7号 | 7月1日 | |
| 文藝雑感 | 感想 | 新愛知 | | 7月1日 | |
| 母ちゃん | 童話 | 赤い鳥 | 復刊2巻2号 | 8月1日 | |
| 正太眠らず | 小説 | 雄鶏 | 2号 | 8月1日 | |
| 伊丹圭助 | 童話 | 明日の兒童 | 1巻3号 | 9月1日 | |
| 熊(團欒十景) | 童話 | 家庭 | 1巻5号 | 10月1日 | |
| 葡萄の若葉 | 小説 | 文科 | 第壱輯 | 10月1日 | 編集／難波卓爾 |
| 恐喝 | 小説 | 都新聞 | | 10月14日〜16日 | |
| 闇 | 小品 | 三月派 | 1巻2号 | 10月31日 | |
| 幻想 | 小品 | 三月派 | 1巻2号 | 10月31日 | |
| 村の子 | 童話 | 赤い鳥 | 復刊2巻5号 | 11月1日 | |
| 水晶山悲劇 | 小説 | 若草 | 1次7巻11号 | 11月1日 | |
| セキセイ鸚哥 | 小説 | 文科 | 第参輯 | 12月25日 | |

## 昭和七年(一九三二)

| 作品名 | 類別 | 掲載紙・誌 | 巻号 | 発表月日 | 備考 |
|---|---|---|---|---|---|
| ダイヤと電話 | 童話 | 赤い鳥 | 復刊3巻1号 | 1月1日 | |
| 熱情の火燃えよ(故郷の新聞を通じて) | 感想 | 山陽新報 | | 1月18日 | |
| 東京の遠望 | 随筆 | 都新聞 | | 1月 | 未見 |
| 蟹と遊ぶ | 小説 | 文科 | 第四輯 | 3月3日 | |

昭和八年（一九三三）

| 作品名 | 類別 | 掲載紙・誌 | 巻号 | 発表月日 | 備考 |
|---|---|---|---|---|---|
| 龜を釣る | 随筆 | 都新聞 | | 8月 | 未見 |
| 池畔に釣る | 小説 | 蠟人形 | 1次4巻10号 | 10月1日 | 主宰／西条八十 |
| 秘密日記（思春期） | 随筆 | 人物評論 | 1巻8号 | 10月1日 | 編輯／大宅壮一 |
| 農村とラヂオ | 評論 | 調査時報 | 3巻19号 | 10月1日 | |
| 支那手品 | 童話 | 赤い鳥 | 復刊6巻5号 | 11月1日 | |
| 鯉 | 童話 | 赤い鳥 | 復刊6巻6号 | 12月1日 | |
| 童話創作の感想 | 感想 | 童話時代 | 2号 | 12月1日 | 主宰／野村吉哉 |
| アンデルセン（偉人傳） | 伝記 | ラヂオテキスト | | 12月1日 | 未見 |
| 兒童文學の現状 | 随筆 | 都新聞 | | 12月 | 未見 |

昭和九年（一九三四）

| 作品名 | 類別 | 掲載紙・誌 | 巻号 | 発表月日 | 備考 |
|---|---|---|---|---|---|
| 激戰 | 童話 | 赤い鳥 | 復刊7巻1号 | 1月1日 | |
| 新しいパンツをはいて | 童話 | アサヒコドモの本 | 4巻1号 | 1月1日 | |
| スゞメとカニ | 童話 | 赤い鳥 | 復刊7巻2号 | 2月1日 | |
| 芋 | 童話 | 赤い鳥 | 復刊7巻3号 | 3月1日 | |
| 家 | 随筆 | 精神分析 | 2巻3号 | 3月1日 | |
| コトリノヤド | 童話 | カシコイ一年小學生 | 3巻4号 | 3月5日 | |
| 樹の上の人形 | 童話 | 童話童謡 | 1巻1号 | 3月10日 | |

| | | | | | |
|---|---|---|---|---|---|
| ハヤ | 童話 | 赤い鳥 | 復刊7巻4号 | 4月1日 | |
| 故園の情 | 随筆 | 都新聞 | | 4月 | 未見 |
| キヤラメルの祝祭 | 小説 | 若草 | 1次10巻5号 | 5月1日 | |
| 城山探険 | 童話 | 赤い鳥 | 復刊7巻5号 | 5月1日 | |
| 一つのビスケット | 童話 | カシコイ二年小學生 | 3巻6号 | 5月5日 | |
| あだなの話 | 随筆 | 博浪沙 | | 5月 | 未見 |
| 蜂の女王 | 童話 | 赤い鳥 | 復刊7巻6号 | 6月1日 | |
| 善太の四季 | 小説 | 文學界（復活號） | 再刊1巻1号 | 6月1日 | 発行／文圃堂書店 |
| 日の丸の旗 | 童話 | カシコイ一年小學生 | 3巻7号 | 6月5日 | |
| スキイ | 童話 | 赤い鳥 | 復刊8巻1号 | 7月1日 | |
| 銀座の玩具 | 随筆 | 文陣 | 1巻1号 | 7月1日 | |
| 祈りする女 | 小説 | 精神分析 | 2巻7号 | 7月1日 | |
| いたづら | 童話 | カシコイ一年小學生 | 3巻8号 | 7月5日 | |
| 中學の思出 | 随筆 | 世紀 | 1巻5号 | 8月1日 | |
| 日まわり | 小説 | 文藝首都 | 2巻8号 | 8月1日 | 発行／文學クオタリイ社 |
| 異人屋敷 | 童話 | 赤い鳥 | 復刊8巻2号 | 8月1日 | |
| 城山風景 | 童話 | コドモの本 | 4巻8号 | 8月1日 | |
| ねずみ | 童話 | カシコイ一年小學生 | 3巻9号 | 8月5日 | |
| ねずみのかくれんぼ | 童話 | カシコイ二年小學生 | 3巻9号 | 8月5日 | |

| | | | | | |
|---|---|---|---|---|---|
| 笛 | 小説 | 兒童 | 1巻4号 | 9月1日 | 新学期号 |
| 日曜學校 | 童話 | 赤い鳥 | 復刊8巻3号 | 9月1日 | |
| フシギナ家 | 童話 | カシコイ一年小學生 | 3巻10号 | 9月5日 | |
| 秋の子供 | 随筆 | 帝國大學新聞 | 540号 | 9月10日 | |
| 遊ぶ子供 | 小説 | 浪漫古典 | 第一輯 | 9月18日 | ドストイエフスキイ研究特輯 |
| 引つ越 | 童話 | 赤い鳥 | 復刊8巻4号 | 10月1日 | |
| 蜃氣樓 | 童話 | 東京朝日新聞 | | 10月4日 | |
| 路傍の子供 | 随筆 | 都新聞 | | 10月5日～8日 | |
| 子供の喧嘩（喧嘩學入門） | 随筆 | 兒童 | 1巻5号 | 10月1日 | 子供の喧嘩の問題特輯 |
| 祖父甚七 | 随筆 | 博浪沙 | 1巻3号 | 10月1日 | |
| 森のけもの | 童話 | カシコイ一年小學生 | 3巻11号 | 10月5日 | |
| 子供の國 | 童話 | 新聞聯盟 | | 10月 | 未見 |
| お馬 | 童話 | 赤い鳥 | 復刊8巻5号 | 11月1日 | |
| 狐と河童 | 童話 | 子供のテキストラヂオ | 7巻11号 | 11月1日 | |
| ジヤンケン | 童話 | 國民新聞 | | 11月 | 改作。未見 |
| どろぼう | 童話 | 赤い鳥 | 復刊8巻6号 | 12月1日 | |
| ジヤンケンといも（農村の出來事） | 小品 | 新潮 | 31巻12号 | 12月1日 | |
| けしの花 | 小説 | 經濟往來 | 9巻12号 | 12月1日 | |
| 家 | 小説 | 早稲田文學 | 1巻7号 | 12月1日 | 改作 |
| 家貧しければ | 随筆 | 意識 | 2巻6号 | 12月1日 | |

| 作品名 | 類別 | 掲載紙・誌 | 巻号 | 発表月日 | 備考 |
|---|---|---|---|---|---|
| 私の生活報告書 | 感想 | 都新聞 | | 12月6日 | |
| ランプ芯の話 | 随筆 | 中外商業新報 | | 12月8日～12日 | 改作 |
| 堺事件後聞 | 小説 | 大義 | 10号 | 12月10日 | |
| 運命 | 随筆 | 時事新報 | | 12月24日 | |
| きしや犬 | 童話 | カシコイ二年小學生 | 4巻1号 | 12月5日 | |
| 兒童文學に於ける眞實 | 評論 | | | 12月 | 未見 |
| 善太の手紙 | 童話 | | | 12月 | 未見 |

昭和一〇年（一九三五）

| 作品名 | 類別 | 掲載紙・誌 | 巻号 | 発表月日 | 備考 |
|---|---|---|---|---|---|
| 土に歸る子 | 小説 | 作品 | 6巻1号 | 1月1日 | |
| 魔法 | 童話 | 赤い鳥 | 復刊9巻1号 | 1月1日 | |
| 家 | 小説 | 意識 | 3巻1号 | 1月1日 | 改作 |
| 緒家に訊く（1．新年を迎へて貴下の文學上の御抱負及び計畫等について 2．貴下の現日本の詩に對しての御所感） | 感想 | 蠟人形 | 1次6巻1号 | 1月1日 | |
| 村の有力者 | 随筆 | 文學案内 | 1巻1号 | 1月1日 | |
| 狐のさいころ | 童話 | カシコイ二年小學生 | 4巻2号 | 1月5日 | |
| 川の鮒・池の鮒 | 随筆 | 帝國大學新聞 | 557号 | 1月7日 | |
| 運命 | 随筆 | 時事新聞 | | 1月24日 | |
| でん〳〵虫 | 童話 | 赤い鳥 | 復刊9巻2号 | 2月1日 | |
| 童心馬鹿 | 小説 | 月刊文章 | 2巻2号 | 2月1日 | |

| | | | | | |
|---|---|---|---|---|---|
| 梨の花 | 小説 | 蠟人形 | 1次6巻2号 | 2月1日 | |
| 猫 | 小説 | 動物文學 | 4号 | 2月1日 | |
| 郷里の道 | 随筆 | 報知新聞 | | 2月25日〜27日 | |
| 店の争奪 | 小説 | 都新聞 | | 2月26日〜28日 | |
| 生まれつきの立場 | 感想 | 文藝首都 | 3巻2号 | 2月1日 | |
| 狐狩 | 童話 | 赤い鳥 | 復刊9巻3号 | 3月1日 | |
| お化けの世界 | 小説 | 改造 | 17巻3号 | 3月1日 | |
| 蟹 | 小説 | 若草 | 11巻3号 | 3月1日 | |
| 壜のゆくへ | 童話 | 家の光 | 11巻3号 | 3月1日 | 附録／こども家の光 |
| ゴホウビ | 童話 | カシコイ一年小學生 | 4巻4号 | 3月5日 | |
| 小出正吾童話集 | 評論 | 新愛知 | | 3月9日 | |
| 作品と方言の問題（研究講座） | 評論 | 月刊文章講座 | 2巻4号 | 4月1日 | |
| カタツムリ | 小説 | 作品 | 6巻4号 | 4月1日 | |
| 時計退治 | 童話 | 赤い鳥 | 復刊9巻4号 | 4月1日 | |
| 作家の息 | 随筆 | 制作 | 1巻4号 | 4月1日 | |
| 求むるこゝろ | 小説 | 兒童 | 2巻4号 | 4月1日 | 署名／坪田譲次 |
| 日露戰争の頃 | 随筆 | 中外商業新報 | | 4月5日〜7日 | |
| 『人生劇場』 | 批評 | 時事新報 | | 4月29日 | |
| ペルーの話 | 童話 | 赤い鳥 | 復刊9巻5号〜復刊10巻2号 | 5月1日〜8月1日 | |
| 父と子 | 小説 | 新潮 | 32年5号 | 5月1日 | |
| 善太の手品 | 小説 | 行動 | 3年5号 | 5月1日 | 特輯／藝術・三態・三問答 |

| | | | | | |
|---|---|---|---|---|---|
| 昔の日記(五月随筆集) | 随筆 | 文藝通信 | 3巻5号 | 5月1日 | |
| 四月一日 | 童話 | 子供之友 | 22巻5号 | 5月1日 | |
| ケントカエル | 童話 | カシコイ二年小學生 | 4巻6号 | 5月5日 | |
| イチローノボウケン | 童話 | カシコイ一年小學生 | 4巻6号 | 5月5日 | |
| 童話作家の感想 | 感想 | 帝國大學新聞 | 578号 | 5月20日 | |
| 抱負 | 感想 | 讀賣新聞 | | 5月24日 | |
| まさかの時 | 童話 | 大阪朝日新聞 | | 5月26日 | |
| 夢に釣る鯉 | 随筆 | 早稲田大學新聞 | | 5月 | 未見 |
| 郷國圖譜 | 随筆 | 東京日日新聞 | | 5月 | 未見 |
| 桃太郎 | 童話 | 日本 | | 5月 | 未見 |
| 友人にあてゝ | 随筆 | 旗 | 第十輯 | 6月1日 | |
| 求むる心　続篇 | 小説 | 兒童 | 2巻6号 | 6月1日 | 署名／坪田譲次 |
| 善太漂流記 | 小説 | 婦女界 | 51巻6号 | 6月1日 | |
| 保高氏へ語る思出 | 随筆 | 文藝首都 | 3巻6号 | 6月1日 | |
| 深夜感想 | 随筆 | 中外商業新報 | | 6月 | 未見 |
| わが住む界隈—目白・雑司谷— | 随筆 | 都新聞 | | 6月12日〜13日 | |
| 友を語る | 感想 | 文藝首都 | 3巻7号 | 7月1日 | |
| まさかの時 | 小説 | 婦人倶楽部 | 16巻7号 | 7月1日 | |
| 赤い馬 | 小説 | 早稲田文學 | 3次2巻7号 | 7月1日 | |
| 家(涼風随筆) | 随筆 | モダン日本 | 6巻7号 | 7月1日 | |
| 文學の中の子供 | 随筆 | 東京朝日新聞 | | 7月19日〜21日 | |

| | | | | | |
|---|---|---|---|---|---|
| 子を諭す | 随筆 | 關西學院新聞 | | 7月20日 | |
| 今年の夏と私のプラン | アンケート | 山陽新報 | | 7月24日 | |
| 夏の思ひ出（涼風随筆） | 随筆 | 山陽新報 | | 7月29日 | |
| 晩春懐郷 | 小説 | 文藝 | 3巻8号 | 8月1日 | |
| 文學を志す人々へ！ | 覚書 | 文學案内 | 1巻2号 | 8月1日 | |
| なまづ釣り（課題小説「川」） | 小説 | 月刊文章講座 | 1巻6号 | 8月1日 | |
| さるとかに | 戯曲 | 子供之友 | 22巻8号 | 8月1日 | |
| 少年薄暮 片島 | 随筆 | 帝國大學新聞 | | 8月5日 | |
| ばん、ばん飯を食べ、眠る | 随筆 | 文學案内 | 1巻3号 | 9月1日 | |
| 眞珠 | 童話 | 赤い鳥 | 復刊10巻3号 | 9月1日 | |
| さるとかにに就て | 感想 | 子供之友 | 22巻9号 | 9月1日 | |
| 水晶山 | 童話 | 教育・國語教育 | 5巻9号 | 9月1日 | |
| 教育の回想 | 随筆 | 教育 | 3巻9号 | 9月1日 | |
| 天保銭（秋夜漫筆） | 随筆 | 山陽新報 | | 9月30日～10月1日 | |
| 蛇退治 | 童話 | 赤い鳥 | 復刊10巻4号 | 10月1日 | |
| 惡友善友 | 随筆 | 文藝 | 3巻10号 | 10月1日 | ゲーテ特輯 |
| 私の最も影響された本 | アンケート | 文學案内 | 1巻4号 | 10月1日 | |
| 山本有三氏談話より（作家の感想） | 感想 | 文藝通信 | 3巻10号 | 10月1日 | |
| 小鳥ノ巣 | 童話 | コドモノクニ | 14巻12号 | 10月1日 | |
| くやしかつた話 | 随筆 | 都新聞 | | 10月3日～7日 | |
| 平蕃曲 | 小説 | 若草 | 1次11巻10号 | 10月1日 | 特輯／新進コント三十四人集 |

| | | | | | |
|---|---|---|---|---|---|
| 母の話 | 小説 | 意識 | 3巻10号 | 10月1日 | |
| 吾が家 | 小説 | 『晩春懐郷』竹村書房 | 初版 | 10月15日 | 「家」の改題 |
| 青山一族 | 小説 | 文藝春秋 | 13年11号 | 11月1日 | |
| ビハの實 | 童話 | 赤い鳥 | 復刊10巻5号 | 11月1日 | |
| タムボパタ河のほとり | 小説 | 文學案内 | 1巻5号 | 11月1日 | |
| 太郎の望み | 童話 | 兒童文學 | 1巻1号 | 11月1日 | |
| アンデルセン随想 | 随想 | メッカ | 1巻1号 | 11月1日 | |
| 精神分析感想と經驗 | 感想 | 精神分析 | 3巻6号 | 11月1日 | |
| 空想と實在 | 評論 | 時事新報 | | 11月4日〜6日 | |
| 文學と兒童教育 | 評論 | 教育・國語教育 | 5巻11号 | 11月1日 | |
| 母のことなど | 随筆 | 中外商業新報 | | 11月1日 | |
| 跋 | | 藤森静雄著『不思議な鶴 藤森靜雄童話集3』櫻の實出版部 | 初版 | 11月19日 | |
| 探険紙芝居 | 童話 | 主婦之友 | 19巻12号 | 12月1日 | |
| 岩 | 童話 | 赤い鳥 | 復刊10巻6号 | 12月1日 | |
| 玩具店にて(年末お伽島) | 童話 | 婦人公論 | 20年12号 | 12月1日 | 「女性の敵」号 |
| をどる魚 | 童話 | セウガク三年生 | 12巻9号 | 12月1日 | |
| 問題にして見たい事 | アンケート | 文藝通信 | 3巻12号 | 12月1日 | |
| 回想の歳末 | 随想 | 讀賣新聞 | | 12月14日 | |
| 惡事の算盤(冬日随想) | 随想 | 週刊朝日 | 28巻28号 | 12月21日 | |

| | | | | | |
|---|---|---|---|---|---|
| タコと小鳥 | 童話 | 山陽新報 | | 12月26日～27日 | |

昭和一一年（一九三六）

| 作品名 | 類別 | 掲載紙・誌 | 巻号 | 発表月日 | 備考 |
|---|---|---|---|---|---|
| 猛獣狩 | 童話 | 赤い鳥 | 復刊11巻1号 | 1月1日 | |
| 文壇いろはかるた（漫畫と散文） | 随筆 | 文藝通信 | 4巻1号 | 1月1日 | |
| 幼年の恐怖 | 随筆 | 文學界 | 再刊3巻1号 | 1月1日 | 発行／文圃堂書店 |
| 白い鳥黒い鳥 | 小説 | 改造 | 18巻1号 | 1月1日 | |
| 狂犬 | 小説 | 若草 | 1次12巻1号 | 1月1日 | |
| 友だち回想 | 随筆 | 文藝雑誌 | 1巻1号 | 1月1日 | |
| 諸家迎春所感集 | 感想 | 蝋人形 | 7巻1号 | 1月1日 | |
| 谷間の池 | 童話 | 蝋人形 | 7巻1号 | 1月1日 | |
| 武南倉太君 | 随筆 | 山陽新報 | | 1月1日 | |
| あいさつ | 随筆 | 報知新聞 | | 1月1日／3日／4日／5日 | |
| 川沿の道（郷土の思ひ出） | 随筆 | 山陽新報 | | 1月12日 | |
| 幼年回想 | 随筆 | 書窓 | 2巻4号 | 1月16日 | 子供の本特輯 |
| 歳末赤字報告書 | 随筆 | 讀賣新聞 | | 1月 | 未見 |
| 親ごころ | 随筆 | 時事新報 | | 1月30日 | |
| 新年初頭文壇を観る | アンケート | 文藝通信 | 4巻2号 | 2月1日 | |
| 白ねずみ | 童話 | 赤い鳥 | 復刊11巻2号 | 2月1日 | |
| 兎狩り | 童話 | 子供之友 | 23巻2号 | 2月1日 | |

| | | | | | |
|---|---|---|---|---|---|
| 兒童文學考 | 評論 | 教育・國語教育 | 6巻2号 | 2月1日 | |
| 童心馬鹿 | 随筆 | 月刊文章 | 2巻2号 | 2月1日 | |
| 感想 | 感想 | 早稲田文學 | 3次3巻2号 | 2月1日 | |
| 旗と大將 | 童話 | 『をどる魚』［日の丸標準童話］湯川弘文社 | 初版 | 2月10日 | |
| 少年鼓手 | 童話 | 〃 | 初版 | 2月10日 | |
| 小松原米造君にさゝぐ | あとがき | 〃 | 初版 | 2月10日 | |
| 僕の警句 | ハガキ回答 | 文藝 | 4巻3号 | 3月1日 | |
| 松籟 | 小説 | 月刊文章 | 2巻3号 | 3月1日 | |
| 和田傳君に感謝 | 随筆 | 文藝雜誌 | 1巻3号 | 3月1日 | |
| 村岡花子著『桃色のたまご』 | 書評 | 教育 | 4巻3号 | 3月1日 | |
| 大きなもの | 童話 | セウガク二年生 | 11巻16号 | 3月1日 | |
| 日記抄 | 随筆 | メツカ | 2巻3号 | 3月1日 | |
| 祈りの思ひ出 | 随筆 | 時事新報 | | 3月2日～5日 | |
| 少年少女の讀み物 | 随筆 | 大阪朝日新聞 | | 3月3日～5日 | |
| 兒童文學の早春 | 評論 | 都新聞 | | 3月15日～18日 | |
| 漁夫之辭 | 小説 | 明朗 | 1巻1号 | 4月1日 | |
| かくれんぼ | 小説 | 文學界 | 再刊3巻4号 | 4月1日 | 発行／文學界社 |
| 二匹の蛙 | 童話 | 赤い鳥 | 復刊11巻4号 | 4月1日 | |
| 幼稚園卒業式 | 兒童劇 | 兒童文學 | 2巻4号 | 4月1日 | |
| 作品と方言 | 評論 | 月刊文章 | 2巻4号 | 4月1日 | |

| | | | | | |
|---|---|---|---|---|---|
| リストカシノミ | 童話 | 幼年知識 | | 4月1日～6月1日 | 未見 |
| ベニー河のほとり | 童話 | 學校童話 | 1巻1号～1巻4号 | 4月1日～7月1日 | |
| 夫唱婦和 | 随筆 | 中外商業新報 | | 4月19日～22日 | |
| 蛙の話 | 童話 | 大阪朝日新聞 | | 4月28日 | |
| 最後の総会 | 小説 | 文藝 | 4巻5号 | 5月1日 | |
| 古典と文藝観 | 感想 | 文藝懇話會 | 1巻5号 | 5月1日 | |
| 托児所訪問記 | 随筆 | 明朗 | 1巻2号 | 5月1日 | |
| 早い時計 | 童話 | せうがく三年生 | 13巻2号 | 5月1日 | |
| 緑蔭隅語 | 随筆 | 山陽新報 | | 5月18日／21日 | |
| 童話作家の手記 | 随筆 | メッカ | 2巻6号 | 6月1日 | |
| 局外批評 | 批評 | 詩人 | 1巻6号 | 6月1日 | |
| 作品を生ましめるもの | 随筆 | 帝國大學新聞 | 630号 | 6月15日 | |
| 文學の中の空想 | 評論 | メッカ | 2巻7号 | 7月1日 | |
| 兒童文學に就いて | 感想 | 兒童文學 | 2巻7号 | 7月1日 | |
| 狐 | 童話 | 赤い鳥 | 復刊11巻7号 | 7月1日 | |
| 童話の中の子供 | 随筆 | 東京朝日新聞 | | 7月9日～11日 | |
| 小田嶽夫氏―私小説に就て― | 随筆 | 文藝首都 | 4巻7号 | 7月1日 | |
| 沙漠の中にて | 童話 | 『正太の馬』「少年文庫一一九」春陽堂 | 初版 | 7月9日 | |
| 大入道 | 童話 | 〃 | 初版 | 7月9日 | |

| | | | | | |
|---|---|---|---|---|---|
| 善太と三平 | 童話 | 〃 | 初版 | 7月9日 | |
| 鼠の話 | 童話 | 〃 | 初版 | 7月9日 | |
| 谷間の松風 | 小説 | 〃 | 初版 | 7月9日 | |
| 童話の作り方 | 評論 | 日本文藝研究會編『文藝作り方講座 下篇』櫻華社出版部 | 初版 | 7月10日 | |
| タンボノ大シヤウ | 童話 | セウガク一年生 | | 8月1日 | 未見 |
| はにかむ心 | 随筆 | 兒童劇場 | 1巻1号 | 8月1日 | |
| 鈴木三重吉先生(追悼記) | 弔辞 | 文藝 | 4巻8号 | 8月1日 | |
| 童心の花 | 小説 | 日本評論 | 11巻8号 | 8月1日 | |
| 不思議な甥 | 小説 | 月刊文章 | 2巻8号 | 8月1日 | |
| 壁に書く | 随筆 | 若草 | 1次12巻9号 | 9月1日 | |
| 風の中の子供 | 小説 | 東京朝日新聞・夕刊 | | 9月5日~11月6日 | 38回連載 |
| 風の中の子供 | 小説 | 大阪朝日新聞・夕刊 | | 9月5日~10月25日 | 38回連載 |
| 序文 | | 『兒の上を思ふ』信正社 | 初版 | 9月18日 | |
| 火中の栗 | 小説 | 〃 | 初版 | 9月18日 | |
| 文學と兒童教育 | 評論 | 千葉春雄編『新文藝思潮と國語教育』厚生閣 | 初版 | 9月20日 | |

| | | | | | |
|---|---|---|---|---|---|
| 形式の創始―童話『伯父さんの話』中野重治― | 書評 | 帝國大學新聞 | 640号 | 9月28日 | |
| セミトカワヅ | 童話 | コドモノクニ | 15巻12号 | 10月1日 | |
| 兒童の讀物と雑誌に就いて | 感想 | 兒童文學 | 2巻10号 | 10月1日 | |
| 石屋さん | 童話 | 赤い鳥 | 復刊12巻3号 | 10月1日 | |
| 鈴木先生の童話について | 評論 | 赤い鳥 | 復刊12巻3号 | 10月1日 | |
| 序 | | 『班馬鳴く』主張社 | 初版 | 10月25日 | |
| 班馬いなゝく | 評論 | 〃 | 初版 | 10月25日 | |
| 彼等何を待つ | 随筆 | 〃 | 初版 | 10月25日 | |
| 最初の海 | 随筆 | 〃 | 初版 | 10月25日 | |
| 太田黒克彦氏の随筆 | 随筆 | 〃 | 初版 | 10月25日 | |
| 小山のお婆さん | 随筆 | 〃 | 初版 | 10月25日 | |
| 明治回顧 | 随筆 | 〃 | 初版 | 10月25日 | |
| 親父ごころ | 随筆 | 〃 | 初版 | 10月25日 | |
| 名優を惜しむ | 随筆 | 〃 | 初版 | 10月25日 | |
| 聖母河畔の野獣 | 随筆 | 〃 | 初版 | 10月25日 | |
| フシギナモリ | 童話 | 幼稚園 | 6巻11号 | 11月1日 | |
| 子供を描く | 随筆 | 兒童 | 5巻5号 | 11月1日 | |
| 昭和風土記―岡山 | 随筆 | 改造 | 18巻11号 | 11月1日 | |
| お化けの世界（作者のことば） | 随筆 | ドオゲキ | 1号 | 11月7日 | |
| 少年少女の讀もの | 感想 | 大阪朝日新聞 | | 11月10日 | |
| 少年期の讀物に就いて | 随筆 | 時事新報 | | 11月22日～28日 | |
| 村の冬 | 随筆 | 山陽新報 | | 11月28日 | |

| | | | | | |
|---|---|---|---|---|---|
| 印象に残つた作品・評論(昭和十一年度に於いて) | 感想 | 新潮 | 33巻12号 | 12月1日 | |
| 年末小遺帖 | 随筆 | 文藝 | 4巻12号 | 12月1日 | |
| 鮒釣りの記 | 随筆 | 文藝首都 | 4巻12号 | 12月1日 | |
| 私の童話觀 | 随筆 | 學校童話 | 1巻9号 | 12月1日 | |
| 大富澤小論 | 評論 | ペン | 1巻3号 | 12月1日 | |
| チャルメラ(冬の幻想) | コント | 婦人公論 | 21年12月 | 12月1日 | 「親の異ふ姉妹」号 |
| 眞實なき童話 | 評論 | 大阪毎日新聞 | | 12月2日〜3日 | |
| 三平チャンと善太君(画/野間仁根) | 童話 | 大阪朝日新聞・夕刊 | | 12月17日〜翌年1月30日 | 38回連載 |
| 跋 | | 『風の中の子供』竹村書房 | 初版 | 12月20日 | |
| 百円札と株券 | 随想 | 東京朝日新聞 | | 12月21日 | |
| 文は貧困に發す | 随想 | 東京朝日新聞 | | 12月22日 | |
| 雪の歳末 | 随筆 | 報知新聞 | | 12月24日〜26日 | |
| 與へる藝術 | 評論 | 大阪毎日新聞 | | 12月 | 未見 |

昭和一二年(一九三七)

| 作品名 | 類別 | 掲載紙・誌 | 巻号 | 発表月日 | 備考 |
|---|---|---|---|---|---|
| お化けの世界 | 小説 | 人民文庫 | 2巻2号 | 1月1日 | 臨時増刊号「現代代表作全集」 |
| 花咲く丘 | 小説 | 人生講座 | 13巻1号 | 1月1日 | |
| 王春の話 | 童話 | 家の光 | 13巻1号 | 1月1日 | 付録/こども家の光 |
| シンネンジョウ | 童話 | コドモノクニ | 16巻1号 | 1月1日 | |
| 雀ノハナシ | 童話 | 小學一年生 | 12巻14号 | 1月1日 | |

| | | | | | |
|---|---|---|---|---|---|
| 城 | 童話 | 合同新聞 | | 1月1日 | |
| スズメトコヒ | 童話 | 幼年知識 | | 1月1日〜3月1日 | 未見 |
| こんなものとは | 随筆 | 合同新聞 | | 1月3日 | |
| 睡眠百貨店 | 随筆 | 東京朝日新聞 | | 1月11日 | |
| なまけもの感想 | 感想 | 博浪沙 | 2巻1号 | 1月15日 | |
| 松の木 | 童話 | せうがく三年生 | 13巻12号 | 2月1日 | |
| 何を描くや | 感想 | 文藝懇話会 | 2巻3号 | 3月1日 | |
| 私の一番言ひ度いこと | アンケート | 文藝通信 | 5巻3号 | 3月1日 | |
| 友達 | 随筆 | モダン日本 | 12巻3号 | 3月1日 | |
| 踏切の思出 | 随筆 | 白と黒 | 3次1年1号 | 3月1日 | |
| 魚を釣る空想 | 随筆 | 帝國大學新聞 | | 3月8日 | |
| 最近の讀書 | 感想 | 日本讀書新聞 | | 3月11日 | |
| ランプ芯織機 | 随筆 | 合同新聞 | | 3月20日〜21日／23日 | |
| もぐらもち | 童話 | 日本讀書新聞 | | 3月21日 | |
| 金銭に就て | 随筆 | 中外商業新報 | | 3月24日〜26日 | |
| 金銭談義 | 随筆 | 福岡日日新聞 | | 4月 | 未見 |
| 「兒童文學」座談會―『風の中の子供』を中心に― | 座談会 | 教育 | 5巻4号 | 4月1日 | 小川未明・豊島與志雄ほか |
| 〝合同時代〟きたる―〈よみもの〉への専門化必至か | 感想 | 合同新聞 | | 4月1日 | |

| | | | | | |
|---|---|---|---|---|---|
| 全日本子供の文章「僕のくせ」を讀んで | 評論 | 百田宗治編『全日本子供の文章』厚生閣 | 3巻5号 | 4月5日 | 「月刊文章」臨時増刊 |
| 童話の教育面 | 評論 | 都新聞 | | 4月9日～12日 | |
| 机上の春 | 随筆 | 一橋新聞 | | 4月12日 | |
| 映畫と童心 | 随筆 | キネマ旬報 | 607号 | 4月11日 | 署名／坪田譲二 |
| 人生談義 | 随筆 | 作家精神 | 2巻1号 | 5月1日 | |
| 父 | 小説 | 雑記帳 | 2巻5号 | 5月1日 | |
| 風の中の子供（十二場） | 戯曲 | 兒童劇場 | 2巻5号 | 5月1日 | 脚色／青沼三郎 |
| 胸中風景 | 随筆 | むらさき | 4巻5号 | 5月1日 | |
| 緑蔭回顧 | 随筆 | 白と黒 | 3次1年3号 | 5月1日 | |
| 深夜晩春 | 随筆 | 合同新聞 | | 5月1日～4日 | |
| 深夜晩春 | 随筆 | 信濃毎日新聞 | | 5月1日～3日 | |
| 兒童文學としての小學讀本 | 評論 | 東京朝日新聞 | | 5月8日～11日 | |
| 綴方の中の子供 | 随筆 | 報知新聞 | | 5月13日～15日 | |
| 兒童取材の文學 | 随筆 | 藝術新聞 | | 5月29日 | |
| 『路傍の石』讀後感 | 感想 | 家庭新聞 | | 5月 | 未見 |
| 綴方感想 | 感想 | 綴方研究 | | 5月 | 未見 |
| 小川先生と私 | 随筆 | 兒童劇場 | 2巻6号 | 6月1日 | |
| パン屋事件 | コント | 若草 | 1次13巻6号 | 6月1日 | |
| 村は晩春 | 小説 | 文藝春秋 | 15巻6号 | 6月1日 | |
| 弱い心一景 | 小説 | 早稲田文學 | 3次4巻6号 | 6月1日 | 三周年記念創作特輯号 |
| 文學に現はれた兒童 | 評論 | 校外教育 | | 6月1日 | 未見 |

| | | | | | |
|---|---|---|---|---|---|
| 小さい庭 | 小説 | 綴方學校 | 1巻6号 | 6月1日 | |
| 交友随筆 | 随筆 | 文藝首都 | 5巻6号 | 6月1日 | |
| 立根小學校―「風の中の子供」と小學生 | 随筆 | 東京朝日新聞 | | 6月18日 | |
| 一匹の鮒 | 小説 | 『小説集 青山一族』版畫荘 | 初版 | 6月20日 | |
| 兄・叔父・私 | 小説 | 〃 | 初版 | 6月20日 | |
| イトウ退治 | 小説 | 〃 | 初版 | 6月20日 | |
| 一つの線 | 小説 | 〃 | 初版 | 6月20日 | |
| 跋 | | 〃 | 初版 | 6月20日 | |
| 途に迷つた苦心（思潮紹介） | 随筆 | 修身教育 | | 7月1日 | 未見 |
| 幼き日のノート（緑蔭随想） | 随想 | 合同新聞 | | 7月9日 | |
| 贈る言葉・新人童話作家に望む | 感想 | 子供と語る | 6巻7号 | 7月10日 | |
| 昔は耳から、いまは眼から―昔のお伽噺と今の童話― | 感想 | 大阪朝日新聞 | | 7月11日 | |
| 子供のために（著者の立場から） | 随筆 | 日本讀書新聞 | | 7月11日 | |
| 『目醒時計』批評集 | 評論 | 栞 | 1巻1号 | 7月25日 | |
| 山の上の岩 | 童話 | セウガク三年生 | | 8月1日 | 未見 |
| ナマヅ | 童話 | せうがく一年生 | | 8月 | 未見。増刊／一年生ノカタカナ童話 |
| 今日の記録 | 随筆 | 讀賣新聞 | | 8月6日 | |
| 三平の夏 | 小説 | 少女の友 | 30巻9号 | 8月10日 | 夏休み臨時増刊号 |
| 子供の随筆 | 随筆 | 報知新聞 | | 8月18日～20日 | |

| | | | | | |
|---|---|---|---|---|---|
| 空を仰いで | 随筆 | 東京朝日新聞 | | 8月20日 | |
| 菊池知勇氏『兒童言語學』 | 書評 | 日本讀書新聞 | | 8月25日 | |
| 九月の子供雑誌 | 評論 | 日本讀書新聞 | | 8月25日 | |
| 軍歌の感激—空を仰いで | 随筆 | 大阪朝日新聞 | | 8月27日 | |
| 小説の映畫化に就て | 随筆 | 藝術新聞 | | 8月28日 | |
| 九月の創作評 | 評論 | 合同新聞 | | 8月30日〜31日 | |
| 文藝時評①二潮流の代表作—『暢気眼鏡』と『白衣作業』、②向日性なき作品—『良寛父子』と『札入』 | 評論 | 信濃毎日新聞・夕刊 | | 8月31日〜9月1日 | |
| おもひで | 小説 | 早稲田文學 | 3次4巻9号〜12号 | 9月1日〜12月1日 | |
| 村は夏雲 | 小説 | 文藝 | 5巻9号 | 9月1日 | |
| 戰争文學と諸報道（文藝時評③） | 評論 | 合同新聞 | | 9月1日 | |
| 子供の生活よいづこ—子供の生活の上から見て—（兒童文「猫塚」の合同研究） | 感想 | 教育・國語教育 | 7巻9号 | 9月1日 | |
| 文藝時評 | 評論 | 信濃毎日新聞 | | 9月2日 | |
| 胸中戰時風景 | 随筆 | 中外商業新報 | | 9月13日〜21日 | |
| 鯰 | 小説 | 週刊朝日 | 32巻13号 | 9月19日 | 第二増大号 |
| 映畫化準備對談記録（その一）「風の中の子供」 | 対談 | キネマ旬報 | | 9月 | 未見。清水宏ほか |
| 少年少女の讀物（ブックレビュー） | 評論 | 大阪朝日新聞 | | 9月25日 | |
| 父子論争 | 随筆 | 讀賣新聞 | | 9月28日 | |

| 作品名 | 類別 | 掲載紙・誌 | 巻号 | 発表月日 | 備考 |
|---|---|---|---|---|---|
| 戰争 | 童話 | 朗 | 5巻10号 | 9月1日 | |
| 風の中の子供映畫化について | 随筆 | スウィートランド | | 9月 | 未見 |
| 鶴 | 小説 | 文學界（文藝春秋社） | 4巻10号 | 10月1日 | 創作／随筆特輯号 |
| 子供の猫 | 小説 | むらさき | 4巻11号 | 10月1日 | 臨時増刊／少女文藝号 |
| キヤラメルデンシヤ | 童話 | セウガク一年生 | | 10月1日 | 未見 |
| 胸中テレビジョン | 随筆 | おとづれ | 1巻1号 | 10月1日 | |
| 故郷の山々 | 随筆 | 帝國大學新聞 | 689号 | 10月11日 | |
| 戰地唐詩選 | 随筆 | 都新聞 | | 10月11日～13日 | |
| 『暢氣眼鏡』 | 評論 | 文筆 | 1巻1号 | 10月15日 | |
| 雪花散る | 随筆 | スウィートランド | | 11月 | 未見 |
| 一九三七年の感想 | 感想 | 新潮 | 34巻12号 | 12月1日 | |
| 聴耳草紙（雪夜物語） | 童話 | 婦人公論 | 22年13号 | 12月1日 | 「若き未亡人の問題」号 |
| 新年號幼年雑誌―雑誌短評― | 評論 | 日本讀書新聞 | | 12月25日 | |

昭和一三年（一九三八）

| 作品名 | 類別 | 掲載紙・誌 | 巻号 | 発表月日 | 備考 |
|---|---|---|---|---|---|
| 子供のともしび | 小説 | 新潮 | 35巻1号 | 1月1日 | |
| 老書家 | 随筆 | 一橋新聞 | | 1月1日 | |
| 子供の四季 | 小説 | 都新聞 | | 1月1日～5月16日 | |
| 三ペイノコトリ | 童話 | 幼稚園 | 8巻1号 | 1月1日 | |

| | | | | | |
|---|---|---|---|---|---|
| 子供の日記 | 随筆 | 訓導生活 | 3巻1号 | 1月1日 | |
| 出征同胞に唯感謝のみ | 感想 | 合同新聞 | | 1月4日 | |
| 外国映畫輸入禁止と日本映畫への影響を語る | 座談会 | サンデー毎日 | 17年3号 | 1月10日 | 新映畫号 |
| 子供映畫雑感（映画随想） | 随想 | サンデー毎日 | 17巻3号 | 1月10日 | 新映畫号 |
| 浪曼的な作品—佐藤春夫『ボニン島風物誌』— | 書評 | 帝國大學新聞 | 702号 | 1月10日 | |
| 推薦したい四つの文献 | 感想 | 日本讀書新聞 | | 1月15日 | |
| 跋文 | | 『善太と三平のはなし—坪田譲治童話集—』版畫荘 | 初版 | 1月20日 | |
| 跋 | | 『風の中の子供』竹村書房 | 初版 | 1月20日 | 廉価版 |
| 停雲の情 | 随筆 | 旅 | 15巻2号 | 2月1日 | |
| 海遠き山 | 小説 | 若草 | 14巻2号 | 2月1日 | |
| お巡りさん | 童話 | 愛育 | 4巻2号 | 2月1日 | |
| みそさざい | 童話 | セウガク二年生 | | 2月1日 | 未見 |
| 兒童文學の將來 | 評論 | 懸賞界 | 4巻2号 | 2月1日 | |
| 二月號幼年雑誌 | 評論 | 日本讀書新聞 | | 2月5日 | |
| お祖父さん | 童話 | 合同新聞 | | 2月9日 | |
| 小説の論理 | 評論 | 月刊文章 | 4巻3号 | 3月1日 | |
| 馬にのつて | 童話 | 小學四年生 | | 3月1日 | 未見 |
| 種子の菓樹園 | 小説 | 逓信の知識 | 2巻3号 | 3月1日 | |
| オタマジャクシ | 童話 | コドモノクニ | 17巻4号 | 4月1日 | |

| | | | | | |
|---|---|---|---|---|---|
| 聖地回顧 | 随筆 | 新日本 | 1巻4号 | 4月1日 | |
| ウサギトカメ | 童話 | 小學一年生 | 14巻1号 | 4月1日 | |
| をぢさんの發明 | 童話 | 少女の友 | 31巻5号 | 4月10日 | 春の増刊号 |
| 思出の師友 | 随筆 | 中外商業新報 | | 4月20日〜22日 | |
| 自然に近い子供（感想一日集） | 感想 | 合同新聞 | | 4月23日 | |
| 嘆き獨り吾にあり | 随筆 | 三十日 | 5号 | 5月1日 | 発行／野田書房 |
| 甚七南畫風景 | 小説 | 文藝春秋 | 16巻7号 | 5月1日 | |
| 尚武の五月 | 評論 | 大阪朝日新聞 | | 5月10日〜11日 | |
| 通俗童話 | 感想 | 東京日日新聞 | | 5月20日 | |
| サーチライト | 童話 | 家の光 | 14巻6号 | 6月1日 | 附録／こども家の光 |
| 天狗面 | 随筆 | 東京朝日新聞 | | 6月28日〜29日 | |
| 國語に對する山本有三氏の意見について（問題と批判） | 感想 | 文學 | 6巻7号 | 7月1日 | |
| コマ | 小説 | 新風土 | 1巻2号 | 7月1日 | |
| 石井村島田 | 随筆 | 新潮 | 35巻7号 | 7月1日 | |
| 賊の洞穴 | 小説 | 早稲田文學 | 3次5巻7号 | 7月1日 | |
| ネコノタラウ | 童話 | セウガク一年生 | 13巻7号 | 7月1日 | |
| 甚七乗馬日誌 | 小説 | ダイヤモンド | 1巻3号 | 7月1日 | |
| 鈴木三重吉の氣魄 | 評論 | 『鈴木三重吉全集』「月報」岩波書店 | 2号〜3号 | 7月30日 | |
| 文學の友（八月随筆） | 随筆 | 文藝 | 6巻8号 | 8月1日 | |
| 漁村の宿 | スリル・コント | 若草 | 1次14巻8号 | 8月1日 | |

| | | | | | |
|---|---|---|---|---|---|
| 胡蝶と鯉 | 小説 | 中央公論 | 53巻8月 | 8月1日 | |
| 遠い近い友 | 随筆 | 都新聞 | | 8月22日〜24日 | |
| 善太と三平 | 童話 | せうがく三年生＊途中からは「セウガク四年生」と変更 | 15巻8号〜16巻5号 | 8月1日〜翌年5月1日 | |
| 愛魚随筆 | 随筆 | 新潮 | 35巻9号 | 9月1日 | |
| 街の人物評論 | 感想 | 中央公論 | 53巻9月 | 9月1日 | |
| 天狗面（講話室） | 随筆 | 修身教育 | | 9月1日 | 未見 |
| 思出の俳句（新涼随筆） | 随筆 | 俳句研究 | 5巻9号 | 9月1日 | |
| 子供の大將 | 童話 | 科學知識 | 18巻9号 | 9月1日 | |
| 兒童取材の文學 | 評論 | 懸賞界 | 4巻9号 | 9月1日 | |
| 女人の人達に | 評論 | 女子文苑 | 5巻9号 | 9月1日 | |
| 寫眞小説　子供の感情 | 小説 | 婦人倶楽部 | 19巻11号 | 9月1日 | |
| 地圖について | 随筆 | 博浪沙 | 3巻2号 | 9月5日 | |
| 野尻少女 | 小説 | サンデー毎日 | 17巻43号 | 9月10日 | 秋季特別号 |
| 事變下兒童向放送への注文 | 感想 | 放送 | 8巻9号 | 9月15日 | |
| 鈴木先生書簡より | 随筆 | 『兒童文學論』日月書院 | 初版 | 9月15日 | |
| 童話の作り方 | 評論 | 〃 | 初版 | 9月15日 | |
| 家に子供あり | 小説 | 東京朝日新聞 | | 9月20日〜12月22日 | 93回連載 |
| 家に子供あり | 小説 | 大阪朝日新聞 | | 9月20日〜12月22日 | 93回連載 |
| 兒童文學について | 評論 | 映畫教育 | 128号 | 10月1日 | |

| 作品名 | 類別 | 掲載紙・誌 | 巻号 | 発表月日 | 備考 |
|---|---|---|---|---|---|
| 姿みえずの橋 | 小説 | 若草 | 1次14巻10号 | 10月1日 | |
| 湖畔吟 | 随筆 | 書物展望 | 8巻10号 | 10月1日 | |
| 赤城大沼にて | 随筆 | 花椿 | 2巻10号 | 10月1日 | |
| 自分の創作過程（作家一家言二） | 随筆 | 教育・国語教育 | 8巻10号 | 10月1日 | |
| 爆彈小僧 | 随筆 | 婦人公論 | 23巻10号 | 10月1日 | |
| 路傍の石（特別映畫批評） | 批評 | 日本映畫 | 3巻10号 | 10月1日 | |
| 子供の讀みもの—子供雑誌法の批評として | 評論 | 日本讀書新聞 | | 10月5日 | |
| 滝井孝作氏著『風物誌』 | 書評 | 東京朝日新聞 | | 10月10日 | |
| 映畫の子役（映畫随想） | 随想 | サンデー毎日 | 17巻49号 | 10月10日 | 秋の映画号 |
| イタヅラ競技會 | 小説 | 週刊朝日 | 34巻18号 | 10月16日 | 第二増大号 |
| 探照燈と子供 | 小説 | 新女苑 | 2巻12号 | 11月1日 | |
| 漫畫について | 評論 | 東寶映畫 | 2巻2号 | 11月1日 | |
| 柿の甚七 | 小説 | キング | 14巻13号 | 11月1日 | |
| 子供の四季 | 脚本 | 新映畫 | | 11月1日 | 未見。脚色／清水宏 |
| 老人浄土 | 小説 | マツダ新報 | 25巻11号 | 11月1日 | |
| 往信復信／小田嶽夫—坪田譲治 | 随筆 | 讀賣新聞 | | 11月3日 | |
| 昭和十三年の文藝界 | 回答 | 新潮 | 35巻12号 | 12月1日 | |

昭和一四年（一九三九）

| 作品名 | 類別 | 掲載紙・誌 | 巻号 | 発表月日 | 備考 |
|---|---|---|---|---|---|
| 三平漫畫新聞（画／横山隆一） | 童話 | アサヒグラフ | 23巻1号〜4号 | 1月4日〜25日 | 4回連載 |

| | | | | | |
|---|---|---|---|---|---|
| 子供の四季　秋の巻　冬の巻 | 脚本 | 新映畫 | | 1月1日 | 未見。脚色／清水宏 |
| 鮒や鯉釣りを（生活随想） | 随想 | 實践國語教育 | 6巻1号 | 1月1日 | |
| 生活小感 | 感想 | 實践國語教育 | 6巻1号 | 1月1日 | |
| 子供の世界 | 随筆 | 婦人新報 | 491号 | 2月1日 | |
| 「風の中の子供」を見る | 感想 | 會館藝術 | 8巻2号 | 2月1日 | |
| ユーモアと方言 | 評論 | 教育・国語教育 | 9巻2号〜3号 | 2月1日〜3月1日 | |
| 本の思出 | 随筆 | 短歌研究 | 8巻3号 | 3月1日 | |
| 映畫と子供の世界 | 随筆 | 映畫朝日 | 16巻3号 | 3月1日 | |
| 讀本小感（新讀本批判） | 評論 | 教育 | 7巻3号 | 3月1日 | 特輯／教科書問題 |
| 現代作家論 | 評論 | 文學層 | 1巻1号 | 3月5日 | |
| 春寒 | 随筆 | 博浪沙 | 4巻3号 | 3月5日 | |
| 山羊と三平 | 童話 | ホームグラフ | 28号 | 3月 | 未見 |
| コビトノチエ | 童話 | セウガク一年生 | | 4月1日 | 未見 |
| 生死小感 | 随想 | 新潮 | 36巻4号 | 4月1日 | |
| お化けの世界 | 脚本 | テアトロ | 6巻4号 | 4月1日 | 脚色／青沼三郎 |
| いたづらそよ風のてがら | 翻訳 | セウガク三年生 | | 4月1日 | 未見。原作／S・バーグス |
| 幸福 | 小説 | 少女の友 | 32巻4号 | 4月1日 | 臨時増刊号 |
| 天の秘密 地の秘密 | 小説 | 大陸 | 2巻4号 | 4月1日 | |
| 藤間素都衣 | 随筆 | 文藝春秋 | 17巻7号 | 4月1日 | |
| 小鳥競争 | 随筆 | 知性 | 2巻4号 | 4月1日 | |
| 『子供の四季』感想 | 感想 | 映畫之友 | 17巻4号 | 4月1日 | |

| | | | | | |
|---|---|---|---|---|---|
| 『馬の出征』について | 随想 | 實践國語教育 | 6巻4号 | 4月1日 | |
| わが家の團欒 | 随筆 | 新女苑 | 3巻5号 | 5月1日 | |
| 筋のある着物 | 翻訳 | セウガク三年生 | | 5月1日 | 未見。原作／S・バーグス |
| 昔の春 | 小説 | 新興婦人 | 5巻5号 | 5月1日 | |
| 百田宗治著『綴方の世界』 | 書評 | 東京朝日新聞 | | 5月12日 | |
| 「子供の四季」を語る | 随筆 | 月刊劇団ドオゲキ | 2号 | 5月15日 | |
| イタヅラ三ペイ | 童話 | 『カタカナ童話集』金の星社 | 初版 | 5月20日 | |
| シリトリアソビ | 童話 | 〃 | 初版 | 5月20日 | |
| 水ト火 | 童話 | 〃 | 初版 | 5月20日 | |
| 川ハナガレル | 童話 | 〃 | 初版 | 5月20日 | |
| ネズミトスズ | 童話 | 〃 | 初版 | 5月20日 | |
| イシトカヘル | 童話 | 〃 | 初版 | 5月20日 | |
| コヒ | 童話 | 〃 | 初版 | 5月20日 | |
| 百田宗治著『綴方の世界』 | 書評 | 大阪朝日新聞 | | 5月21日 | |
| 作品の思出 | 随筆 | 『風の中の子供』「昭和名作選集五」新潮社 | 初版 | 5月25日 | |
| 上泉秀信著『愛の建設者』 | 書評 | 新潮 | 36巻6号 | 6月1日 | |
| 陽氣な小英雄たち | 小説 | 話 | 7巻6号 | 6月1日 | |
| なまづ | 随筆 | オール讀物 | 9巻7号 | 7月1日 | |

| | | | | | |
|---|---|---|---|---|---|
| ベニスの漁夫 | 翻訳 | セウガク三年生 | | 7月1日 | 未見。原作／E・ステッドマン |
| 郷里岡山—大嫌ひの言葉を訂正 | 随筆 | 合同新聞 | | 7月22日 | |
| ボーイ部隊 | 童話 | 大阪朝日新聞 | | 7月30日 | |
| 支那の子供 | 童話 | 東京朝日新聞 | | 7月30日 | |
| 大うづらと知りあひ | 翻訳 | セウガク三年生 | | 8月1日 | 未見。原作／S・バーグス |
| 大陸感激ものがたり 易縣の兄弟 | 童話 | 大阪朝日新聞 | | 8月5日〜9月9日 | 6回連載 |
| 保定の一日 | 随筆 | 月刊文章 | 5巻8号 | 8月1日 | |
| 支那の子供（寫眞随筆） | 随筆 | アサヒグラフ | 33巻7号 | 8月16日 | |
| 編者の言葉 | | 『鈴木三重吉稿 綴方先生』春陽堂書店 | 初版 | 8月18日 | |
| 大うづらのお家 | 翻訳 | セウガク三年生 | | 9月1日 | 未見。原作／S・バーグス |
| もしあなたが孤島に棲むとすればどんな本を持って行きますか | アンケート | 文藝 | 7巻9号 | 9月1日 | |
| 兄を描く | 小説 | 改造 | 21巻9号 | 9月1日 | |
| 戰地の子供達 | 随筆 | 中央公論 | 54年9月号 | 9月1日 | |
| 中支點描 | 随筆 | 文藝春秋 | 17巻18号 | 9月1日 | 時局増刊・現地報告24号 |
| 親子問答 | 随筆 | 公論 | 1巻9号 | 9月1日 | |

| | | | | | |
|---|---|---|---|---|---|
| 大うづらの心配 | 翻訳童話 | せうがく三年生 | 16巻6号 | 9月1日 | 原作／S・バーグス |
| ナマケモノ | 随筆 | 博浪沙 | 4巻9号 | 9月1日 | |
| 蒙古風景 | 随筆 | 新風土 | 2巻8号 | 9月1日 | |
| 子供の部屋（子供の部屋三題） | 随筆 | 朗 | 7巻10号 | 9月1日 | |
| 通俗的な兒童讀物 | 評論 | 東京朝日新聞 | | 9月13日 | |
| 兒童の讀物―耽讀する通俗もの― | 評論 | 大阪朝日新聞 | | 9月17日 | |
| 新秋感想 | 随筆 | 文藝 | 7巻10号 | 10月1日 | |
| 牧場物語 | 童話 | 少女の友 | 32巻12号 | 10月1日 | |
| 牧場の春 | 小説 | 日本評論 | 14巻10号 | 10月1日 | |
| 易縣の二日（大陸報告） | 随筆 | 話 | 7巻10号 | 10月1日 | |
| 支那の子供 | 随筆 | 週刊朝日 | | 10月 | 未見。秋の大衆読物号 |
| ひたすらに國を憂ふ（巷の戰争談義） | 随筆 | 文藝春秋 | 17巻20号 | 10月1日 | 時局増刊・現地報告25号 |
| 損得の話 | 随筆 | 都新聞 | | 10月3日～4日 | |
| 肩をならべて | 童話 | せうがく三年生 | 16巻7号～12号 | 10月1日～翌年3月1日 | 6回連載 |
| 文部省推薦兒童讀物 | 随想 | 東京朝日新聞 | | 10月8日 | |
| 野尻をとめ | 童話 | 少女の友 | 32巻13号 | 11月1日 | |
| 大うづらの学校 | 翻訳童話 | せうがく三年生 | 16巻8号 | 11月1日 | 原作／S・バーグス |
| 包頭の少女 | 小説 | 令女界 | 18巻11号 | 11月1日 | |
| 苦行（私の勉強） | 随筆 | 新女苑 | 3巻11号 | 11月1日 | |
| 子供の支那 | 随筆 | 公論 | 6号 | 11月1日 | |

| | | | | | |
|---|---|---|---|---|---|
| オ友達三平チヤン | 童話 | 子供のテキストラヂオ | 12巻11号 | 11月1日 | |
| 醉芙蓉先生傳 | 小説 | 博浪沙編輯局編『随筆十五人』伊藤書店 | 初版 | 11月25日 | |
| 最近の消息 | | 〃 | 初版 | 11月25日 | |
| 牧場の夏 | 小説 | 新潮 | 36巻12号 | 12月1日 | |
| 花と牛 | 小説 | 大洋 | 1巻7号 | 12月1日 | |
| 新聞と議會（銃眼・従軍画集） | 随筆 | 文藝春秋 | 17巻25号 | 12月1日 | 現地報告・時局増刊28号 |
| 湖上の秋 | 随筆 | 都新聞 | | 12月6日～8日 | |
| この本を読まれた方々に | | 宮澤賢治著『風の又三郎』羽田書店 | 初版 | 12月20日 | |
| 支那で乗つた自動車 | 随筆 | 自動車雑誌 | | 12月 | 未見 |
| 「子供の四季」のこと | 随筆 | 月刊文章編輯部編『わが小説修業』厚生閣 | 初版 | | 未見 |

## 昭和一五年（一九四〇）

| 作品名 | 類別 | 掲載紙・誌 | 巻号 | 発表月日 | 備考 |
|---|---|---|---|---|---|
| うづらの算術 | 翻訳 | せうがく三年生 | 16巻10号 | 1月1日 | 原作／S・バーグス |
| 池のクヂラ | 童話 | 小學四年生 | 17巻10号 | 1月1日 | |
| 牛と馬 | 小説 | オール讀物 | 10巻1号 | 1月1日 | |
| 綴方、童話、小説 | 随筆 | 訓導生活 | 4巻1号 | 1月1日 | |

| | | | | | |
|---|---|---|---|---|---|
| お母様方に | | 『善太と三平』［現代名作童話］童話春秋社 | 初版 | 1月23日 | |
| お地蔵さま | 童話 | 〃 | 初版 | 1月23日 | |
| 鼠とトンボ | 童話 | 〃 | 初版 | 1月23日 | |
| 雀と良介 | 童話 | 〃 | 初版 | 1月23日 | |
| タニシ | 童話 | 〃 | 初版 | 1月23日 | |
| ガマやイタチ | 童話 | 〃 | 初版 | 1月23日 | |
| 小勇士 | 童話 | 〃 | 初版 | 1月23日 | |
| 子猫 | 童話 | 〃 | 初版 | 1月23日 | |
| 小鳥と三平 | 童話 | 〃 | 初版 | 1月23日 | |
| 寫眞 | 童話 | 〃 | 初版 | 1月23日 | |
| 太郎のゆめ | 童話 | 〃 | 初版 | 1月23日 | |
| 三平蛙 | 童話 | 〃 | 初版 | 1月23日 | |
| ある日感慨 | 随筆 | 若草 | 1次16巻2号 | 2月1日 | |
| 子うづらのけが | 翻訳 | せうがく三年生 | 16巻11号 | 2月1日 | 原作／S・バーグス |
| 路傍の子供 | 随筆 | 教育・國語教育 | 10巻1号 | 2月1日 | |
| 小獅子小孔雀 | 童話 | 小學五年生 | 19巻11号 | 2月1日 | |
| 濱田廣介『ひらがな童話集』―日本文化協会第一回児童文化賞受賞作と推薦の言葉 | | 日本讀書新聞 | | 2月25日 | |
| 子うづらの全快 | 翻訳童話 | せうがく三年生 | 16巻12号 | 3月1日 | 原作／S・バーグス |

| | | | | | |
|---|---|---|---|---|---|
| タラウノフネ | 童話 | 幼年知識 | | 3月1日 | 未見 |
| ハガキ時評 | 評論 | 大洋 | 2巻3号 | 3月1日 | |
| 童話と文學 | 評論 | ラヂオ講演・講座 | 103輯 | 3月25日 | |
| 家を守る子―勇士子弟の綴方 | 随筆 | 日本評論 | 15巻4号 | 4月1日 | |
| みそさざいのお | 翻訳 | せうがく三年生 | 17巻1号～2号 | 4月1日～5月1日 | 原作／S・バーグス |
| 我が友の事 | 随筆 | 新女苑 | 4巻5号 | 5月1日 | |
| 時代の子供 | 随筆 | 文藝春秋 | 8巻6号 | 5月1日 | 時局増刊・現地報告32号 |
| 森の王様 | 翻訳 | せうがく三年生 | 17巻3号 | 6月1日 | 原作／S・バーグス |
| 子供の四季 | 戯曲 | テアトロ | 70号 | 6月1日 | 脚色／小池慎太郎 |
| 野尻雑記 | 随筆 | 報知新聞 | | 6月8日～11日 | |
| 野尻雑筆 | 随筆 | 中外商業新報 | | 6月9日～10日 | |
| 河中の岩 | 小説 | 『村は晩春』河出書房 | 初版 | 6月20日 | |
| らくだのこぶ | 翻訳 | せうがく三年生 | 17巻4号 | 7月1日 | 原作／キプリング |
| 兒童に與へる夏休みの讀物 | 評論 | 東京朝日新聞 | | 7月16日 | |
| 良い文庫―夏休みの兒童讀物 | 評論 | 東京朝日新聞 | | 7月17日 | |
| 鯨ののど | 翻訳童話 | せうがく三年生 | 17巻5号 | 8月1日 | 原作／キプリング |
| 兒童に與へる夏休みの讀物 | 評論 | 神奈川縣圖書館月報 | 78号 | 8月 | 未見 |

| | | | | | |
|---|---|---|---|---|---|
| 一、二年から三、四年むきの課外の讀物 | 評論 | 大阪朝日新聞 | | 8月23日 | |
| 文學者として近衛内閣に要望す | ハガキ回答 | 新潮 | 37巻9号 | 9月1日 | |
| 黄河の鯉 | 小説 | 月刊文章 | 6巻9号 | 9月1日 | |
| ふしぎな話 | 童話 | 『森のてじなし』「学年別新選童話集・二年生」新潮社 | 初版 | 9月1日 | |
| 森のてじなし | 童話 | 〃 | 初版 | 9月1日 | |
| あめ玉 | 童話 | 〃 | 初版 | 9月1日 | |
| 牛の友だち | 童話 | 〃 | 初版 | 9月1日 | |
| 子ねこのかくれんぼ | 童話 | 〃 | 初版 | 9月1日 | |
| 木つゝき | 童話 | 〃 | 初版 | 9月1日 | |
| 一つのパン | 童話 | 〃 | 初版 | 9月1日 | |
| あとがき | | 〃 | 初版 | 9月1日 | |
| 蝶の足ぶみ | 翻訳 | せうがく三年生 | 17巻6号 | 9月1日 | 原作／キプリング |
| 「オトウサン大山秋之助」を讀んで | 批評 | 坪田讓治編『銃後綴方集 父は戰に』新潮社 | 初版 | 9月15日 | |
| 「かはいいトシちゃん」の讀後 | 批評 | 〃 | 初版 | 9月15日 | |
| 「宮参り」の後に | 批評 | 〃 | 初版 | 9月15日 | |
| 「乾草刈り」の感想 | 批評 | 〃 | 初版 | 9月15日 | |
| あとがき | | 〃 | 初版 | 9月15日 | |
| 綴方再考察 | 評論 | 都新聞 | | 9月22日～24日 | |

| | | | | | |
|---|---|---|---|---|---|
| 勇士子弟の綴方 | 随筆 | 大阪朝日新聞 | | 9月26日 | |
| 太郎の家出（時局下に注目される不良少年少女の問題） | 随筆 | 婦人公論 | 25年10月 | 10月1日 | 「女性と新生活」号 |
| 七人の子供 | 童話 | 小學三年生＊途中からは「國民四年生」と改題 | 17巻7号～18巻3号 | 10月1日～翌年6月1日 | 9回連載 |
| 兒童文學（童話）について | 評論 | 子供と語る | 8巻10号～11号 | 10月10日～11月10日 | |
| 天智天皇を祭る近江・神宮 | 童話 | 東京朝日新聞 | | 11月10日 | |
| 聖典の菊花を〝私達〟の花壇へ | 童話 | 東京朝日新聞 | | 11月17日 | |
| 南進の日本男子―浜田弥兵衛 | 小品 | 大阪朝日新聞 | | 11月17日 | |
| 出征軍人を父に持つ子供の綴方 | 評論 | ラヂオ講演・講座 | 123輯 | 12月1日 | |
| 鮒釣りの夢 | 随筆 | 『随筆 故郷の鮒』協力出版社 | 初版 | 12月25日 | |
| 橋 | 随筆 | 〃 | 初版 | 12月25日 | |
| 山中の醫者 | 随筆 | 〃 | 初版 | 12月25日 | |
| 故郷の人 | 随筆 | 〃 | 初版 | 12月25日 | |
| 猫 | 随筆 | 〃 | 初版 | 12月25日 | |
| 體操 | 随筆 | 〃 | 初版 | 12月25日 | |
| あとがき | | 〃 | 初版 | 12月25日 | |
| 尾崎士郎研究者におくる―序にかへて― | | 尾崎士郎著『随筆 関ケ原』高山書院 | 初版 | 12月31日 | |

昭和一六年（一九四一）

| 作品名 | 類別 | 掲載紙・誌 | 巻号 | 発表月日 | 備考 |
|---|---|---|---|---|---|
| 山のみづうみ | 童話 | コクミン二年生 | 16巻10号～16巻12号 | 1月1日～3月1日 | |
| 鉛筆とドングリ | 童話 | 新兒童文化 | 1号 | 1月1日 | |
| 南方へ進んだ日本男子①呂宋助左衛門 | 童話 | 大阪朝日新聞 | | 1月5日 | |
| 元旦の夜思へり | 感想 | 讀賣新聞 | | 1月7日 | |
| 一億一心 | 童話 | 東京朝日新聞 | | 1月12日 | |
| 南方へ進んだ日本男子②山田長政 | 童話 | 大阪朝日新聞 | | 1月12日 | |
| 南方へ進んだ日本男子③末吉船・末吉孫左衛門父子 | 童話 | 大阪朝日新聞 | | 1月19日 | |
| 解説 | | 小川未明著『大きな蟹』明治書房 | 初版 | 1月25日 | |
| 南方へ進んだ日本男子④角屋七郎兵衛・南方にあつた日本町 | 童話 | 大阪朝日新聞 | | 1月26日 | |
| 南洋の日本町 | 童話 | 東京朝日新聞 | | 1月26日 | |
| 南方へ進んだ日本男子⑤秀吉の計畫 | 童話 | 大阪朝日新聞 | | 2月2日 | |
| 兒童文學（兒童と文學） | 評論 | 教育科學研究會編『兒童文化 上』西村書店 | 初版 | 2月20日 | |

| | | | | | |
|---|---|---|---|---|---|
| 跋 | | 木暮亮著『檻』［赤門叢書一］赤門書房 | 初版 | 2月 | 未見 |
| 魔法の庭 | 小説 | 『童心の花』實業之日本社 | 初版 | 3月1日 | |
| あとがき | | 〃 | 初版 | 3月1日 | |
| 新井先生のこと | | 新井紀一著『鶏小屋の番兵』童話春秋社 | 初版 | 3月15日 | |
| 谷間の池 | 童話 | 新兒童文化 | 2号 | 4月1日 | |
| 童話作家の感想 | 感想 | 教室 | 2巻4号 | 4月1日 | 署名／坪田譲二 |
| 昔の慰問帖 | 随筆 | 週刊朝日 | 39巻15号 | 4月1日 | 春季特別号 |
| クラゲ骨なし | 童話 | こくみん三年生 | 18巻1号 | 4月1日 | |
| 母 | 小説 | 月刊文章 | 7巻4号 | 4月1日 | |
| 古屋のもり | 童話 | こくみん三年生 | 18巻2号 | 5月1日 | |
| ムカシノキツネ | 童話 | 幼稚園 | 11巻2号 | 5月1日 | |
| 門に居た犬 | 童話 | 少女の友 | 34巻5号 | 5月1日 | |
| 愛の世界 | 小説 | 令女界 | 20巻5号～12号 | 5月1日～12月1日 | 佐藤春夫・富沢有為男との合作長編小説 |
| 昔話と民俗―坪田譲治・柳田國男 | 座談会 | 新女苑 | 5巻5号 | 5月1日 | |
| しんせつなおぢいさん | 童話 | コクミン二年生 | 17巻2号 | 5月1日 | |
| 四月随筆 | 随筆 | 都新聞 | | 5月19日～21日 | |

| | | | | | |
|---|---|---|---|---|---|
| 猿・猫・鼠 | 童話 | コクミン三年生 | 18巻3号 | 6月1日 | |
| 近江と備前 | 随筆 | 都新聞 | | 7月9日～11日 | |
| 岩のはなし | 童話 | 新兒童文化 | 第三冊 | 7月25日 | |
| 尾崎士郎氏を語る | 座談会 | 文藝日本 | 3年8号 | 8月1日 | |
| 愛の一家を観て（特輯批評『愛の一家』） | 評論 | 日本映畫 | 6巻8号 | 8月1日 | |
| 書評を拾ふ | 感想 | 日本讀書新聞 | | 8月15日 | |
| 中村地平著『長耳國漂流記』 | 書評 | 新潮 | 38巻9号 | 9月1日 | |
| 虎彦龍彦 | 小説 | 都新聞 | | 9月16日翌年1月29日 | 未見 |
| 銃後の母 | 童話 | 寫眞週報 | 188号 | 10月1日 | |
| コドモトナリグミ | 童話 | 『コドモトナリグミ』〔幼兒標準繪本一三〕鈴木仁成堂書店 | 初版 | 10月15日 | |
| 子供風土記 | 選評 | 少女の友 | 34巻10号 | 11月1日 | |
| 去來する空想 | 随筆 | 『家を守る子』墨水書房 | 初版 | 11月20日 | |
| 小學一年級参觀記 | 随筆 | 〃 | 初版 | 11月20日 | |
| 「僕のくせ」を讀んで | 随筆 | 〃 | 初版 | 11月20日 | |
| 父子抒情 | 随筆 | 〃 | 初版 | 11月20日 | |
| 書の思出 | 随筆 | 〃 | 初版 | 11月20日 | |

| | | | | | |
|---|---|---|---|---|---|
| 六月の巻 | 評論 | 日本放送協会編『少國民の銃後日記』日本放送出版協會 | 初版 | 11月25日 | |
| 子供の言葉について | 評論 | 『國語文化講座第五巻國語生活篇』朝日新聞社 | 初版 | 12月5日 | |
| あとがき | | 宮澤賢治著『銀河鐵道の夜』「日本童話名作選集一」新潮社 | 初版 | 12月20日 | |

## 昭和一七年(一九四二)

| 作品名 | 類別 | 掲載紙・誌 | 巻号 | 発表月日 | 備考 |
|---|---|---|---|---|---|
| 文學技巧小片 | 随筆 | 新文學 | 1巻1号 | 2月1日 | |
| この頃の満洲 | 随筆 | 都新聞 | | 3月9日〜11日 | |
| 満州・繪ばなし(絵/中尾彰) | 童話 | 朝日新聞 | | 3月24日〜4月3日 | 10回連載 |
| 前がき | | 坪田譲治監修・林進治編『戰争と綴方』婦女界社 | 初版 | 4月20日 | |
| 童話の眞理性 | 評論 | 二反長半編『少國民文學論』昭森社 | 初版 | 4月30日 | |

| | | | | | |
|---|---|---|---|---|---|
| 童話のなかの子供 | 評論 | 〃 | 初版 | 4月30日 | |
| ふるさと | 随筆 | 新文學 | 1巻4号 | 5月1日 | |
| 山の神のうつぼ | 童話 | 少國民の友 | 19巻3号 | 6月1日 | |
| 新京にて | 小説 | 新女苑 | 6巻6号 | 6月1日 | |
| 虎彦龍彦 | 紹介 | 三田文學 | 2次17巻6号 | 6月1日 | |
| 門 | 小説 | 理想日本 | 1号 | 6月1日 | |
| あとがき | | 坪田譲治編『綴方子供風土記』實業之日本社 | 初版 | 7月10日 | |
| 年譜 | | 『坪田譲治集』［新日本文學全集一四］改造社 | 初版 | 7月13日 | |
| あとがき | | 〃 | 初版 | 7月13日 | |
| 序文 | | 三上慶子著『照らす太陽』新生社 | 初版 | 7月 | |
| 天人子 | 童話 | 日本の子供 | 4巻8号 | 8月1日 | |
| 故郷の母 | 小説 | 婦人朝日 | 19巻8号～12号 | 8月1日～12月1日 | 5回連載 |
| 甚七おとぎばなし | 童話 | 新文學 | 1巻8号 | 9月1日 | |
| ながいおはなし | 童話 | 良い子の友 | 17巻9号 | 9月1日 | |
| 故郷の秋 | 童話 | 日本少女 | 22巻7号 | 10月1日 | |
| 甚七昔ばなし | 童話 | 少國民の友 | 19巻9号 | 11月1日 | |
| 甚七おとぎばなし | 童話 | 少國民文化 | 1巻6号 | 11月1日 | |

| | | | | | |
|---|---|---|---|---|---|
| 甚七昔ばなし | 童話 | 少女の友 | 35巻12号 | 12月1日 | |
| 序 | | 小林達夫著『風物語り』天佑書房 | 初版 | 12月1日 | |
| 序 | | 松原一枝著『ふるさとはねぢあやめ咲く』天佑書房 | 初版 | 12月15日 | |

昭和一八年（一九四三）

| 作品名 | 類別 | 掲載紙・誌 | 巻号 | 発表月日 | 備考 |
|---|---|---|---|---|---|
| 兒童文學雜感 | 評論 | 坪田譲治編『町の子村の子』天佑書房 | 初版 | 1月1日 | |
| ねずみの國 | 童話 | 少國民の友 | 19巻11号 | 2月1日 | |
| 牛方と山姥 | 童話 | 日本少女 | 23巻2号 | 2月1日 | |
| 山國 | 小説 | 高知新聞・朝刊 | | 2月23日〜3月24日 | 30回連載 |
| 野ばらのころ | 童話 | 日本少女 | 23巻3号 | 3月1日 | |
| 文章を書く心持 | 随筆 | 文章通信 | 5巻3号 | 3月1日 | |
| ふるさとの歌（わが文學の故郷） | 随筆 | 早稲田文學 | 3次10巻3号 | 3月1日 | |
| 木佛長者 | 童話 | 青年・女子版 | 28巻3号 | 3月1日 | |
| 前がき | | 『童話 鉛筆とドングリ』［正芽社少國民選書六］正芽社 | 初版 | 3月20日 | |

| | | | | | |
|---|---|---|---|---|---|
| 塩吹き臼 | 童話 | 少國民の友 | 20巻1号 | 4月1日 | |
| 愛の日 | 随筆 | オール讀物 | 13巻4号 | 4月1日 | 四月「傑作長篇読切特輯」号 |
| 親の心知る子供達—熊本縣・野口ハルさん | 随筆 | 日本文學報國會編『日本の母』春陽堂 | 初版 | 4月18日 | |
| 甚七昔ばなし | 童話 | 兵隊 | 29号 | 5月1日 | 編集／火野葦平 |
| 幼年時代の情操 | 随筆 | 少國民文化 | 2巻6号 | 6月1日 | |
| 海の子供（映画用原案） | 童話 | 新映畫 | 3巻7号 | 7月1日 | |
| 日向の國 | 随筆 | 『故園随筆』十一組出版部 | 初版 | 7月5日 | |
| 母について | 随筆 | 〃 | 初版 | 7月5日 | |
| 父はこはい | 随筆 | 〃 | 初版 | 7月5日 | |
| 創作近況 | 随筆 | 〃 | 初版 | 7月5日 | |
| あとがき | | 〃 | 初版 | 7月5日 | |
| 猫と鼠 | 童話 | 『鶴の恩がへし』新潮社 | 初版 | 7月25日 | |
| 一寸法師 | 童話 | 〃 | 初版 | 7月25日 | |
| 松の木の伊勢参り | 童話 | 〃 | 初版 | 7月25日 | |
| 猿正宗 | 童話 | 〃 | 初版 | 7月25日 | |
| 藁しべ長者 | 童話 | 〃 | 初版 | 7月25日 | |
| だんご浄土 | 童話 | 〃 | 初版 | 7月25日 | |
| 澤右衛門どんのうなぎ釣り | 童話 | 〃 | 初版 | 7月25日 | |
| 田螺長者 | 童話 | 〃 | 初版 | 7月25日 | |
| 箕づくりと山姥 | 童話 | 〃 | 初版 | 7月25日 | |

| | | | | | |
|---|---|---|---|---|---|
| 金剛院と狐 | 童話 | 〃 | 初版 | 7月25日 | |
| ねずみのすもう | 童話 | 〃 | 初版 | 7月25日 | |
| かた目のおぢいさん | 童話 | 〃 | 初版 | 7月25日 | |
| 猿とお地蔵さま | 童話 | 〃 | 初版 | 7月25日 | |
| 鶴の恩がへし | 童話 | 〃 | 初版 | 7月25日 | |
| ものいふかめ | 童話 | 〃 | 初版 | 7月25日 | |
| 海の水はなぜからい | 童話 | 〃 | 初版 | 7月25日 | |
| あとがき | | 〃 | 初版 | 7月25日 | |
| 六月末日 | 随筆 | 曙 | | 8月1日 | 未見 |
| もずときつね | 小説 | 『七人の子供』東亞春秋社 | 初版 | 8月18日 | |
| あとがき | | 〃 | 初版 | 8月18日 | |
| 村のお祭り | 随筆 | 『ふるさと 小説と随筆』實業之日本社 | 初版 | 11月25日 | |
| 枇杷の葉陰にて | 随筆 | 〃 | 初版 | 11月25日 | |
| 遠い昔 | 随筆 | 〃 | 初版 | 11月25日 | |
| 満洲雑記 | 随筆 | 〃 | 初版 | 11月25日 | |
| 路上の偶感 | 随筆 | 〃 | 初版 | 11月25日 | |
| 處世術第一課 | 随筆 | 〃 | 初版 | 11月25日 | |
| 太郎じやどんの参宮 | 随筆 | 〃 | 初版 | 11月25日 | |
| 彌左衛門の斑魚取り | 随筆 | 〃 | 初版 | 11月25日 | |
| 明治の蛙 | 随筆 | 〃 | 初版 | 11月25日 | |
| あとがき | | 〃 | 初版 | 11月25日 | |

| | | | | | |
|---|---|---|---|---|---|
| 子猫 | 童話 | 『現代童話四十三人集』フタバ書院成光館 | 初版 | 12月25日 | |
| あとがき | | 早大童話会編『たのしい仲間』天佑書房 | 初版 | | 未見 |
| 米良の上漆 | 童話 | 河内仙介編『マライのお月様 矢野追悼童話集』泰光堂 | 初版 | | 未見 |

昭和一九年（一九四四）

| 作品名 | 類別 | 掲載紙・誌 | 巻号 | 発表月日 | 備考 |
|---|---|---|---|---|---|
| セレベスの鹿狩（南方通信） | 随筆 | 新潮 | 41巻1号 | 1月1日 | 肩書／海軍報道員 |
| セレベスの鹿狩（南方通信） | 随筆 | 文藝 | 12巻1号 | 1月1日 | |
| 日本の空（南方通信） | 随筆 | 文藝春秋 | 22巻1号 | 1月1日 | |
| ジヨクジヤ回想記 | 随想 | 改造 | 26巻1号 | 1月1日 | |
| インドネシヤの子供 | 随筆 | 日本評論 | 19巻1号 | 1月1日 | |
| 望月思郷 | 随筆 | 大洋 | 6巻1号 | 1月1日 | |
| セレベス（共榮圏・決勝の春⑤） | 随筆 | 朝日新聞 | | 1月9日 | |
| 杏と鯉 | 小説 | 黒潮 | 7巻2号 | 2月1日 | 未見 |
| リユウグウノカネ | 童話 | 『リユウグウノカネ』法令館榎本書店 | 初版 | 2月25日 | |
| マカッサルの鸚鵡（南方通信） | 随筆 | 黒潮 | 7巻3号 | 3月1日 | |

| | | | | | |
|---|---|---|---|---|---|
| 南海日記 | 随筆 | 東京新聞 | | 4月24日〜26日 | |
| ネズミノスマフ | 童話 | 『ネズミノスマフ』法令館榎本書店 | 初版 | 4月25日 | |
| 私の軍艦生活 | 童話 | 少女の友 | 37巻5号 | 5月1日 | |
| 森と兵舎のある島 | 童話 | 海軍報道 | 1巻1号 | 5月1日 | |
| あとがき | | 坪田譲治編『綴方　家のほまれ』西村書店 | 初版 | 5月29日 | |
| おうむとワニ | 童話 | 少國民の友 | 21巻3号 | 6月1日 | |
| 雨に對す(南方通信) | 随筆 | 日本文學者 | 1巻3号 | 6月1日 | |
| 補給戰士の人々を語る | 随筆 | 新太陽 | 15巻7号 | 7月1日 | |
| ジヤワより歸りて | 随筆 | 少國民文化 | 3巻7号 | 8月1日 | |
| 随筆随想 | 随想 | 大衆文藝 | 6巻9号 | 9月1日 | |
| 山家の花 | 小説 | 家の光 | 20巻9号〜21巻2号 | 9月1日〜翌年3月1日 | 6回連載 |
| 學徒決戰場―あゝ僕も尖兵だ | 随筆 | 讀賣報知 | | 9月7日 | |
| 母を呼ぶ若鷲 | 小説 | 前線文庫 | | 10月1日 | 未見 |
| 疎開学徒タケシ君行状記 | 小説 | サンデー毎日 | 23巻39号 | 10月1日 | |
| 學童疎開物語　哲夫君と松男君 | 童話 | 週刊少國民 | 3巻40号 | 10月8日 | |

昭和二〇年(一九四五)

| 作品名 | 類別 | 掲載紙・誌 | 巻号 | 発表月日 | 備考 |
|---|---|---|---|---|---|
| 姉と弟 | 童話 | 少國民の友 | | 1月1日 | 未見 |

| | | | | | |
|---|---|---|---|---|---|
| 生薑を盗んだ猿と龜（ジャワ） | 民話 | 『大東亞民話集』「朝日文庫」朝日新聞社 | 初版 | 3月15日 | 限定版 |
| 南の島の護りへ（善太と三平その后㊤） | 随筆 | 朝日新聞 | | 5月26日 | |
| 出征く子供の心（善太と三平その后㊦） | 随筆 | 共同新聞 | | 5月27日 | |
| 息子歸る | 随筆 | 新潮 | 42巻4号 | 11月20日 | 復刊号 |
| 歌のじやうずな龜 | 童話 | 家の光 | 21巻8号〜22巻1号 | 12月1日〜翌年1月1日 | |

# あとがき

この本は私の坪田譲治文学研究の第二論著である。

二〇〇五年三月、私は岡山・十五年戦争資料センター編『岡山の記憶』（年報）から寄稿を求められたとき、さして考えのないままに、「坪田譲治文学における〈戦争〉―易縣での二日を中心に―」を書いた。最初は、これで終わるつもりだったのだが、探せば探すほど坪田譲治と日中戦争とのかかわりに関する資料が増すばかりのため、戦時下における坪田譲治とその文学的営為を徹底的に追究する必要があると考えるようになり、シリーズ論文において集中的に検討してみることにした。

本書は、『岡山の記憶』第七号（二〇〇五年三月）～第一七号（二〇一五年七月）に断続掲載九回分の「坪田譲治文学における〈戦争〉」「坪田譲治と戦争綴方」のほか、『岡山大学大学院文化科学研究科紀要』第一三号（二〇〇二年三月）所載の「坪田文学における中国人の子ども像―小説『善太の四季』をめぐって―」、あわせて論考一〇編を大幅に加筆修正したうえ、「序章　もう一つの坪田文学―戦争に寄り添うということ―」を書き加えて編集したものである。なお、本書をまとめるにあたって、内容を組み立て直し、新たに章・節を加えて全体を統一した。

本書の構成は、「序章」と「補章」を含む計八章からなっており、その中核となる一九三九年五月から七月にかけての中国戦地視察をめぐって、戦時下における坪田譲治の活動および文学的営為を探究し、坪田譲治文学の全貌の解明を私なりに試みた。各章の概要は次のとおりである。

序章「もう一つの坪田文学―戦争に寄り添うということ―」では、戦争色のますます濃厚になりつつある中で、創作のゆきづまりの打開策として中国戦地視察を決行した坪田譲治の動機やその思惑、そして戦争をめぐるさまざまな言説をまとめて書き、彼がどのように戦争に狩り出され、戦争に加担したのかについて多面的に検討した。最後に、戦争児童文学研究の「今」を問い直し、その盲点ともいうべき戦場における中国の子どもについて議論することの必要性を強調した。

第一章「上海から南京へ―〈江南日本〉の旅―」では、上海・杭州・蘇州・南京・鎮江などいわゆる「中支」各地で視察した坪田譲治の足跡をたどりつつ、その見聞が坪田文学にどう描かれたかを最大限に追究した。そしてその作品の多くは、あくまでも彼の「民族的」優越感に根差した主観的・猟奇的・皮膚感覚的世界の再現であり、多くの事実が日本軍に都合の悪いものとして削除され、生活を破壊された中国人と子どもたちの真実を描いていなかったことを実証した。

第二章「〈蒙彊〉紀行―万里の長城越え行けば―」では、大同や包頭など内蒙古地区における坪田譲治の活動を詳細に検証するとともに、その体験にもとづいた「包頭の少女」「黄河の鯉」「鉛筆とドングリ」など一連の作品は、日本軍と中国人との「親しい関係」がその中心を形成しており、「大陸日本」という国策の「正当性」をもう一つの側面から主張したことを明らかにした。併せて、内蒙古地区で見たり聞いたりした「サバク」のイメージが心象風景として彼の戦後文学を構成する大きなモチーフとなったことを指摘した。

第三章「易県での二日―生々しい「臨場感」を求めて―」では、坪田譲治が岡山編成の歩兵第百十聯隊本部のある河北省易県に滞在した二日間を中心に、日本軍による占領と「掃討戦」下の中国華北部で、彼の目に映ったものは何か、そこで何を感じとったのかを、初めて明らかにした。その記録を踏まえた「易県の兄弟」や「虎彦龍彦」などの作品を読み解くと、日本軍が中国人に対して優しく、友好的な気持ちで接しているということは終始一貫していて、宣撫官の勇敢さや人間らしさなどを美化しようとする坪田譲治の意図が見えてくる。

第四章「保定での宣撫視察―華北の子どもたち―」では、河北省保定市で宣撫視察した坪田譲治の記録の中から、「俘虜となった少年」「抗日文書と少年」「井戸に捨てられた子ども」「処刑された喇叭手」の四つのケースを抽出して日本占領下における中国華北の子どもの実態についての考察を試みるが、その子ども像が国策の側に寄り添った立場からの視点で意図的に作り上げられた「虚構のイメージ」であり、彼は暖かい目線で中国の子どもの姿を見ることができなかったことが分かった。

第五章「北京〈育成學校〉とその他—周作人訪問記など—」では、「北京育成學校」「周作人会見の記」と「〈親日〉の子ども」の三つのセクションを設けて北京における坪田譲治の行動を確認したうえで、「親日」教育に対する彼の発言や姿勢を詳細に追究した。なかでも坪田譲治と周作人との接点をはじめて明らかにしたことで、坪田譲治研究または周作人研究においては逸することのできない貴重な資料を提供するとともに、日本占領期における日中児童文学の交渉についての究明を可能にした。

第六章「銃後のつとめ—三つの〈綴方集〉から—」では、中国戦地視察より帰還した坪田譲治が編集した『銃後綴方集　父は戰に』、『綴方子供風土記』と『綴方　家のほまれ』の三つの綴方集を取り上げ、彼の綴方観を詳細に分析したうえで、戦争綴方集を編集した彼の狙いについて、「出征と戦死」「郷土」「先祖」の三つの面から検証を加え、その根底には「愛国心」「国家観念」という国体思想が吹聴されていることを指摘するとともに、戦時下における坪田譲治は創作のみならず、綴方においても国策に寄り添って戦時色一色の文壇における発言力を増幅させたとした。

補章「坪田文学における中国人の子ども像—小説『善太の四季』をめぐって—」では、昭和六年から昭和九年（一九三一～一九三四）に至る坪田文学に登場する中国人（作品では「支那人」とされている）の子ども像の造型を問題点にするが、坪田文学における中国人の子ども像の原型および変遷の実態を、「幻想」と「蟹と遊ぶ」の両作品に求めるとともに、「支那手品」と「善太の四季」における中国人の子どもの造型をめぐって、当時の時代相に照らしつつ坪田譲治の中国人に対する視線と意図を追究した。そして昭和初期における坪田譲治の思想を規定するものとして、空想と現実との二つの「中国」が内在しており、その取り扱いが区別されていたと結論づけた。

さらに「附録／坪田譲治作品初出目録Ⅱ」には、昭和六年から昭和二〇年まで（一九三一～一九四五）の一五年間に、新聞や雑誌などに掲載された坪田譲治の作品（小説・童話・随筆・戯曲・翻訳・評論など）の初出約七五〇点を収録した。この時期には散佚した資料が多いため、調査するには多大なる困難が伴う一方、初めて確認されたものが数多く存在しており、新たな坪田譲治論への提示や構築を可能にした。ぜひ「附録／坪田譲治作品初出目録Ⅰ（一九一二年～一九三〇年）」（『「正太」の誕生―坪田譲治文学の原風景をさぐる―』吉備人出版、二〇一四・一二に所収）とあわせて利用していただきたい。

書き終えてみると、種々不備な点、研究の課題が明らかになってきた。その意味では、今後の研究の出発点を本書でつくることが出来たと考えている。今後、大方の読者の御批評や御教示・御叱正を糧として戦時期・戦後期を通しての坪田譲治文学の全体像への追究を深化させていくつもりである。

坪田譲治の研究にあたっては、いつもながら岡山大学名誉教授の工藤進思郎先生と甲南女子大学名誉教授の大槻修先生にはさまざまな形で御指導と励ましをいただき、ここに深くお礼を申し上げたいと思う。坪田譲治文学研究会「善太三平の会」会長の加藤章三先生、坪田譲治を顕彰する会代表の福間トキ子先生、岡山・十五年戦争資料センター事務局長の上羽修氏にも多大なる御指導・御協力をいただき感謝にたえない。

また、坪田譲治と戦争に関しては、これまで「坪田譲治文学における〈戦争〉―保定・易縣での二日を中心に―」（岡山・十五年戦争資料センター主催、二〇〇五・一）、「坪田譲治文学における〈戦争〉―〈支那〉の子どもたちをどう描いたか―」（岡山・十五年戦争資料センター主催、二〇〇九・一二）、「日中戦争と坪田譲治」(岡山県立大安寺高校主催、二〇一〇・一〇)、「坪田譲治と日中戦争―上海から南京まで―」(学びのひろば・岡山主催、二〇一二・四)などと数回にわたって講演を行ったが、未熟な話を聞いてくださったばかりか多くの示唆を与えてくださった参加者の皆々様に感謝の意を表したい。

なお、本書の誕生の基礎となる「坪田譲治作品初出目録」の構築は、平成一五年度公益財団法人山陽放送学術文化財団研究助成金と平成二四年度公益財団法人福武教育文化財団文化活動助成金を受けたのである。記して深謝申し上げる。

最後に、カバーなどに掲載している坪田譲治の写真掲載をご承諾いただいた坪田理基男先生に心より感謝申し上げ、また、本書の出版を快くお引き受けくださった吉備人出版の山川隆之代表と担当の金澤健吾氏に心からお礼を申し上げる。

二〇一六年六月六日

中国江蘇師範大学にて

劉　迎

## 著者紹介

劉　迎（リュウ イン）

一九六二年、中国徐州市に生まれる。中国広州外国語学院東方語言系卒。岡山大学大学院文化科学研究科博士後期課程修了。博士（文学）号取得。現在、中国江蘇師範大学外国語学院教授。坪田譲治文学研究会「善太三平の会」名誉会員。岡山大学文学部言語国語国文学会会員。中国外国文学学会日本文学研究会会員。中国江蘇省外国文学学会会員。日本近現代文学・児童文学を専攻。著書に、『世界児童文学事典』(共著、一九九二)、『「正太」の誕生－坪田譲治文学の原風景をさぐる－』(二〇一四)、訳書(中国語訳)に、『新美南吉童話』(一九九九)、『坪田譲治童話』（二〇〇三）などがある。また、論文に、「坪田譲治文学における〈戦争〉一～七」(二〇〇五～二〇一四)、「蘇山人句中における詠史の意味－蕪村受容を中心に－」(二〇一一)、「坪田譲治と陶淵明－小説『蟹と遊ぶ』論－」(二〇一五)、「坪田譲治と戦争〈綴方〉－『銃後綴方集　父は戦に』に関する一考察－」(二〇一五)、「あまんきみこ童話における〈満州記憶〉の表象」(二〇一六)、「〈徐州戦〉は文学にこう書かれた－武田泰淳「審判」論－」（二〇一六）など多数。

E メール：ryuugei1011@hotmail.com



# 坪田譲治と日中戦争 ～一九三九年の中国戦地視察を中心に～

2016 年 7 月 21 日　初版第 1 刷発行

著　者 ―― 劉 迎
装　丁 ―― 守安　涼（吉備人）
版　組 ―― 小林ちかゆき
編　集 ―― 金澤健吾
発行所 ―― 吉備人出版
〒 700-0823　岡山市北区丸の内 2 丁目 11-22
電話 086-235-3456　ファクス 086-234-3210
振替 01250-9-14467
メール books@kibito.co.jp
ホームページ http://www.kibito.co.jp/
印刷所 ―― 株式会社三門印刷所
製本所 ―― 株式会社岡山みどり製本




ISBN978-4-86069-478-4